《黄河"潜龙"》编委会

长篇报告文学

鲁迅文学奖获得者最新力作
抒写中国铁建大盾构穿黄奇迹

HUANGHE 『QIANLONG』

黄河『潜龙』

许 晨 著

山东人民出版社·济南

国家一级出版社 全国百佳图书出版单位

图书在版编目（CIP）数据

黄河"潜龙" / 许晨著. -- 济南 ：山东人民出版社，
2024.11. -- ISBN 978-7-209-15172-6

Ⅰ. I25

中国国家版本馆CIP数据核字第2024UJ5588号

黄河"潜龙"

HUANGHE QIANLONG

许　晨　著

主管单位	山东出版传媒股份有限公司
出版发行	山东人民出版社
出 版 人	胡长青
社　　址	济南市市中区舜耕路517号
邮　　编	250003
电　　话	总编室（0531）82098914
	市场部（0531）82098027
网　　址	http：//www.sd-book.com.cn
印　　装	济南万方盛景印刷有限公司
经　　销	新华书店

规　　格	16开（169mm×239mm）
印　　张	17.5
插　　页	6
字　　数	256千字
版　　次	2024年11月第1版
印　　次	2024年11月第1次
ISBN 978-7-209-15172-6	
定　　价	78.00元

如有印装质量问题，请与出版社总编室联系调换。

2017 年 11 月 30 日，济南黄河济泺路隧道举行奠基仪式

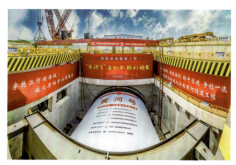

2019 年 9 月 20 日，隧道西线"黄河号"
盾构机胜利始发

2019 年 11 月 23 日，隧道东线"泰山号"
盾构机胜利始发

内部成型隧道

2021年1月23日，济南黄河济泺路隧道双线贯通

2021年9月29日，"万里黄河第一隧"——济南黄河济泺路隧道正式通车。图为隧道南岸入口

2024 年 1 月 6 日，北延隧道西线贯通　　2024 年 2 月 29 日，北延隧道东线贯通

北延隧道内部

本书作者许晨（左）深入黄河隧道工地体验生活、考察采访

2019 年 4 月 17 日，济南黄河济泺路隧道工程施工风险评估会在济南召开。国家最高科学技术进步奖获得者、中国工程院院士钱七虎等院士专家参加会议

2021 年 7 月 5 日，济南黄河济泺路隧道工程关键技术总结暨北延隧道建设方案专家咨询会在济南召开。国家最高科学技术进步奖获得者、中国工程院院士钱七虎等院士专家参加咨询会

2024 年 9 月 22 日，国家最高科学技术进步奖获得者、中国工程院院士钱七虎等 9 名院士和 10 余名行业专家齐聚泉城，参加中铁十四局承建的济南黄岗路穿黄隧道工程专家咨询会，"精准把脉"这项世界级工程建设

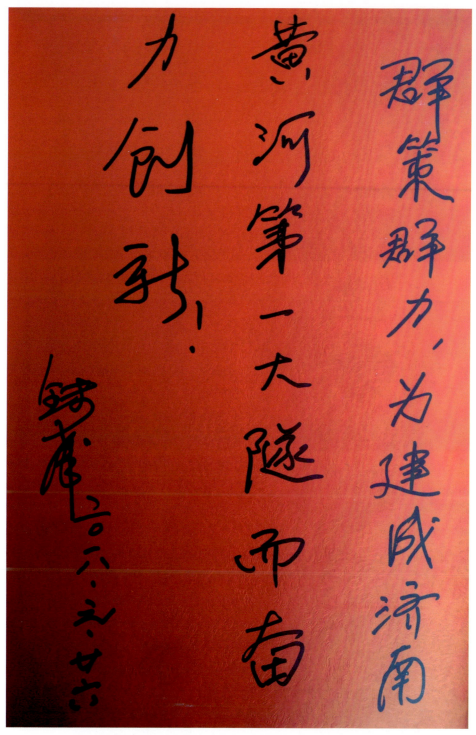

2018年1月26日，中国工程院院士钱七虎为济南黄河济泺路隧道题词——"群策群力，为建成济南黄河第一大隧而奋力创新！"

2018 年 5 月 2 日，济南黄河济泺路隧道项目建设团队拍摄"全家福"

2020 年 10 月 30 日，济南黄河济泺路隧道项目建设团队庆祝东线隧道贯通

2021 年 9 月 29 日，济南黄河济泺路隧道项目建设团队庆祝隧道建成通车

2022 年 10 月 5 日，济南黄河济泺路北延隧道项目建设团队在西线"黄河号"盾构机刀盘前合影留念

铁道兵战士奋战在襄渝铁路建设一线　　　　　铁道兵战士奋战在鹰厦铁路建设一线

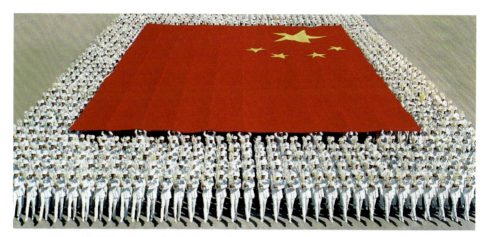

1984 年国庆节，由中国铁建组成的国旗方队走过天安门广场，接受党和人民的检阅

2018 年 10 月 1 日，中央一套综合频道国庆特别节目《相聚中国节·相约新时代》播出，中铁十四局大盾构公司项目顾问、老一代铁道兵周先民讲述修建南疆铁路往事

2009 年 8 月 22 日，南京长江隧道全线贯通

南京长江隧道成型隧道

2010 年 5 月 28 日，南京长江隧道建成通车

目 录

001　　序　章　穿越黄河的"现场会"

009　　**第一章　黄河落天走东海**
010　　　一　你晓得，天下黄河几十几道湾
016　　　二　"我是到了黄河也不死心"

025　　**第二章　"悬河"下的济南**
026　　　一　古济水之南
037　　　二　北跨——时代的呼唤
045　　　三　"三桥一隧"绘宏图

059　　**第三章　"老铁"新传**
060　　　一　最后一个军礼
071　　　二　寻梦·追梦·圆梦
082　　　三　横空出世"大盾构"

091　　**第四章　"家门口"的奉献**
092　　　一　"铁二代"出征

109　二　"我们是黄河泰山"

115　三　"钢铁巨龙"深潜行

131　四　地下也有不测风云

147　**第五章　水下"地质博物馆"**

148　一　大战"钙质结核症"

158　二　智取"黏土肠梗阻"

164　三　河底"钢板之谜"

171　**第六章　万里黄河第一隧**

172　一　驾驭"潜龙"的人们

195　二　工地"浪漫曲"

203　三　"党建做实了就是生产力"

210　四　车过黄河四分钟

225　**第七章　一路潜向北**

226　一　北延：斗罢艰险再出发

232　二　斜穿铁路线

234　三　鹊华秋色今又是

243　四　从"大明湖时代"迈向"黄河时代"

257　**尾　声　潜龙在渊　飞龙在天**

267　**后　记**

271　**附　录　济南黄河济泺路隧道及北延工程大事记**

序　章

穿越黄河的『现场会』

时令已是深秋，天高云淡，北雁南飞，坐落在黄河下游岸畔的山东省省会城市——泉城济南呈现出一片"枫叶荻花秋瑟瑟"景色，街头巷尾的人们大都穿上了御寒的风衣外套。

　　然而，这一天——2023年11月21日上午，行驶在城市北部济泺路上的一辆辆大巴车却"满面春风"，车厢里充满了热情洋溢的欢声笑语。听声音，南腔北调，乘车人分明是来自四面八方，且都掩抑不住发自内心的新奇和兴奋。

　　"哎，老赵，你是啥时候到的？吃饭时咋没见你呢？"

　　"呵呵，杨总你也来了。昨天我的航班晚点了，十一点多才到，简单用餐就休息了。"

　　"好好，这次咱们看看人家咋干的吧，回去可得加油了！"

　　"没说的，总公司选在这里开会，肯定有过人之处。"

　　原本熟识的人一边互相说着话，一边将热切的目光投向窗外，观赏着美丽的泉城街景。大巴车行驶不久，一位身穿蓝色工作服的年轻人举起了手里的话筒：

　　"尊敬的各位领导、各位代表：我是中铁十四局大盾构公司的小刘，担任本车接待员，今天很高兴为大家服务。前面请大家注意，就要穿越我们施工的'万里黄河第一隧'——济南黄河济泺路隧道了。原先开车从这里过黄河需要绕行一个多小时，现在只需4分钟！"

　　"好啊，穿黄隧道早就如雷贯耳了，可得好好看一下……"

　　顿时，车上的人们愈加兴奋活跃起来，一个个集中精力探着身子望向了车窗外。

哦，这是由国资央企——中国铁建股份有限公司（以下简称"中国铁建"）组织召开的"中国铁建三级公司建设推进会暨工程项目管理现场会"的一项日程：观摩学习"项目管理样板工程"济南济泺路穿黄北延隧道工程项目。

本次会议在济南举行，由中国铁建总部主办、中铁十四局承办，旨在贯彻落实习近平总书记重要指示批示精神，落实国务院国资委工作部署，聚焦高质量发展首要任务，全面总结三级公司建设和工程项目管理取得的成绩，分析存在的问题不足，部署下一阶段重点工作，进一步做实做优三级公司、提升项目管理水平，为加快建设世界一流企业夯实基础。

活动的第一天议程，就是全体与会人员现场观摩中铁十四局穿越济南黄河的大盾构隧道项目群建设情况。来自中国铁建北京总部的领导们，带领所属有关单位主管领导、分管领导，遍布全国各地的在建项目督察组组长，各区域总部、工程总承包部、新兴业务总部主要领导，以及对口部门负责人200多人，登上十几辆大小客车，兴致勃勃地出发了。

嘀，这些人可以说是中国铁建"大军"，奋战在大江南北各个工程项目上的带头人。一声令下，他们从热火朝天的工地上赶过来集中开会。犹如战争年代硝烟弥漫的战场上，正在带兵打仗的将军们暂时休战，拨转马头来到了战略谋划的集结地。如果不是特别需要，主帅那是轻易不会如此下令的。由此可见，这是一场多么重要的会议啊！

正值年头岁尾，辞旧迎新之际，中国铁建的各路"诸侯"、基建先锋们能够放下手中的工作，在北京总部指挥员的率领下，齐聚黄河下游的穿黄隧道项目群参观调研。这本身就是对中铁十四局大盾构公司的一种承认和肯定，也是对济南黄河济泺路隧道工程，以及济泺路穿黄北延工程的高度评价与褒奖。

"嘀嘀……"

观摩团的车辆相继开到了已经通车的济南黄河济泺路隧道，正在车上的我（受到特别邀请体验采访此次现场会），与大家一起，首先看到了前方并排两个宽阔敞亮的隧道口，犹如一位热情好客的主人敞开了胸怀，随时准备拥抱远道而来的客人。隧道上方赫然雕塑着一行红色大字：济南黄河济泺路隧道。看样子，是著名书法家的笔体。

人们纷纷掏出手机——笔者也一样，咔咔地拍照，留下这个难忘的一瞬。很快，大巴车隆隆地驶进了隧道。只见里边高大宽敞，灯火通明，亮如白昼，两侧墙壁上涂着红条纹，描绘着好似泉水奔流的线条，颇有泉城特色。各种管线、设施有条不紊地排列着，不同标记、符号十分清晰地刻画着。地面上，行车道、超车道、应急道，层次分明地展示着。

望着眼前的一切，感受着车辆匀速行驶时抖动的隆隆声，接待员小刘说话了："各位领导，现在我们行进在穿黄隧道中，隧道全长4760米，主要包括穿黄隧道3890米、接线道路870米及相关的附属工程。盾构隧道内径13.9米，外径15.2米。由两台超大直径盾构机施工完成。最大埋深41.6米……"

闻听此言，与会代表们又纷纷议论起来："嘿，老兄，我们在黄河底下穿行呢！老祖宗连想也不敢想啊！"

"可不，古往今来过黄河，要么乘船、要么过桥，少有钻地潜行的。这可是史无前例的人间奇迹啊！"

"是奇迹，不过……我们早就在长江打过隧道了。"

"此话不假，可那还是人家十四局干的活！当年在南京干过'万里长江第一隧'，现在又干出了'万里黄河第一隧'。牛啊！"

"看来总公司定在济南召开管理现场会，不是偶然的，一定经过了深思熟虑。瞧瞧人家做的这个工程，真是漂亮！"

大家还没有来到观摩项目上，似乎在穿黄隧道里、在万里黄河的水下就开始了现场会。我虽然是以临时前来采访的记者身份与会，但也被代表们的情绪深深感染了，情不自禁想起了这条黄河隧道的前世今生——

济南黄河济泺路隧道工程，位于山东省省会——有"泉城"之称的济南城市中轴线上，南接主城区济泺路，北连新旧动能转换起步区。工程线路全长4760米，隧道长3890米，其中盾构段长2519米，设计为双管双层，市政道路与轨道交通合建，上层为双向六车道公路，下层为轨道交通。隧道管片外径15.2米，是当时黄河流域最大直径的隧道，也是国内在建最大直径公轨合建的盾构隧道。

万里黄河自进入中原开始，由于流过黄土高原，携带了大量泥沙，就形成了地上"悬河"，到达济南泺口段，河床高出南岸城区地面5米，最大洪水位高出河床11.62米。从2019年9月开始，由中铁十四局大盾构公司建设者驾驶的两台超大直径泥水平衡盾构机"黄河号"和"泰山号"，先后始发掘进，开启了人类历史上首次对地上"悬河"的伟大穿越。

每台盾构机长166米，总重4000吨，装机总功率8688千瓦，最大推力199504千牛。刀盘开挖直径15.76米，相当于5层楼高，刀盘主驱动的核心有14个变频电机，总功率4900千瓦。隧道最低点位于河床下54米，最大水土压力6.5巴，这个压力相当于一个人手掌大小的面积上承受两个成年男子的重量。

人们称之为"万里黄河第一隧"，名不虚传，一是自古以来从未有人和车辆，在黄河底下15米的超大直径隧道里穿行（此前有过引水渠和电缆穿黄管道，也有过兰州地铁穿黄河，但直径在10米以下）；二是从青藏高原发源地到山东东营入海口，这是第一条双管双层公轨合建盾构隧道。无论从哪个方面来讲，它都是当之无愧的"第一隧"。按设计：上层为公路双向6车道，下层为轨道交通以及排烟通道、管廊和逃生通道，实现一次穿越黄河的通道资源利用率最大化，极大降低了对环境的影响。

在具体施工中，中铁十四局济南黄河济泺路隧道工程项目部，带领全体职工奋力拼搏，就像老辈庄稼人说的那样：面朝黄土背朝天，汗珠落地摔八瓣儿——当然，如今的穿黄隧道的建设者不是面朝黄土，而是头顶黄河了，也不像火线上的战士那样操作坦克大炮、浴血奋战，而是驾驶着现代化的盾构机浴"汗"奋战。

最终，智勇双全的建设者攻克了种种"看不见的困难"，闯过了道道"地底下的险关"，一举到达了胜利的彼岸。

建成通车之后，黄河北岸的人们开车仅用4分钟穿越黄河，很快就到达了济南市中心，大大节约了过河时间，既安全又快捷，既环保又方便。

不用说，一定是建设者的实干精神和攻坚实力，深深打动了"业主"——获得了济南市委市政府领导、济南城市建设集团和近千万泉城的父老乡亲的认可，接下来的济泺路穿黄北延工程——穿越一级水源地大型水库和繁忙铁路干线的隧道，又交给了他们做下去。就这样，"原班人马"征尘未洗，立即转入了新的战斗。

大家的热议还在进行中，仅仅过了几分钟——欣赏的目光还没有完全收回，车队已经驶出了灯光闪亮的穿黄隧道，迎来了满天的秋阳高悬、碧空如洗。而我却感觉如同乘坐着一台时光穿梭机，瞬间穿越了千百年的黄河，转眼又回到了现实之中。

我在想，这穿越地上"悬河"的奇迹背后，究竟隐藏着怎样的奥秘呢？驾驶超大直径盾构机的人们，是些什么样的建设者呢？他们到底有着怎样的奋斗历程呢？

紧接着，会议代表观摩团（包括笔者）现场参观"济南黄岗路穿黄隧道工程"、"济南黄河济泺路穿黄北延工程"、房桥公司管片预制厂、智慧管理系统等项目。在接待人员的引领下，会议代表们纷纷戴上红色安全帽，沿着安全通道鱼贯而进，进入隧道工地。

首先，在黄岗路穿黄隧道工地上，老远就看到了一座巨大的按1∶1的比例制作的隧道模型：直径17.5米的钢筋混凝土圆形管道，上下两层，为双向六车道公路隧道。犹如一台硕大无朋的天文望远镜，眺望着天空和远方，令人十分震撼。上书一行大字：济南市黄岗路穿黄隧道工程盾构隧道模型比例1∶1。

模型基座下方两边，分别设有两块鲜明的说明牌。一块写着：中铁十四局承建世界在建最大盾构隧道，尺寸、标准和形状图表，有烟道板、车道板、车道板立柱、现浇基座等等。另一块则写着：项目概况，具体介绍这项工程的规格、功能和作用。可以说，这是黄河隧道群中的又一个重要工程，目前正在紧锣密鼓地做基坑、建工作井等初期工作。一派有条不紊、忙而有序的场面。

随后，现场会议代表们来到了此次观摩的重头戏——正在施工中的"济南黄河济泺路穿黄北延工程"。这是继"万里黄河第一隧"首条穿黄隧道成功之后，由原班人马无缝衔接进行的接续工程。

由于盾构机已经掘进了一段时间，距离入口比较远了，会务组安排大家乘坐面包车直接驶入地下即挖即成的隧道中，而后在离工作面不远的地方停下来，再下车徒步细致参观。只见长长的宽大的隧洞中，灯光明亮，机声隆隆，巨龙一样的盾构机正在工作，身后是一层层构架、一道道管线。

身穿蓝色、橘红色等不同颜色工作服的工人们，按照流程紧张有序地忙碌着。操作室里，机长和助理、操作员，目不转睛地注视着面前一排排仪表按键；外面，一台台拼装机随着指挥口令，时而装载着钢筋水泥铸成的管片缓缓行进，时而高举过头顶严丝合缝地拼装着。他们艰苦奋战的身后，逐渐形成一条宽阔坚固的拱形管廊。

两边洞壁上分别写着"安全重于泰山""以科技为动力"等一条条红底白字的标语，还有一块块各种项目管理的说明牌、警示牌、宣传牌，分别是：济泺路穿黄北延隧道工程盾构机概述、东线盾构5S责任区域划分图、盾构施工风险告知牌、盾构机应急疏散图、应急处置卡等等。

再往前走几步，还有：红旗责任区——我是党员我负责，几位头戴红色安全帽，身着工装的党员施工者照片，分别写着责任区域：盾构工区，责任区党员：王超、周赞、高震、张建国、于文志，SOP标准作业工序——管片拼装，

TPM设备精益管理——我操作　我维护。

一条长长的标语横贯在下方：

"党建工作做实了就是生产力、做强了就是竞争力、做细了就是凝聚力。"

而在盾构机头最前方圆弧形工作面上，则鲜明地写着八个大字：

"铁兵雄师　盾构先锋！"

参加会议的代表们走到这里，一边聆听着项目负责人的介绍，一边默默观看着、欣赏着，频频点头，肃然起敬。刹那间，我似乎找到了那些萦绕心中良久的、希望探求其中奥秘的答案……

第一章

黄河落天走东海

一

你晓得，天下黄河几十几道湾

你晓得，天下黄河几十几道湾哎，

几十几道湾里几十几只船哎

几十几只船上几十几根杆哎

几十几个艄公呦把船那个扳

几十几个艄公把船扳哎嗨哎嗨呦……

许多年以前，我在看一部反映黄河历史人文的电视专题片时，伴随着浑黄白亮的河水从天而降、扑面而来，猛然被这首苍凉、辽远、雄浑的民歌深深震撼了。仿佛隔着宽大的屏幕，就感受到那怒吼的黄河、那翻滚的浪涛、那冲天的泡沫被粗犷的河风裹携着，喷溅到脸上、身上凉飕飕、湿漉漉的。

镜头一转，漫天的黄水沿着河道蜿蜒而下，一条木船在波浪里颠簸起伏着，如同一片树叶似的一会儿举上波峰，一会儿摔进浪谷。船上的艄公水手身着羊皮坎肩，露出晒得黑黑的肩膀胳膊，有的划桨，有的掌舵，一个个瞪圆了眼珠子，拼了老命似的向对岸划去。

终于，他们闯过了激流险滩，进入了一个相对平缓的河床……

此时，主题曲响起来，就是这首朴素无华、短小精悍却声震九天的民歌《天下黄河九十九道湾》，也叫《黄河船夫曲》。它最早为20世纪40年代流传在晋、陕交界黄河岸边的水船调，经陕北老船工李思命在民间词曲的基础上编创而成。

原曲共两段，头段为设问，二段为作答。旋律给人一种起伏、摇荡的感觉，使人想象黄河是宽阔而粗犷的，透过歌词内容，仿佛又看到黄河迂回曲折的河道及行船艄公的形象。

首句"你晓得，天下黄河几十几道湾"气势磅礴，不同凡响。它像摄影师所拉开的广角镜头：呈现出一个具有五千年悠久历史的民族的广阔场景。之后，由"湾"（自然）而问"船"，由"船"而问"杆"（工具），由"杆"而问"人"，唱词近于口语，语意不断重复，但正是在这种口语式的唱词及其重复中，蕴含了一种不可变更的逻辑，体现了对山川江河和古今历史的追问。

下段作答，词格与上段完全一致。只是把"几十几"换成"九十九"，这个数词有很深的象征意味。简单有力地一问一答，不仅是高度艺术化，也是充满智慧的。曲调如词一样，首句高亢深沉，先声夺人，尾句与之遥相呼应。中间则是一连四句旋律重复，饱含着令人肃然起敬、反复思忖且难以平静的崇高美感。无疑，此歌可谓是中国民歌和中华民族精神的典型代表。

它，唱的是黄河，华夏儿女的母亲河！

黄河——中国古代称大河，发源于中国青海省海拔5000多米的巴颜喀拉山脉，一路呼啸奔腾，流经青海、四川、甘肃、宁夏、内蒙古、山西、陕西、河南、山东9个省区，最后于山东省东营市垦利区注入渤海，全长5464千米，是中国第二长河，仅次于长江，也是世界长河之一。在中国历史上，黄河及沿岸流域给人类文明带来了巨大的影响，是中华文明最主要的发源地。

早在远古时期，中国境内的原始先民就生活、奋斗和繁衍在黄河流域，逐水而居，依水而生。由于气候温和，水文条件优越，有利于农作物生长，先民们便在这里定居下来。夏、商、周以及后来的汉、隋、唐、宋等几个强大的统一王朝，其核心地区都在黄河中下游一带，标志着古代文明的科学技术、发明创造、城市建设、文学艺术等也同样产生在这里。所以说，黄河孕育了中华文明，哺育了中华民族。

那黄河之名是怎样来的呢？

远古时期河面宽阔，水流清澈，那时，她的名字并不叫黄河，古籍中叫作"河"或"上河"。《汉书·西域传》中称"中国河"，到了司马迁的《史记》则称为"大河"。它的上、中游分界点在内蒙古河口镇；中、下游分界点为河南省桃花峪，自河南桃花峪开始，形成地上悬河。中间经过黄土高原，坡陡沟深，携带大量泥沙，颜色变成浑黄，时称"浊河"或"黄河"。唐宋之后，黄河这一名称才被广泛使用。

黯淡了刀光剑影，远去了鼓角铮鸣。千百年来，黄河岸畔不仅仅是中原百姓繁衍生息之地，更是群雄逐鹿、王朝兴衰的战场。战马嘶鸣黄尘漫天，一群群好汉揭竿而起，一顶顶王冠飞空落地，抗击异类的侵扰，反抗皇权的欺压，演绎了一幕幕雄壮史剧。

直到近代，中华子弟浴血奋战日本侵略军，依然把黄河作为全民族抗战的象征。请看，诞生在革命圣地延安，光未然作词，冼星海谱曲的《黄河大合唱》，就是这样描绘我们的"母亲河"的：

> 我站在高山之巅，
> 望黄河滚滚，奔向东南。
> 惊涛澎湃，掀起万丈狂澜；
> 浊流宛转，结成九曲连环；
> 从昆仑山下奔向黄海之边；

把中原大地劈成南北两面。

啊，黄河！

你是中华民族的摇篮！

五千年的古国文化，

从你这儿发源；

多少英雄的故事，

在你的身边扮演……

黄河，像雄狮脊背穹起，越青甘峻岭、跨宁蒙平原、腾晋陕深谷、破龙门而出。正如当代辞赋大家金学孟《黄河赋》所云："数不尽英雄辈出，看不完壮丽姿态。岐山烟云去，渭水岚风蔼，雁门将军行，鸡泽英魂在……壶口倾盆而下，激荡壮烈情怀。"

正所谓：塞翁失马，焉知非福。

黄河在给中原人民带来生存福祉的同时，也以"善淤、善决、善徙"而著称，尤其夏季洪水到来之时，一旦防范不力，那就不可避免地造成水患成灾，冲出堤坝使村庄家园变成一片泽国。历史上，向有"三年两决口，百年一改道"之说。

据不完全统计，几千年中，黄河决口泛滥达1593次，较大的改道有26次。改道最北的经海河，出大沽口；最南的经淮河，入长江。

决口的根本原因，在于河水冲刷搬运泥沙，形成了堆积地貌，造成河堤不堪一击。1855年（清咸丰五年），黄河冲破原有的河道，改东北走向，在山东境内借大清河入渤海。"滔滔前进，九曲一回肠；涌涌奔腾，挥手十八弯。"

如此一来，两岸百姓民不聊生，苦不堪言。

此外，黄河浪大流急，成为难以逾越的天险，也是阻碍人们交流、来往、贸易等经济社会发展的一大难关。长期以来，在黄河上架桥十分艰难，乡民渡河大多依靠船家行船。为此，两岸分布着许多渡口。如果说黄河是一条巨龙，那么沿岸渡口就是龙身上的鳞甲。老话说"有灯就有人，有渡口就有渡船"，渡船连起了两岸的渡口和城乡，沟通着黄河的历史与未来。

在不适合建渡口的地段，人们为了过河想尽了办法，有做成羊皮筏子划行的，有在身上绑上水葫芦泅渡的，也有的等到冬天特别寒冷，河面上结了冰一步一溜滑过去。每年因渡河落水的不计其数。河水哗哗，弹奏着一声声的"过河难"。

相传明末闯王李自成在陕西米脂起义，率领农民军要打过黄河去，推翻明王朝的残暴统治。正值初冬时分，黄河水还未结冰，大军无法顺利通过。怎么办呢？闯王日夜焦心，愁得胡须头发在一夜之间全都白了。

谁知第二天一清早，有人来报："黄河已经冻得结结实实了。"李自成大喜，急忙传令三军赶快渡河。到了河边一看，黄水滚滚，根本就没结冰。可是上面却起了一座宽大的浮桥，船连船，板连板，四平八稳，正适合大军渡河。

李闯王纳闷极了，正要下马察看，忽然从河里爬上来两个人，向闯王一抱拳，朗声道："大王，我们是黄河的船夫。听说您要渡河，为民谋利，所以特地花了一夜工夫搭起这座浮桥，就请大军过河吧。"

顿时，李自成感动得热泪盈眶："我一定不辜负百姓们的厚爱，一定要让大家过上好日子！"说罢，驱马上桥，领兵东去了。

即使到了中华人民共和国成立后，虽说已经在黄河上架起了数座公路、铁路大桥，汽轮渡船也比较普遍，但对于蜿蜒万里的大河上下，还是有些地方交通阻隔、十分不便。大家渡河，仍然依靠原始的木船摆渡，而且老规矩：黄河险中险，夜里不行船。

记得20世纪60年代，有一篇震撼全国的报告文学作品《为了六十一个阶级弟兄》，讲述了这样一个动人故事：

黄河边上的山西平陆县，发生了民工集体中毒事件，必须连夜赶到对岸河南三门峡市去买药。两个心急如焚的青年人来到茅津渡口，只见那黄河翻滚着巨浪，河水拍打岸头，声声震人心碎。

这两个小青年，明明知道夜渡黄河容易翻船落水，极其危险。但是，为了挽救六十一个民工的生命，在这重要的时刻，就是天大的危险，也要心甘情愿地去冒一冒！他们毫不犹豫地去敲船工的门。

船工从酣睡中醒来："敲门干什么？"

"请摆我们渡河！"

"黄河渡口，自古以来，夜不行船，等天亮吧！"

"不能等！为了救人今夜非过河不可！"

当船工们听说是为了挽救六十一名水利建设者时，老艄公王希坚，不顾当天晚上正闹病发喘，猛然从热乎乎的被窝里跳了起来，抄起工具，吆喝一声："伙计们，走！"

后面王云堂等几个人紧紧跟上。来到岸边，二话不说，他们驾起船，直奔河心，凭着与黄河巨浪搏斗了几十年的经验，凭着一颗颗赤诚的心，终于打破了黄河不夜渡的老例，把取药人安全送到了对岸。

黄河啊，黄河！你就是这样的让人爱，又让人痛，既是慈祥母亲的乳汁，哺育着亿万中华儿女；又像一道鸿沟，将大地一分两半，阻挡着时代文明前进的脚步。

是啊！"黄河落天走东海，万里写入胸怀间。"唐代大诗人李白写在千年之前的诗句，今天读来仍有现实意义。

在我们面前，没有比脚更长的路，没有比人更高的山，不管征程上有怎样的艰难险阻、激流险滩，我们都会像英雄的铁道兵一样：逢山凿路，遇水架桥，奋勇拼搏，勇往直前……

二

"我是到了黄河也不死心"

古往今来，民间流传着一句俗话："不到黄河不死心。"

其意为不到万不得已的时候，绝不放弃希望和努力，并要保持敢打必胜的信心，不达目的决不罢休。

为什么是以黄河进行比喻呢？背后有什么来历吗？

有的。据清末民初梁启超先生考证：此话应与古诗《公无渡河》有关。传说古时有个白发狂夫执意渡河，不顾妻子的劝止，最终溺水而亡。于是有人感叹此事，作诗曰："公无渡河，公竟渡河，堕河而死，将奈公何！"

正如前面所说，古人常把黄河简称为河，这里的河亦指黄河，于是便隐括这首古诗的意旨，提炼出"不到黄河不死心"的俗语。后来，还有人依此创作了一些不同版本的民间故事，借以解释这句话的由来。

另外，众所周知，黄河是中华文明的发祥地，孕育着华夏民族的智慧与文化。人文始祖黄帝便兴起于黄河流域，之后的许多氏族都在此繁衍生息，中华文化也赖此得以承载传递、继往开来，所以黄河在古人及今人的心中都占有重要的地位。

汉语中还有大量与黄河有关的俗语，譬如"黄河归来不看川""跳进黄河

黄河"潜龙" |

也洗不清"等等，就是鲜明例证。甚至黄河水的清浊都关系着天下的兴衰，所以古人说："黄河清，圣人出。"历史上，黄河经常发生自然灾害，给当地人民和社会带来生命财产损失。但无论遇到多大的挑战和苦难，中华儿女总是坚韧不拔，顽强战斗。

这些俗语传递出的稳定心态和胆略气概，反映了中华民族的文化自信与精神追求。举一反三，如果人生道路体现出"不到黄河不死心"的精神，就能像黄河一样冲破一切障碍，闯过风雨、奔向前方。因此，这是一种绵长坚韧的民族精神，激励着人们在工作生活中持之以恒、克服困难，直到成功为止。

值得一提的是，一代伟人、中华人民共和国的开国领袖毛泽东主席曾在济南黄河岸畔视察，说过一句振聋发聩且意味深长的话："有人说不到黄河不死心，我是到了黄河也不死心！"

此话何来？话为何意？正如笔者反复描述的，黄河天堑，渡河艰难。而毛主席那句话里，就珍藏着一个关于渡河和游泳的典故。欲知详情，且容笔者一一道来——

早在革命战争年代，毛主席就与黄河结下不解之缘。1947年，蒋介石反动派重点进攻延安。中共中央机关转战陕北与之周旋，牵制敌人。8月16日深夜，毛主席等人抵达了葭县以西乌龙铺以东的曹家庄。

国民党军刘戡、董钊等部尾随而至，情况十分危急。

我西北野战军司令员彭德怀知道了此情，异常焦急，一方面通过电报请求中央纵队赶紧向葭县以北地区转移，一方面命令许光达率第三纵队到乌龙铺一带进行接应。

这个时候，彭德怀的部队和中央纵队，已被敌人挤压在葭县、米脂、榆林交界的狭小区域，背靠沙漠难以动弹，似乎只有东渡黄河一条路可走了。

第二天黎明时分，大雨不止，阴风怒号，四周一片漆黑，伸手不见五指。

毛主席招呼大家，说："莫管风雨，我们动身赶路吧。"

战士们冒雨在窑洞门前集合，有一言、没一语地搭话。曹家庄离黄河已经不远了，有人说："咱们已经到了黄河边上了，这回应该是要过河了。"

"绝对不会！"另一人用坚定的语气否定道，"毛主席说过，不打败胡儿子（指西北敌酋胡宗南），绝不过黄河！"

其他战士听了他的话，都点头认同，说："对，毛主席说话算话，绝不会改变的。"

说话间，中央纵队负责人任弼时来传毛主席的命令：部队行进方向不变，继续沿芦河北上，不渡过黄河。是！部队接令在风雨中前进。风狂雨暴，大家脚步踉跄，迈不开步子，就手拉着手，用强大的意志与风雨搏斗。

这是转战陕北途中，中央纵队走过的最艰难的一段行程。到了中午时分，风收雨住，云开雾散，红日当空，霞光万丈，偌大的天穹横贯了一道巨大的彩虹，灿烂夺目，无比壮丽。

大家仰头去看，都看呆了。卫士石国瑞平日喜欢吟诗作对，这时候忍不住手舞足蹈，嘴里叫嚷嚷着，说："太漂亮了，这美景太漂亮了，我要赋诗一首。"

大家听了，都拍手叫好，说："好呀好呀，我们就做你新诗的第一听众吧。"

"嗯。"石国瑞垂首思考了一会儿，抬头远眺穿行在崇山峻岭之间的黄河，拍了拍大腿，说，"有了。"他半眯着眼睛，摇头晃脑地吟起了第一句："啊——黄河，黄河在向我们招手……"

他吟诗的声音很大，饱含着丰沛的感情。不远处的毛主席听到了，走了过来，和蔼地问道："怎么？石国瑞，你是想过黄河吗？"

"不不不，主席，我在作诗呢！"

"作诗？"毛主席一下子来了精神，兴致勃勃地说，"好啊，这个好，这个时候应该赋诗一首。咱们大家都坐下来休息一会儿，听石国瑞同志作诗！"

石国瑞搓了搓手，跃跃欲试地对大家说："作不好大家不要见笑呵。"他清了清嗓子，又扬起脖梗迎风高声朗诵了起来："啊——黄河，黄河在向我们招手，在向我们打招呼，它亲切地说：毛主席，请快过黄河吧，河东要比河西安全。"

朗诵到这里，石国瑞停顿了一下，朝大家笑了笑，继续一字一句地吟道："我们响亮地回答：黄河，你根本不用担心，我们有强大的野战军，又有老百姓的支持，既平安，又顺利，再见！"

大家听了，笑作一团。

毛主席等大家笑够了，正色点评道："诗还是写得很好的，不错，应时应景嘛，可惜结尾的一句'再见'太突兀了，来，让我来续一句吧——'等我们打败了胡儿子，再拜托你，把我们平安地送到东岸。'"

不用说，毛主席续上的这一句，乃是神来之笔，起到了画龙点睛的效果。大家轰然叫好。当时，中央领导人周恩来和任弼时听了，也连称"好诗"。

瞧，毛主席和他所带领的革命队伍，不论面对多么艰难、多么险恶的处境，始终都保持着乐观向上的心态和必胜的信念，这样的队伍，必定是无敌于天下的！转过年来，革命形势一片大好，全国解放胜利在即，中共中央机关和毛泽东一行还是过了黄河。

那是在1948年春天，西北野战军根据毛主席制定的"围城打援"战术，发动了宜川战役，一举歼灭了胡宗南的得力爱将——刘戡率领的第29军共计2.4万余人，并于3月3日攻克宜川。

前面说过，毛主席在转战陕北期间，经常挂在嘴边的一句话是："不打败胡宗南，决不过黄河。"现在，胡宗南败亡在即，是渡过黄河到华北指挥作战的时候了。中央机关准备转移到河北平山县西柏坡村，整个杨家沟顿时沸腾了，人们笑啊，唱啊，开心得不得了。

大家知道，这意味着取得全面胜利的时刻就要来临了。

1948年3月23日，毛主席一行来到黄河西岸的吴堡县川口村，住在黄河岸边的老百姓扶老携幼，从四面八方赶来话别。当地的村镇干部准备好了10条船，毛主席带领警卫人员乘第一条船，周恩来和任弼时等人乘第二条船……

毛主席上了船，和船工们一一握手，嘴里不住说："有劳你们了！谢谢！谢谢！"

船工们激动地说："能送毛主席过河，是我们一生的荣耀。"

每年的3、4月是黄河的凌汛期，浊浪腾空，惊涛拍岸。毛主席站在船尾，西望送别的人群，眼角湿润，声音略带呜咽，喃喃自言："13年了，我在陕北生活了13年，我现在的心情和撤离延安时一样，真是万分不舍呀……"

卫士石国瑞听了，着急地说："主席，上次撤离延安，你提出'不打败胡宗南，绝不过黄河'，现在，胡宗南被打败了，船也到了河心了，你上次替我续诗，说'等打败了胡宗南，再拜托你把我们送到东岸'，这不？这个愿望就快要实现了。"

毛主席回想起当日在白龙庙续诗的情景，一下子乐了，说："石国瑞，你还记得上次我们随口作的诗呀，真有你的。"

船至中流，巨浪夹杂着磨盘大的冰块汹涌咆哮，冰块撞击木船发出惊心动魄的砰砰声，小木船忽而跃上浪尖，忽而沉落波谷。面对此情此景，毛泽东主席心潮澎湃，沉思良久，深深地感叹道：

"这个世界上可以藐视一切，但是不能藐视黄河。藐视黄河，就是藐视我们这个民族！"

新中国成立之初，百废待兴，万物更新，开国领袖毛泽东主席心里还是牵挂着黄河。1952年10月，鉴于毛泽东日夜操劳，中共中央政治局建议他休假以调养身体。不料，毛主席决定利用休假时间考察黄河。这成了他新中国成立后的第一次离京考察。

在经过仔细地商讨之后，毛主席最终决定从山东济南出发，再到徐州，然后南下到河南开封、郑州、安阳，最后返回北京。这条线沿途都是黄河水患比较严重的地方，大家担心路途艰难。主席却说："正是因为严重才要去，黄河是我们的母亲河，不能让孕育老百姓的河流变成破坏老百姓的河流。"

1952年10月27日，毛主席的列车到达了第一个目的地：山东济南。迎接他的是时任山东军区司令员许世友和山东省公安厅厅长李士英。来到黄河大坝上，望着滔滔东去的黄河水，他老人家一言不发。

"主席，你在想什么呢？"许世友问道。

"我在来的路上发现这里的黄河，要比济南城高呀，这样太危险了。"主席说道。

"是的，这里的黄河底比济南城高出6米到7米的距离。"

"你们可得把这里的大坝修严实，修稳当，要是黄河水一旦蔓延下来，这附近的百姓可就都要遭殃了。"

接着，毛主席一行又走到泺口大坝上，随口提问道："你们有谁知道啊，这里为什么叫泺口大坝？"

现场的人面面相觑，没有人答得上来。许世友说道："主席，我们读书少，还真不知道这为什么叫泺口大坝。"

毛主席点点头说道："泺口也叫洛口，两者同音，湖水的意思。泺口在黄河的南岸、济南的北面，济南城里的泺水从这里汇入黄河，所以叫泺口。"

"主席知识渊博，这件小事您都能记得如此清楚。"

"小事不小啊！防洪大坝，人命关天。"毛主席随即又问了一些关于黄河大坝的修建、附近百姓的情况，叮嘱道："一定要把黄河的事情办好！"

人们牢记着领袖的嘱托。

如今的济南城不仅是大坝固若金汤，而且打响了跨河发展的新战役。本书的主人公——中铁十四局大盾构公司修建的"万里黄河第一隧"，就是在这个名叫泺口的渡口开掘的。

行笔至此，似乎还没讲到"到了黄河也不死心"的故事。亲爱的读者请不要着急，且听笔者慢慢道来。

七年后——1959年9月21日，毛泽东主席再次离开北京，前往山东济南视察。这天上午10时，他在专列上召开一个座谈会，与时任山东省委第一书记舒同、山东省委农村工作部副部长杨节、历城县东郊公社党委书记郑松等人，就经济建设和人民公社的整顿问题畅谈起来。

当听到舒同汇报：全省计划组织900万人上阵开发山水林田的宏伟计划时，毛主席有些质疑，说："制订计划不能好高骛远，一定要符合现实，你给我交个底，真能组织起这么多人吗？就算真能组织得起，也要注意，体恤下情，量力而行。"

少顷，他神色变得严峻起来，说："你们年年都汇报说开了多少山，造了多少林，我坐飞机从北京到上海，瞪大眼睛看半天，一点也看不到。"

舒同等人面面相觑，无言以对，半晌，只好喃喃地表示："我们检讨，没做好工作，一定改正……"

毛主席见他们认识到了错误，摆了摆手，转移了话题。

他一生酷爱游泳，在1956年6月第一次畅游长江，一连游了15公里左右，此后十年，曾十八次畅游长江。在青岛开会时，毛主席还抽空下海游泳。这一次，在座谈会结束时，他宣布道：

"有人说，不到黄河不死心，我呢，我是到了黄河也不死心。我几乎游了全国的大江大河，唯独黄河还没游过。我准备制订一个计划，在济南横渡黄河。"

舒同等人听了，大惊失色，一齐摆手说："游不得，游不得，黄河水含有大量的泥沙，不同于别的大河，游不得。"

"泥沙？泥沙有什么可怕的？上岸来冲一冲就是了。"

郑松担任历城县东郊公社书记，经常在黄河岸边转，对黄河的情况比较了解。他说："泥沙还是其次的，主要是黄河的漩涡太多了，而且大。"

听到有漩涡，毛主席沉思了起来，说："有漩涡的话，就得提前好好勘察

　　　　　　　　　　　　　　黄河"潜龙"　｜

一番了，咱们得设法避开漩涡多的河段。"他稍加思索又说，"这样吧，拜托你们提前做些勘察工作，我明年7月下旬或8月上旬来游。"

对于黄河，毛主席其实是怀有一颗敬畏之心的，并且情有独钟。在他心中，黄河不仅仅是一条河，而是与中国人民同种同宗的患难兄弟，一起吃苦，一起抗日，一起打垮国民党反动派。从20世纪50年代后期，毛泽东常对身边的工作人员讲黄河的事。

1947年10月，中央在黄河边搞农村调查，住在葭县的神泉堡，这座城在高高的山顶上。毛主席回忆当时的情景："我有时上山从那里看黄河。黄河真是我们民族的骄傲。它壮观得很哩，汹涌澎湃，从我脚下流过。有时我沿山间小路走，一直下到河边。每次看黄河回来心里就不好受。"

为什么会感到不好受呢？毛主席表示："因为我们没治好它身上的千疮百孔啊。我们还没驯服黄河，让它造福人民。我欠了黄河的情喽！"

他接着回忆："1948年3月宜川大捷，我们共产党领导的部队打败了国民党胡宗南部。我们的部队行军来到川口，要从这里过黄河。水流急得很，还有冰块哩。我这次没能到激流中去试一试水。面对咆哮的黄河，我是坐渡船过去的，不是游过去的，可惜呀！"

现在他提出来了：要在济南游泳，横渡黄河。

舒同看出了毛主席的决心，会后就和杨节、郑松等人详细研究了渡河的地点、时间及如何组织人员勘察等等问题，做好了准备。

可惜的是，第二年——也就是1960年，由于形势的变化，毛主席没有到山东来，横渡黄河的壮举最终没有实现。

这就是"我到了黄河也不死心"的典故来源。

令人欣慰的是：新中国成立七十周年之际，就在毛主席视察过的黄河泺口上，光荣的铁建人摆开了超大直径盾构机，开始了从河底穿越到对岸的隧道施工。

如果他老人家能够再来的话，不用专列，不用游泳，乘坐小车沿着宽敞平整、舒适明亮的隧道，一眨眼就过了黄河……

第二章

『悬河』下的济南

一

古济水之南

"来，我考考你们，有谁知道山东、济南的名称是怎么来的吗？"

"哦，怎么来的？这个……"

面对这个考题，在场的人们你看看我，我看看你，纷纷陷入了沉默。看来大家只知道山东和济南的地理位置，以及近代以来的一些具体情况，可要解释名称的来历，确实不太清楚，也就不敢多言了。

问话的人气宇轩昂，和蔼可亲，正是我们敬爱的毛主席。而陪同在他身边的是时任中共中央办公厅主任杨尚昆，公安部部长罗瑞卿，第一机械工业部部长、党组书记黄敬，山东军区司令员许世友等人。

这正是1952年10月的一天，新中国成立后的第三个国庆节刚过，政务繁忙的毛主席就来到了山东省济南市视察，这也是他新中国成立后的第一次离京考察。对于这颗齐鲁大地上的明珠、山东省的省会城市，他早闻其名，却一直无缘前来，现在终于如愿以偿了。

早早等候在济南接待毛主席一行的，就是忠心耿耿、智勇双全的山东军区许世友司令员。说到两人交往以及与济南的渊源，那可就深了。早在1935年长征期间，许世友即在毛主席的指挥下，率领部队参加了包座战役，打开了向甘南进军的通道。

红军到达延安后的1936年，因为批判依仗红四方面军人多枪多企图另立中央的张国焘错误，担任过原红四方面军军长的许世友受到了牵连，一时负气，准备拉人离开延安去打游击。事情暴露后，他遭到了拘押候审等待判刑的处分。

还是毛主席发现了这一情况，认为打击面过大，原红四方面军绝大部分同志都是好的，立即纠正，并主动向受到连累的部下送去了帮助和关怀，尤其对许世友恩威并施，信任有加，终于使他解除了思想包袱，义无反顾地重新投入到革命事业中，从此与毛主席结下了深厚情谊。

抗日战争全面爆发后，许世友主动请缨上前线。1938年，他被任命为八路军第129师386旅副旅长，后又出任胶东军区司令员，领导军民浴血奋战，取得了一个又一个胜利。在延安的毛主席接到报告后，高兴地说："好一个许世友，打红了胶东半边天！"

1948年9月，解放华东重镇济南时，本来许世友正在胶东养病，又被毛主席亲自指定为济南战役攻城部队总指挥。许世友立即带病来到前线，指挥部队只用了8天时间，便将济南攻克，新中国成立后成为首任山东军区司令员。因此，他十分熟悉济南这座城市，在此迎接毛主席，内心十分激动，决心尽好这份"地主之谊"。

1952年10月26日下午，毛主席一行乘坐的专列抵达济南，许世友进站迎接。两位许久未见的老朋友、老战友的手，紧紧握在了一起。许世友向毛主席致以热情的问候，毛主席则关心地问起了这位老部下的近况。

下午6点多，一辆雪佛莱轿车驶入山东军区交际处。在许世友的搀扶下，毛主席面带微笑地走下车，和诸位迎候他的当地领导——握手、座谈。当晚，毛主席下榻于济南饭店1号楼128房间。按照老习惯，他到一个地方喜欢了解历史人文，便让身边的卫士李银桥，去借一本《历城县志》来。

于是，李银桥找到了负责接待的交际处处长曲溪。对方想了想说："一时间很难找到《历城县志》，我知道有《济南府志》，介绍过历城县。"

"那也可以，主席想看看。"

很快，曲溪驱车前往山东省图书馆，借来一本《济南府志》，呈送给了经常手不释卷的毛泽东。

10月27日，在罗瑞卿部长、许世友司令员等人的陪同下，毛泽东主席对济南进行视察。其间，与大家闲聊时，毛主席突然问起了开篇那个话题。

眼看众人面面相觑、不知如何回答，他便开口讲述起了历史："山东这片土地，是中华民族最早生息的地方、也是中华文化的发祥地之一……在古代，'山东'有时候指齐鲁，有时候它的概念又比齐鲁大。

"山东作为地方最高一级的行政名称，是从金代开始的。历史上，山东这块土地，哺育了众多名人贤士。据说三皇五帝里的舜和大禹，都曾在这里生活。孔子、孟子、左丘明、孙武、孙膑、诸葛亮、黄巢、戚继光、蒲松龄等，都是山东人。他们不仅为山东增光添彩，也给中国历史做出了很大贡献。"

说完了山东，毛泽东又说起了济南：

"济南这个地方，历史也很悠久。为什么叫济南呢？是因为这里古代的时候，有一条大河，从河南王屋山发源，从山东半岛入海，名为济水。在古时候，济水和黄河、淮河、长江，并称为中国四大江河。可到了后来，济水上游发生了变化，下游叫成了大清河。清咸丰五年（1855年），黄河在河南铜瓦厢决口改道，河水流入了大清河，从此就并称为黄河，济水的名字就没有了。

"现在济南北郊的黄河，就是古代的大清河。因为济南这个地方，位于济水之南，所以从汉代开始，这里就叫作济南。曹操还曾担任过济南相。而到了晋朝，济南郡的治所转到了历城，就是今天济南市内的旧城区。现在的济南市区，才从此成为郡所在地。明朝初年的时候，在山东地区设省，省会就设在济南府历城县。从那之后，济南便一直是省会城市。"

说到这里，爱抽烟的毛泽东点起一支烟，接着说道："济南这个地方，自古以来就是北方重镇、交通枢纽，还是一座文化名城。孟姜女哭长城的故事，就是在济南南部发生的。其实，她哭的是齐长城，而不是秦长城。到了唐宋，大诗人李白、杜甫、苏轼等人，都来过济南；而辛弃疾、李清照等，都长期生活在这里。因此，自古以来，济南就有'诗城'和'名士众多'的美名。"

现场众人听了这番深入浅出的讲解后，连连点头，无不流露出由衷崇拜的神色。尽管大家都知道，毛主席的人文地理知识十分丰富，但能将山东和济南的历史如数家珍娓娓道来，还是出乎了他们中很多人的意料。

是的，济南之所以称曰"济南"，正是因为地处古济水之南。

在我国古代，有四条大河源远流长，奔腾到海，分别为"江、河、淮、济"，意即长江、黄河、淮河、济水。其中淮河和济水古时候也是独流入海，故得与长江黄河并列，称为"四渎"。古代天子祭天下名山大川，即五岳与四渎。据《史记·殷本纪》："东为江，北为济，西为河，南为淮，四渎已修，万民乃有居。"

斗转星移，沧海桑田，多少个岁月过去了，淮河、济水先后被黄河改道所夺，淮河下游淤塞后改注入长江，而济水故道即今之黄河下游。汉、唐史书记载，鲁北的主要河流有三：济水在南，源水居中，黄河最北。

济水干涸，几近消失，为何能位列四渎？

唐太宗李世民曾问大臣许敬宗："天下洪流巨谷不载祀典，济甚细而在四渎，何哉？"

许敬宗答曰："渎之为言独也。不因余水独能赴海也……。济潜流屡绝，状虽微细，独而尊也。"

这就是说：济水虽然细微，却能独流入海，济水这种不达于海誓不罢休的顽强精神，就是它始终位列四渎的原因。

最终济水还是消失了，这与黄河有着密切的关系。黄河以"善决、善徙、善淤"著称，在春秋战国之后黄河的一次次改道、决口给人民带来深重苦难的同时，也给济水带来了严重伤害。从5世纪后，济水的上段逐渐埋塞。济水下段则以大野泽和汶水为源，唐代之后被称为清水。

北宋梁山泊以北的济水时称北清河，与汶水合流后又名大清河。从此，济水下游河道虽然还在，已无济水之名。

清朝咸丰年间，黄河在河南铜瓦厢改道之后，夺取了大清河道，彻底把济水存在的痕迹在大地上抹去了，这条在古代声名赫赫的大河自此消失，但由它而来的"济南"这个地名，却永久留存下来。

济南历史悠久，文化灿烂。

舜（约公元前22世纪）曾"渔于雷泽，躬耕于历山"。历山即济南市历下区南部的千佛山。所以市内还散落有各种以舜命名的地名，如"舜井""舜耕路""舜华路""舜耕山"等。进入奴隶社会的商代，社会生产力进一步发展。在城子崖一带，建立了谭国。商代末期帝乙、帝辛（纣）克东夷时甲骨文卜辞中的"泺（luò）"字即代表今日的趵突泉，从而把济南泉水有文字记载的历史，上溯至3000多年前。

西周建国后，行分封制，济南地区属齐国。此时，谭国仍继续存在。中国首部诗歌总集《诗经》中，收有谭国一位大夫所作的讽刺诗《大东》，是现存最早的一篇有关济南的文献。春秋战国时期，社会发生巨大变革，奴隶社会开始向封建社会过渡。济南属齐国之泺邑。随后改为历下，其时著名的齐晋之战，即发生在今济南市南部马鞍山一带。

秦始皇统一天下，建立郡县制。今济南市区地属济北郡，称历下邑。2100多年前的汉代，因其在"济水"之南改称济南，设立济南郡，此为"济南"一名出现之始。西汉文帝十六年（公元前164年）以济南郡置济南国，辖境约当今山东省济南全市，以及滨州市邹平县等市县。汉景帝三年（公元前154年），济南王刘辟光谋反被诛，国除为郡。东汉复为济南国，汉灵帝时，曹操出任济南相，政绩显著。公元229年，他的儿子曹植被封济南境内的东阿王。曹操与曹植是"建安文学"的倡导者，著名的"建安七子"也多是诞生在济南周围，正是因为他们，济南才成为魏晋时期文学的鼎盛之地。

门神，老习俗里用来驱除妖邪，它源于另一位济南人秦琼。在李渊父子推翻隋炀帝的战争中，好汉秦琼立下汗马功劳。唐朝建立后，唐太宗李世民念秦琼忠勇双全，令其为自己守寝护门，遂被封为"护国公"。当年的国公府，就建在现在的五龙潭边。忠、孝、义、勇、信，涵盖了秦琼的一生，也成就了"山东好汉"的美名。

唐天宝四年（745年），现实主义大诗人杜甫和北海太守李邕在大明湖历下亭亭内聚会，席间杜甫诗兴大发便即兴赋诗一首：《陪李北海宴历下亭》，其中一句"海右此亭古，济南名士多"，千古流传，脍炙人口。

诗中上联中海右这两个字，是交待历下亭方位，古时正向为南，因渤海在东，历下亭在西，故称"海右"，而下联则显现出济南的品位，有着众多的名士。一座城市有一座城市的特色，作为历史文化古城，济南的"历下"二字丰厚多彩，比方说历下区，历下亭，历山路等等，这些地名成了研究济南历史的源头，而历山就是现在的千佛山。

历史长河流到了宋元时期，流到了济南这一段，便更加地开阔和文雅起来。那年，唐宋八大家之一的苏辙由京师到济南出任齐州掌书记，吸引他前来的原因是"济南多甘泉。"

当然，被泉城烟水吸引前来的名士可不止苏辙一人，唐宋八大家中还另有苏轼、欧阳修、曾巩来到济南。在这里，他们把最壮丽的诗文写进泉池，辞章与泉水平行，与永恒押韵。

曾巩在济南任职期间，主修了大明湖的北水门、百花堤和"七桥风月"，考察认定了济南泉水的源头在南部山区。跐突泉经过开渠引泉，泉溪相连，整个城市因泉溪的环绕而变成一座"水城"。同时，他还重新振兴了济南地区的《尚书》之学，推动了济南文化教育的发展，不愧为"文章太守"。

"花自飘零水自流。一种相思，两处闲愁。此情无计可消除，才下眉头，却上心头。"1084年，一位小千金降生在济南府一位名士的门第。十几年后，她词领婉约，绝代风华，成为中国千年一遇的大才女，她就是李清照，号易安居士。

"醉里挑灯看剑，梦回吹角连营。八百里分麾下炙，五十弦翻塞外声，沙场秋点兵"则是能文能武的辛弃疾（字幼安）的名句。他也在济南出生长大，是著名的文学家、军事家，词艺上与苏轼齐名。

李清照与辛弃疾，被后人誉为婉约词派和豪放词派的代表，在中国文学史上并称"济南二安"。他们在词坛上双峰并峙，使得一座城市，在不经意间开出一片诗意的天空。"二安"更像是济南城市性格的两极。可是，在豪放派这里，却也有"稻花香里说丰年，听取蛙声一片"的闲雅之风，婉约派人物，竟也唱出"生当作人杰，死亦为鬼雄"的动地壮歌。

"二安"之后，济南文风日渐兴盛。

元代四大家之一的赵孟頫于至元二十九年（1292年），出任济南路总管府事。他博学多才，书画冠世，在济南留下许多诗篇，尤以《趵突泉》影响最为深远，楹联"云雾润蒸华不注，波涛声震大明湖"为传世名句。此外，画作有《鹊华秋色图》，泉城烟水，在赵孟頫的心里折射成一幅水墨丹青，氤氲出久远的年代。

后来的清乾隆皇帝对此画倍加喜爱，"鹊华秋色"四个字就是他的御笔，非但如此，乾隆帝还在画面提了四跋，记录他曾站在济南府的城墙上，对照着此图眺望鹊华景色。济南，一定埋藏着什么诱惑，如果没有，乾隆怎么就这样认定了你呢？以至于数百年之后，演绎出一部琼瑶笔下小说翻拍的电视剧《还珠格格》，在大明湖畔与夏雨荷生出一段浪漫史。

元朝礼部尚书张养浩也是济南人，为官方正，敢于直言犯谏。他的散曲造诣极高，在济南老家隐居8年期间，寄傲山林，纵情诗酒，创作了大量诗文散曲。其中的《山坡羊·潼关怀古》中的"兴，百姓苦；亡，百姓苦"，道尽了一代清官的为民情怀。

明初仍为济南府，属山东布政使司（简称行省），洪武九年（1376年）省治由青州移治济南，济南遂成为山东首府，是山东布政使司、都指挥使司及按察使司驻地。曾任山东参政镇守济南的铁铉，机智灵敏，坚贞不屈，为抵抗以"靖难"为借口出师抢夺帝位的燕王朱棣，率众殊死搏斗，被捕后立而不跪、骂不绝口，受磔刑而死。

后人在济南大明湖立有纪念祠堂——铁公祠，正门有一副楹联，为清代文人严正琅所撰："湖尚称明问燕子龙孙不堪回首，公真是铁惟景忠方烈差许同心"。上联是批判、抨击为了皇位而滥杀无辜的明成祖朱棣，下联则是歌颂铁铉等对朝廷忠贞不贰、为建文帝朱允炆死难殉节的忠烈们。

明清以来，济南府一直为山东的治所所在地。

1840年鸦片战争后，中国沦为半殖民地半封建社会，帝国主义列强纷纷涌入中国，宰割掠夺，济南亦未幸免。1904年，济南自开商埠。城市区域随之扩大，工商各业有长足发展。1912年末，津浦铁路黄河大桥建成通车，济南成为南北交通枢纽。

中华民国成立后，改府为道，济南初属岱北道，1914年改称济南道。1921年春，王尽美、邓恩铭在济南建立共产主义小组，成为国内建立最早的共产主义组织之一。1928年5月3日，日军在济南制造了五三惨案，屠杀中国军民6100余人，伤1700余人，至今每年这一天，在济南市范围内，包括各区县，都要拉响防空警报，以示纪念。

1938年，日军侵占济南后，划为11个区，称城内东区、城内西区、城外东区、城外西区、商埠东区、商埠西区、商埠中区、东乡区、南乡区、西乡区、北乡区。1945年日本投降后，仍为11个区，总面积177.62平方千米。抗战胜利后，时任山东省政府主席的何思源返回济南，接收了国民党控制下的山东日伪政权。

1948年9月，中国人民解放军解放了济南，设立济南特别市。新华社在10月24日播发了济南战役的战果：毙伤国民党军22423人，俘王耀武以下61873

人。美联社对此评论:"自今而后,共产党要到何处,就到何处,要攻何城,就攻何城,再没有什么阻挡了。"

中华人民共和国成立后,中共山东省委员会、山东省人民代表大会、山东省人民政府、政协山东省委员会、济南军区和山东省军区机关、中国人民银行济南分行均设驻于济南,济南继续保持着山东省的政治、经济中心地位。1991年,设立国家级济南市高新技术产业开发区。1994年2月,济南被确定为副省级城市。

这就是历史文化名城、堪称笔者的家乡——济南的前世今生。虽说笔者原籍在鲁西北大平原上的德州陵城区,可笔者的母亲的故乡就是济南府的章丘县,而她是在泉城成长上学,直到解放初期参加革命工作才来到了德州。笔者从小就常来济南住姥娘家,对趵突泉、大明湖、千佛山等景点一点儿也不陌生。

尤其看了清代小说家刘鹗的《老残游记》,其中济南城的"家家泉水,户户垂杨"的描写,使笔者感受很深。因为姥娘家就在趵突泉旁边的小巷里,真正体验到了搬开青石板即见泉水流的景象。

后来,笔者参加工作是在德州齿轮厂,1979年参军入伍又来到济南军区空军某部服役,驻地在泉城西郊的空军机场,直到转业至山东省作家协会《山东文学》杂志社工作,在这里结婚生子成家立业,一直工作生活了三十多年。可以说,济南的一草一木、一山一水我都十分熟悉,充满了深挚的感情。

值得一提的是:当年我从德州往返于济南,除了乘坐津浦线火车,一路风驰电掣经过黄河铁桥之外,就是搭乘顺便的小汽车、大货车,抑或购买长途客车票,行驶到黄河泺口渡口下车,换乘渡船过河。

至今,我对那种随着大小车辆上船,而后站在渡轮甲板上过河的情景,记忆犹新,联想到现在从泺口隧道乘车一溜烟儿似的,就从黄河底穿越渡河了,大有恍若隔世之感……

然而谁能想到,地处黄河下游、依河而建的古老灿烂的济南城,却也因河而隐藏着一个巨大的隐患——

九曲黄河万里沙，浪淘风簸自天涯。

古人一句诗词，道出了万里黄河的特征——波浪滔滔，泥沙俱下。前面说过，黄河流经华夏西部黄土高原，那里土层深厚，土质疏松，地形破碎，夏秋暴雨集中，裹携着泥沙顺流而下，无论年输沙量，还是平均含沙量，黄河在世界江河中都名列第一。

"黄河斗水，泥居其七"。进入黄河下游河道的泥沙，平均每年高达16亿吨，平均含沙量为每立方米35千克，相当于1吨黄河水里面就有35千克泥沙。特别是黄河中游的内蒙古自治区托克托县河口镇至河南省洛阳市孟津县，这一段是黄河的主要产沙区。这就造成了河床多年淤积抬高，黄河下游已成为地上悬河。

自此，黄河决口、改道频发。据史料记载，从公元前602年至1938年的2500多年中，黄河发生决口的年数有543年，决口的次数高达1590次，改道26次。最近的一次黄河大改道发生在1855年（清咸丰五年），黄河冲破原有河道，改东北走向，在山东境内借大清河流入渤海。

新中国成立以来，为了防止水患，人们先后多次全面加高培厚黄河堤防，"地上悬河"虽没有出现决口事件，但黄河下游两岸大堤之间已淤积了近100亿吨泥沙，河床平均抬高2—4米，平均高出背河地面4—6米，最高达10米以上。尤其是山东省会济南，犹如头顶上放置了一个硕大的水盆，不知何时会倾洒下来。

曾经有一位生活在黄河边上的老济南人，名叫程兆强，抚今追昔，专门写过一篇名为《泺口看"悬河"》的文章，生动形象地讲述了他所闻所见的黄河故事。摘录如下，原汁原味：

我家住在济南老城的西北边，离繁华的市区很远，而离城北的黄河挺近。不过，在很多年里，我不敢去看黄河，自从幼时听奶奶讲了黄河发大水的故事后，我对黄河充满了恐惧。

奶奶说，一年的夏天，黄河发了大水，汹涌的黄水（旧年月，我们那里的人把黄河水叫作黄水）冲破堤坝，向岸边的田野、农舍狂奔而来。这时候，整个村庄弥漫着恐怖气息，素日里悠闲自在的鸡，惊慌地飞上了房顶；平时爱趴在大门口打盹的小狗，焦躁地窜来窜去，并且还扯着嗓子汪汪乱叫；村里的村民，更是坐立不安，心慌意乱……

去看黄河——把黄河当成风景看，是最近几年的事。这时的黄河，已经不是"三年两决口"的黄河，而是毛泽东所说"我们一定要把黄河的事情办好"之后的黄河了。诗仙李白说，"黄河之水天上来"。来自"天上之水"的黄河，流到济南这方土地时，已是高出两岸地面数米、名副其实的"悬河"了。

在济南看黄河，可以说是看"悬河"，而看"悬河"，我常去的地方是泺口。泺口位于济南的北部，是北出济南的门户，曾经是繁华的码头，亦被称作"上关道口"。这里地势险峻，堤坝巍峨、壮观，是看"悬河"的最佳观景处。

站在大堤下，仰望宏伟的堤坝，你不能不为之震撼惊叹……

大堤把黄河和市区分成了两个世界。堤外是高低错落的平房和高楼，堤内是奔流不息的黄河水，堤内堤外巨大的高低落差，让你切身感受到"悬河"的惊险。站在大堤上远望，那"天上之水"闪着片片光亮，从遥远的地方奔流而来，裹着泥沙，排着浊浪，浩浩荡荡向东流去。兀然独立的鹊华二山，隔河相望，静默无语，让人想起赵孟頫名作《鹊华烟雨图》中的静美景色。只是当年的鹊山湖、古济水及其各支流，早已干涸消逝，被这滔滔的黄河水取而代之——大自然再次挥动她那神奇妙手，绘就了一幅壮美的山河画卷。

每次看黄河，我都要去看一看那座百年铁桥，像去看望一位百岁的长者，恭顺地、垂立在他面前，听他讲一讲自己的身世，说一说他的所见所闻。每次看黄河，在经过"备防石垛"时，我会停下来，打量打量这些防汛的石料，心中期盼它们永远派不上用场，唯有这样，那黄河才会安然无恙。

说真的，我很少走到黄河水边，更不敢掬一捧黄河水到面前，我看到眼前那"水黄泥沙多""一碗河水半碗泥"的河水，泪会莫名地涌上来，像诗人艾青看到了大雁河，看到了土地……

啊！黄河，中华民族的母亲河。它给中华民族带来了生命与福祉，毋庸讳言，某种程度上也带来了诅咒和灾难，并自古延续到今天。

这种"从天而降"的隐患灾祸，很多都源于"地上悬河"。尤其在山洪暴发的汛期，在冰凌开封的春潮里，两岸的防洪压力如同头顶悬着古希腊神话中的"达摩克利斯之剑"，需时时刻刻提防，生怕它劈杀下来。

此外，还有一个更大更难的障碍，那就是它阻挡了全省政治经济文化的中心——省会城市向北发展的道路。就像"一关当前，万夫莫开"的天堑关口一样，拦住了华东重镇、拥有"天下第一泉"的济南奔向北方，一马平川大原野、与京津冀携手前进的步伐。

当岁月之河滚滚滔滔，经历过了改革开放的新时期，流到了二十一世纪的今天，这道难题愈加清晰地摆在济南人的面前……

二

北跨——时代的呼唤

公元2016年12月8日，时令已进入初冬季节，泉城济南一片冷风瑟瑟的景象，街头巷尾的人们穿上了冬装。可在市委、市政府的会议厅内，却宛如三伏盛夏一样的热气腾腾、激情似火。

这是一次重要的"全市工作务虚会",座无虚席,济济一堂,来自全市各部门的负责人和有关专家学者,正在热烈而有秩序地讨论着。主题就是:以问题为导向,讨论今年怎么看;以目标为导向,讨论明年怎么干;找准问题,理清思路,明确目标,真抓实干。

会上,时任山东省委副书记、济南市委书记的王文涛对城市框架和结构进行了分析,并用一个生动的比喻,点出了济南城市布局结构面临的突出问题,引起了强烈反响。

这位就任现职仅仅一年有余的市领导,通过一系列走马灯似的调研、思考、论证,已经形成了关于城市发展的主要构想。他操着一口南方普通话,打着手势,沉重而又不失幽默地说:

"我那天在建设部说,我们城市像根'油条',是狭长的。但问题是还把我们扔进油锅里,那么这个'油条'怎么办呢,刷一下子这么长了。老说东拓西进,可换句话说,东拓有个底吗,西进有个界吗,边界有吗?再这么拖下去,这个城市交通是不堪重负的。再东拓,再往西进,就变成'老油条'了。"

"呵呵……"参加会议的人们不约而同,会意而又尴尬地笑起来。

"你们想想看,这个城市就放在这里了,你要解决的话,怎么办?只有北跨……"

王文涛进一步阐释说:"从长远来看,城市建设不可能无限拉伸延长,未来的发展,必须瞄准和实施北跨,变跨河发展为携河发展。"

对于这一分析,会后记者采访了时任山东省宏观经济研究院院长的刘斌,他认为:

"这样的城市布局更合理,产业布局也将随之完善。突破去向北跨越黄河,来进一步拉大济南的城市框架,那么这个也有利于咱们的产业在黄河以北来布局建设。沿着黄河构建一河两岸的城市框架,在发展主城区的基础上,我们要构造新的城区,使我们的资源更合理地分布在城市的各个部位。那么,我

黄河"潜龙" |

们的自然配置就更好一些，效率更高一些。"

变跨河发展为携河发展，进一步优化了城市格局，那么如何让北跨战略落地呢？

刘斌接着说："比如，构建这种完善的跨河大桥和隧道，使我们黄河两岸有更进一步的便捷沟通，那么老百姓通过这种便捷方式，就愿意去城北了。另外呢，通过我们公共服务设施的先行建设，使新区的公共设施，服务功能得到完善，人们也愿意到那个地方去居住，再加上我们原来所做的这些比如绿化，比如美化这种工程，使建设出来的新区更美好。"

务虚会上，王文涛还拿出一个原子结构模型，详细阐述了一座城市的主中心、副中心、次中心、地区中心和卫星城之间的关系。他指着模型上红、黄、白点说：

"这是我向化学老师借的，如果说这个是主的话，那这就是个副中心。然后呢，还有5个次中心啊，西客站一个，新东站一个，孙村一个，临空一个，济北一个。第3个层面是地区中心12个，这里就是白的地区中心。最后一个层面就是稍微远一点的，卫星城啊，是长清和章丘，就是这两个黄的啊，一东一西。每一个的这个地区中心呢，就是15分钟的生活圈，这样就减少大量的交通。这就是我们讲的所谓的组团式，也是总书记所讲的精明增长。"

最后，王文涛总结道："城市结构和框架出来了，也就决定了交通系统、商业布局、公共服务设施、生态绿地建设的发展方向和位置。"

这是一次务虚会议，实质上也是一次务实会议。它为济南向北跨越、携河发展提供了目标蓝图，吹响了大踏步的进军号角。因为形势逼人，已经时不我待，刻不容缓了。

打开济南地图，可以明显地看到：古城南依泰山，从市中心行车十几公里就是南部山区；北靠黄河，从繁华的长途汽车站往北只有几公里——几乎迈步就到了黄河大坝。受此制约，济南城不可避免地呈现东西长、南北窄的条状走向。

城内有大明湖，趵突泉，依湖依泉而建城。但是，济南却一直不能往大明湖北面发展。那里不远便是黄河的泄洪区，从这个意义上来讲，坝区内不允许建设。

事实上，济南自龙山文化以来，从未跨过黄河。近年来，济南为了改变这种现状，进行了多次探讨，却由于多种原因未能实现。而今济南发展速度明显加快，受这种长条状发展的限制，济南土地资源不足的短板日益凸显，城市发展越来越受到限制，功能布局、交通连接、公共设施辐射功能都大打折扣。

目前，历下区、市中区、槐荫区、天桥区都面临土地减少的困扰，只有历城区尚有发展潜力。这是济南面积最大的一个区，整个市域面积8177.21平方公里，历城区就接近1300平方公里。济南无论是向东还是向北发展，都要与历城区交集，但历城区情况复杂，且多地是城市与乡村接合部位。

"济南的这种长条状走向，在同等级城市中是绝无仅有的。"山东财经大学教授、山东省房地产业发展研究中心主任孙大海博士说，"有效的土地太少，发展速度又快，会导致单位土地的承载压力很重。这座城市发育得越来越丰满，山与河之间的狭长地带就显得格外小，如同衣服太小，穿不进去。别的大城市怕'摊大饼'，济南不怕，济南的形状更像根油条，还不如'摊大饼'呢！"

早在进入新世纪的2001年12月31日，黄河小浪底工程全部竣工，就此解决了黄河下游凌汛的威胁，以及河道淤积等问题。2003年，"北跨黄河"，便作为济南市的城市发展战略议题，被提上日程。

在孙大海博士看来：济南北跨最大的意义是在于一旦跨过黄河，济南的上述困境将不复存在。"跨过黄河，就是一望无际的平原。跨过去，就能改变济南的城市形态，人们的想象空间和城市的规划做法将因此而变，其他如交通、产业都将因此而调整。"

中国城市发展研究院主任刘诚也认为：济南市北跨战略将为未来的城市

发展预留土地，完善济南市的空间结构。他说：

"北跨能够优化城市功能布局，完善城市内部交通连接，提高济南市引入新兴产业的承载能力。济南市在信息技术、生物医药和高端制造等多个领域都有很好的基础，北部的土地资源将承载济南市进一步的产业升级。济南市还是北方高铁枢纽，天然具备外部交通优势。北跨而来的新区依托黄河自然资源，优先发展文化旅游产业，既能带来省内外游客，提高新区知名度，又可以加快推进城乡统筹，提升人居环境。"

如此说来，北跨成功，受益的何止是济南一座城呢？

事实上，早在2003年的山东省委常委会扩大会议上，济南的城市发展战略规划就被确定为：东拓、西进、南控、北跨、中疏通。

当时，借助第十一届全国运动会在济南举办，以及济南铁路西客站开发的契机，东拓与西进都取得了显著成效。并且为了表示东拓的决心，济南市委、市政府办公机关，也在2009年迁到了城市东部的奥体片区。

可是北跨呢？一直只听"北跨"口号，既没有资金投入，也没有政策支持。从喊出"北跨"的口号到2015年，15年的时间，连汽车免费通过黄河大桥的问题都没解决，最后都懒得喊了，"北跨"几乎成为一个"笑话"。而前任市委领导班子，也只是尽力而为推出了济阳、商河过桥免费的政策。

转折还是出现在2015年——

这年的3月27日，济南市召开全市领导干部会议，宣布中央关于济南市委主要负责同志职务调整的决定，王文涛任中共山东省委委员、常委和中共济南市委书记。在前任书记因腐败被"双规"近半年之后，济南终于迎来了新的"掌门人"。

在一阵热烈而礼貌的掌声中，王文涛发表了"就职演说"似的现场讲话，其中讲道："来济南工作，我内心感到无比的光荣和自豪，现在全国都在为了实现'两个一百年'奋斗目标而追逐着中国梦，从今天起，我就正式成为一名新济南人，将与700多万济南人民一同追逐我们的'济南梦'。"

对于今后的工作，王文涛提出："要凝心聚力抓发展，着力调结构转方式惠民生，不断提升济南经济社会发展的质量和水平。同时，持续深入抓改革，坚决破除制约济南发展的各种体制机制障碍，特别是着力推进简政放权，更好地发挥市场在资源配置中的决定性作用。并坚定不移抓法治，深入推进依法治市，着力提升各级领导干部的法治思维和法治能力，真正把党的十八届四中全会精神落到实处……"

可以说，这是一个精彩的亮相，至于能不能落实，还要看行动。

生于1964年的王文涛是江苏南通人，1981年考入复旦大学哲学系，是个名副其实的"高材生"，毕业后先后任上海航天局职工大学团委书记、校长助理、副校长，挂职任上海市松江区五库镇党委书记、镇长。由此，他经历了多岗位历练、多地交流任职，积累了丰富的基层工作经验，先后担任上海市松江区计委主任、党组书记，云南昆明市委副书记、市长。

2007年6月，有了主政一方经验的王文涛又被调回上海，历任黄浦区委副书记、区长、区委书记，江西省委常委、南昌市委书记，直至此次调任济南，一直走在干事创业的第一线。

他戴着一副眼镜，文质彬彬，江南水乡走来的人，却生着一副山东大汉似的高大体格，说话办事也是风风火火，雷厉风行。在见面会开过之后，立即全身心地投入工作中，经过一番紧锣密鼓地深入调研，王文涛深感作为省会济南的城市建设太落后了，曾经在某地段检查拆除违法建筑时，直言不讳："说济南像个县城，就是这个感觉！"

于是，调整城市未来发展的框架和结构，加快实施济南"北跨"战略，就理所当然地列入了"一把手"的工作日程。在2016年春天山东省"两会"上，王文涛建议举全省之力推进和实施省会战略，申报建立国家级新区"济南新区"，要求全力支持济南携河"北跨"发展。这就等于喊了十几年的"北跨"口号，终于有了实质性的大进军。

山东省委、省政府迅速发声：支持济南新区申报国家级新区。济南的"北跨"战略，迎来了历史性的机遇。

这年全国"两会"期间，全国人大代表、时任济南市人大常委会主任徐长玉等16名全国人大代表，提交了《关于支持设立国家级济南新区的建议》，认为济南作为山东的省会城市，在省会城市群经济圈建设中，发挥着重要的辐射带动作用，设立济南新区有利于进一步优化区域发展布局，打造黄河下游新的经济增长极，为区域创新发展提供示范。

然而，一般来说，一个省里只会有一个国家级的新区。此前，青岛西海岸新区已由国务院批复设立，济南新区难以再次获批了，但无论能否成功，起码获得了山东省委、省政府的支持。

形势不等人，随着济南城市东西发展格局基本完成、南部生态区又限制开发，济南要想再发展只能向北。这就有了本节前面所提到的"全市工作务虚会"上，王文涛书记那形象的"老油条"比喻，虽说听起来有些"不雅"，但确实一针见血地指出了城市发展的弊端和突破口，激起了必须向北跨过黄河大发展的雄心。

前面说过：笔者的老家就在黄河北的德州市，又长期在黄河南的济南市生活工作，因而对黄河南北两岸的状况还是十分清楚的。有时利用节假日，也与三五亲友驱车来到黄河公路大桥周边，观赏河景，踏青游览。每当站在黄河大堤上，眺望两岸，差距十分明显，甚至犹如天壤之别：

北面全是村庄，满眼都是平房农田。南面则多为高楼大厦，一派繁华都市景象。这就像当年上海黄浦江的浦东浦西似的，人们惊叹发展的极不平衡，都愿留在成熟的市区浦西，而不愿过江去工作生活，以至流传出一句俗话："宁要浦西一张床，不要浦东一套房。"

当然，济南人不愿到黄河北发展，还有一个原因：行车驶过黄河大桥要收费，而且多年来分属两个城市——桥南由济南管理收费，桥北由德州管理收费，一来一往，日复一日，那就是一笔不小的开支。

实际上，从济南全福立交桥乘车，不到半小时，即可跨过黄河大桥，如果免费通过，还是十分便利的。这个交通瓶颈在2016年——济南将黄河新区申报为国家级新区时，终于被打破了。从这年3月16日起，济南本地小型车辆和公交车，可以免费通过济南黄河大桥、济南建邦黄河大桥、济阳黄河大桥。

这可以看作是新来的市委书记带领一班人向北进军，迈出的重要一步。

事实证明："北跨"关键在人，除了有胆有识、担当作为的负责人以外，黄河以北区域的规划设计、人才、产业的导入，政策的配套等更是一个庞大的系统工程，不仅需要人的智慧、魄力，还需要强大的财力支撑，需要凝心聚力。

毋庸讳言，那两年，济南在市委书记王文涛的带领下，集中力量办大事、推进效率搞创新，取得了长足的进步。尤其是干部队伍的思想转化和提升上，变化明显，而且因为这种思想的推进，制度、方式的实施，带动起一批"70后""80后"的干部迅速成长和提高，进而形成强大的群体认知。

一位专家建议："在黄河新区的规划上，步子不妨再大一点。如果黄河北岸能够协同发展，如果齐河、济阳形成掎角之势，与济南形成一个推进面，那么，发展空间就真正打开了。"

2017年5月份，山东卫视报导了升级版的济南新区——新旧动能转换先行区落地实施，当时山东省委书记、省长也同时在新旧动能转换先行区调研。这说明了济南黄河北的发展，受到了省委、省政府的高度重视和大力支持。

不久，济南市委十一届三次全会召开，会议强调2018年要以党的十九大精神为指引，奋力实现"四个中心"建设"三年有突破"目标。时任济南市委书记王文涛再一次强调：完善城市发展框架，建设新旧动能转换先行区，破题是北跨、核心是北跨、关键是北跨，不跨出这一步，济南的未来发展就没有空间。

他振聋发聩地说："以新旧动能转换先行区建设为主阵地的'千年一跨'，对济南来说是千载难逢的历史机遇。如果错过这个时期，整个城市发展有可能错过一个时代……"

三

"三桥一隧"绘宏图

水是生命之源。

自古以来，人类便是逐水而居，依河建城，所为饮水灌溉、行舟运输等可便利行事。通常是河两岸为一城，有桥有船联通，往来方便。比如英国伦敦的泰晤士河、法国巴黎的塞纳河，还有德国汉堡的易北河、埃及开罗的尼罗河等等，大都是河与城相伴相生、拥河成长起来的。

在华夏大地上，类似的城市与江河更是不胜枚举——南方有广州的珠江、武汉的长江、南京的秦淮河、重庆的嘉陵江，还有上海黄浦江；北国有天津的海河，济宁、德州的运河云云。这些江河堪称一座城市和一方黎民的"生命河"，一般既是古代历史文化的发祥地，也是近现代以来的"经济河和景观河"。

大河文明，源远流长。万物之灵在进化前行的征程上，大多如同"久旱"的禾苗一样，都是沐浴着江河水形成村落、城市。因而，桥梁成了人类通往河流彼岸的重要通道，而桥梁里也藏着一个又一个独特的故事。

中华民族的母亲河——黄河，奔腾千万里，流经九省区，更是哺育了无数个大大小小的城镇乡村。其中最为典型的是三个省会城市：一是上游的兰州、二是中下游的郑州，三是下游的济南。

兰州，甘肃省的省会，黄河从西至东横穿兰州城区，沿黄河南岸，就势开通了一条东西数十公里的滨河路。道路两旁花坛苗圃星罗棋布，名胜古迹随处可见。河心中小岛芦苇婆娑，候鸟翔集。在这条风光带上，有著名的"黄河母亲像"、"天下黄河第一桥"……

拥河发展，首要的是连接两岸交通。黄河就像一条丝带一样，系在兰州的腰间，形成了独具特色的风景，南北两山静静地看着她流淌数千年。或许一座城市有一座城市的生存法则，这座因黄河而生的城市，也孕育出了桥梁文化。兰州古时无桥，人们过河的方式是冬季踏冰，以冰为桥；而冰雪融化，春暖花开的季节，主要靠渡轮和羊皮筏子过河。

明代洪武元年（1368年），在白塔山河段上建成一座镇远浮桥，成为西北各省来往的要道。由于冬天黄河结冰，浮桥难以常年使用，清光绪三十三年（1907年）当地官员商请德国人协助建桥，宣统元年（1909年）六月竣工。桥长230多米，宽7米多，平行弦杆贝雷式钢桁架为桥体，石墩石台，共有5跨。这是古老黄河上的第一座公路桥，号称"千古黄河第一桥"。

民国十七年（1928年），为纪念孙中山先生，黄河铁桥改为"中山桥"，并沿用至今。由于年代久远现已停止使用，成为人们游览兰州的网红打卡地。

如今，兰州城黄河上又建起了西沙黄河大桥、银滩黄河大桥、七里河黄河大桥、小西湖黄河大桥等几座，人们来往两岸更加方便自如了。好啊，从羊皮筏子到浮桥、中山桥，再到公铁高速路桥，一座座桥梁的建成通车，让兰州不仅是一座黄河之都，更是一座桥梁之都。

郑州，简称"郑"，古称商都，是河南省省会、特大城市、中原城市群核心城市、国家重要的综合交通枢纽。它地处中原腹地黄河中下游交接地带，北临黄河，西依嵩山，东南为广阔的黄淮平原，属北温带大陆性季风气候，四季分明。

民以食为天。粮食和吃饭问题，自古以来就是我们这个人口大国百姓关注的大事。而黄河中下游地区的郑州，则是哺育我国早期农耕文明的核心区域。当地的祖先们摸索出春耕、夏耘、秋收、冬藏，按照时间节律安排自己的生活，用二十四节气指导农业生产。久之，这种田园牧歌式的农耕生活影响到政治、宗教、哲学、艺术等各方面，渗透进了国民性格。

同时，以郑州为中心的黄河中下游地区商业文化，构成了中华商业文明的主体。利用中原地区便利的陆路和水路交通网络系统，商祖白圭、商圣范蠡、儒商端木子贡、天下闻名的康百万家族等，不仅以他们的智慧成为富甲天下的巨商大贾，还以他们的行为奠定了基本的商业伦理和道德，在历史上留下美名。

凡此种种，离不开过河往来。古时人们在黄河上架桥十分困难，大多利用渡船摆渡抑或竹排、皮筏子渡河。郑州，作为一座火车拉来的城市，于清朝末年（1905年）在郑州市区向北约30公里的黄河上，由比利时工程师建成了一座铁路桥，该桥长3015米，是中国第一座横跨黄河南北的钢结构铁路大桥。如今，已成为海内外游客游览黄河之滨必到的景点。

近代以来，郑州市在黄河上建成和规划筹建中的黄河大桥一共有十座，包括新、旧两座黄河铁路大桥、郑州黄河公路大桥、刘江黄河大桥、郑新黄河大桥、南河渡黄河大桥、桃花峪黄河大桥等，其中离市区最近的郑州黄河公路大桥，于2012年10月8日零点起取消收费，正式回归公益属性。

南北纵跨母亲河，钢铁巨龙，九州通衢。郑州与我们济南相同的地方，就是不像兰州那样黄河穿城而过，早已两岸同步，比翼齐飞了，而是被北岸阻隔，多年来只在南面经营城市，如同车少一轮，鸟缺一翅，难以一飞冲天。不同的是，郑州南面尚有发展空间，而北面距离黄河较远，向北挺进的迫切性稍差一点，难度也更大一些。

在新的世纪里，济南由于地理位置的劣势——北有黄河、南有群山，只在中间狭长地带拓成了"老油条"。这种状况再也不能继续下去了！新的济南市委、市政府一班人，在国家和山东省委、省政府的鼎力支持下，制定了携河发展规划，希望像上游的甘肃省会兰州那样，将黄河变成一条城市内河，既可利用北岸大片土地，又形成一道沿河景观。

如同当年南疆那首战歌所唱的一样：军号已吹响，钢枪已擦亮，行装已背好，部队要出发。第一步就是要实现"北跨战略"。那么如何"北跨"呢？民间老百姓常说："要致富，先修路。"政府有关部门也早有共识："发展经济，交通先行。"

实际上，与兰州、郑州异曲同工的是——早在清末民初，济南就在黄河上商请德国公司修建了一座黄河铁桥。它随着津浦铁路的铺筑而诞生，北连德州站，南接济南站，是津浦铁路线的重要组成部分。

当时，津浦铁路南北两段于1911年分别建成通车，各自运行，暂不能实现直线通车。因为那时，济南黄河铁桥正在建造中。百年之前，在天堑黄河之上建造千米跨河铁桥甚为艰难，是津浦铁路修建中遇到困难最多、最大的工程。为选桥址，清政府曾历时3年勘察比选，最终由杰出的铁路专家詹天佑，前来济南实地勘探，选定泺口。

这里北枕鹊山，南依大坝，黄河蜿蜒千里而来，至此平缓稳定，是建桥的理想位置。但洪水期水面宽约1300米，水深10.9米，对大桥用材及桥墩设计要求甚高。1909年7月开始动工，河道北漫滩广阔，建有8孔跨度91.5米简支钢桁梁；河道南漫滩狭小，建有1孔跨度91.5米简支钢桁梁，用桩1270根。孔跨度为164.7米，是当时全国孔径最大的铁路桥梁，在当时世界建桥史中也是稀有。

1912年11月16日，历经辛亥革命已是民国了，济南泺口黄河铁桥竣工，津浦铁路全线贯通，结束了以黄河为界、分南北两段通车的局面。人们驻足济南泺口古渡，或站在河北鹊山之上，或登上河南华山之巅，就能望到这座桥。它犹如一条巨龙，横卧黄河之上，成为连通天津、济南至南京的铁路大动脉。

一个世纪过去了，这座大桥见证了多少风云沧桑、风雨坎坷。在航班飞机罕见的年代里，包括笔者在内无数中国人南来北往必经此桥。记得不止一次，每当将要驶上大桥时，火车内的旅客们就兴奋地挤到车窗前："快看，黄河铁桥，马上要过黄河了！"

一些诗人墨客，曾为此写过诗文，表达了不同的感受和意境。比如晚清诗人陈增寿的《八月乘车夜过黄河，桥甫筑成，明灯绵亘无际，洵奇观也》："飞车度险出重扃，箭激洪河挟怒霆。万点华灯照秋水，一行灵鹊化明星。横身与世为津渡，孤派随天入杳冥。地缩山河空险阻，朝来应见太行青。"

还有新中国成立后公刘先生的《夜半车过黄河》："夜半车过黄河，黄河已经睡着，透过朦胧的夜雾，我俯视那滚滚浊波，哦，黄河，我们固执而暴躁的父亲，快改一改你的脾气吧，你应该慈祥而谦和……"

无论怎样，黄河上有了这座铁路大桥，南北列车就畅通无阻呼啸而过。进入20世纪90年代，桥址河床平均淤高2.3米，其间，河堤连续加高了三次。因防汛安全需要，当时国务院和铁道部文件规定，从1991年4月21日起，大桥停止客货列车通过，全桥封闭，所有客货列车改经位于齐河县的曹家圈大桥横渡黄河。

与前几座年代久远的黄河大桥不同，济南泺口黄河铁桥没有废弃，"野火烧不尽，春风吹又生"。1992年，国家决定修建邯郸至济南的铁路，经过修复改造的泺口黄河铁桥，又于2000年5月31日恢复通车，可以再使用50年。2006年，京沪铁路进行电气化改造，这座百年老桥再次焕发生机，日通行28列旅客列车。

进入改革开放的新时期，济南黄河之上连接架起数座桥梁，成了这座城市最忠实的守望者，一点一点改变着人们的出行，承载着无数人的记忆。现如今，桥梁之于城市的重要性不言而喻，更是交通不可或缺的中坚力量。如果把一座城市比作一个人，那么临河之城，桥梁绝对是重要的骨架。

众多屹立在济南黄河之上的桥梁，造型各异，别有一番风韵，横跨南北，不仅拉近了两岸的距离，也拉近了人与人之间的距离。首屈一指的，当是上世纪80年代建成通车的济南黄河公路大桥。

它位于济南北郊，是由山东省交通规划设计院设计，山东省交通工程总公司承建的，一座新型的预应力混凝土连续梁斜拉桥，设计精致，结构奇特。大桥全长2022.8米，宽19.5米，双向4车道。主桥由索塔、斜拉索、主梁三部分组成。塔梁分离，塔墩固结。索塔高68.4米，为双塔A型门式立体结构，其中桥面以上约50米，相当于在大桥上再建一座15层楼的高度。每塔两侧各有斜拉索11对，索距8米，呈扇形布置。

这座大桥当时居世界第七位、亚洲首位，引起了巨大轰动。通车之日，济南人举行了特别隆重的典礼，锣鼓喧天，鞭炮齐鸣。大桥使黄河两岸的公路交通得以全面改观，对促进山东省的经济发展，沟通与京津地区的经济联系发挥了重要意义。站在桥上，可充分领略黄河的风姿，体验黄河的伟大。尤其那如同硕大竖琴一样的斜拉钢索造型，壮观美丽，激发了诗人作家无限的暇想。

记得我还在山东文学杂志社工作之时，曾到山东省交通规划设计院采访过两位设计师，他们因济南黄河公路大桥项目获得了省政府特大奖励，评选为劳动模范和先进工作者。我那篇报告文学，题目就是引用了毛泽东主席的诗句——谁持彩练当空舞，形象地诠释了大桥的意义，讴歌了劳苦功高的建设者。

一花引来百花开。在2003年提出"北跨"时，济南除了铁路桥外，跨黄河的通道还有济南黄河大桥（黄河一桥）、平阴黄河大桥、京福高速公路黄河大桥（黄河二桥）等三座公路桥和十几座浮桥。一晃这么多年过去了，除了上述三座之外，还有青银高速黄河大桥（黄河三桥）、济阳黄河大桥（黄河四桥）和建邦黄河大桥等多座已通车的黄河大桥。

多年来，济南市民对于"北跨"这一说法并不陌生，黄河以北拥有充足的可供产业发展的空间，但是由于种种原因，这一条黄河却迟迟"跨"不过去。

那还是在2015年12月5日上午，济南市委全面深化改革领导小组召开第八次会议，听取了《"北跨"发展战略与规划建设研究》。在这次会议上，到任仅有半年多的省委常委、济南市委书记王文涛给济南市民带来了一个新词："携河发展"。他说：

"'北跨'要以交通基础设施建设为切入点，坚持市场主导、项目带动，坚持产城融合、以产为主，变'跨河'发展为'携河'发展，进一步拉开城市发展框架。表面上看，虽然只是一个字的变化，但表示围绕黄河周边的发展，我们要做布局上的调整。具体来看，跨河发展，意味着要在黄河以北寻求新的发展空间，而携河则意味着两岸在发展中被视为一个整体，这是二者本质上的区别。"

跨河或者携河，首先都要做到通过黄河畅通无阻，但是受一条黄河阻挡，向北跨似乎不那么容易。迟迟跨不过去的黄河，也给济南的县域经济发展拖了后腿。在发展县域经济早已成为社会各界共识的背景下，县域经济却一直是济南工业经济的短板。

分析原因时，时任济南市发改委主任王宏志说："北跨交通设施收费或者不畅，是一个重要制约因素。但苦于管辖权在山东高速，不是济南市管理的企业，地方无权取消收费。另外，黄河大桥收费增加了黄河以南的居民，对跨济南的心理距离。

"济南黄河大桥1982年建成，1985年开始收费。到1999年收费14年之后，山东高速的前身山东基建公司又取得了18年的经营收费权，到2017年收费终止。目前收费的时限还没到，政府出面来解决，下一步是可以打通跨河收费这一发展瓶颈的。

"此外，当前正在新建的济齐大桥和济阳大桥，建成后都有望实现免费通行。其他正在收费的大桥，在黄河大桥免费后，流量也会下降，造成收费减少，届时政府或将和产权单位进行协商，收回大桥，保障市民跨河畅通无阻。"

北跨还需产业支撑，以及多个支点一同发力。

"如果没有产业的支撑，即便是所有的大桥都免费，北跨还是无法达到预期的效果。"有关负责人表示，"北跨不仅仅是人的北跨，更多的是产业的北跨。如果有了产业的支撑，那才能够把人和好的项目都吸引过去，再加上免费通过黄河，这一切将形成一种良性循环。"

要做到携河发展，黄河的南北两岸都需要足够的支点，南岸需要提供强大的带动力，北岸需要具有充足的承接力。而目前南北两岸的产业支点都在蓄力布局中。其中，黄河南岸最抢眼的动作，要数北湖片区和华山片区。

北湖片区被定义为：服务济南北部的公共服务之心和品质生活之心，将以文化传媒、特色服务、休闲旅游、宜居生活为特色打造济南的新风貌。而华山片区，建成后将融合"山、泉、湖、河、城"五大济南具有代表性的生态风貌，开发建设也将充分保护、恢复历史古迹，修复生态环境。

黄河两岸还布局着众多文化旅游资源。例如非遗园、鹊山龙湖、澄波湖让她变得更加吸引普通市民。再加上黄河北岸的温泉旅游业、都市农业、健康文化产业、养老业，也给两岸的发展提供了活力。同时重点发展新材料、新能源、生物医药、电子信息、节能环保等战略新兴产业。

这不仅仅能带动北部，还有可能会让整个济南大变样。近年来，济南东部新城、西部新区建设迅速展开，已成为济南产业发展和科技创新的重要空间载体。但直到现在，济南依然面临一个尴尬的事实——经济首位度不是在提高而是在降低，产业发展规模、科技创新能力仍然落后于周边区域性中心城市。

日前，济南市正在向黄河北要空间，变黄河为城市内河，城市发展由大明湖时代向黄河时代过渡。黄河成为城市内河后，首先在交通设施上会有所体现，通过黄河的交通设施将和市内交通工具一样方便。在心理距离上，南北两岸不再遥远。

城市空间是城市发展的基础支撑，而怎样实现"北跨"，济南则需要拿出智慧，不是"跨过去"，而是"抱进来"，开启一个新的发展时代。从长远来看，城市建设不可能无限拉伸延长，未来的发展必须瞄准和实施"北跨"。要跨过黄河去。这个北跨不是随便越过去，而是要通过"携河发展"，让黄河成为城市的内河。

放眼全国，进入城市化进程加快的2000年后，跨河、跨江发展，已经成为临江河大城市普遍选择的一种城市空间发展模式，成为一种趋势。国内如此大规模发展始于20世纪90年代，先行一步的是上海。1990年，浦东陆家嘴开发，此后黄浦江以东经历10年建设，成为与外滩隔江对望而不逊色的金融中心。

江西省省会南昌则用了十多年时间，从赣江以南走向了赣江以北，从"滨江时代"迈向了"跨江时代"，把红谷滩新区设在江北，在当年的滩地上，建起了一座新城，红谷滩新区区域面积176平方公里。2016年国务院批复同意设立江西赣江新区后，南昌还提出从"赣江时代"走向"鄱阳湖时代"，将有巨大的城市发展空间。

现实困境是：下游城市"拥抱"母亲河比较困难。

2003年"北跨"提出时，除铁路桥外，济南跨黄河的通道有济南黄河大桥、平阴黄河大桥、京福高速公路黄河大桥（济南黄河二桥）三座公路桥和十六座黄河浮桥。三座公路桥中，仅济南黄河大桥在市区，平阴黄河大桥远在平阴，京福高速公路黄河大桥则在西绕城向北。市区范围内仅有泺口浮桥、东郊浮桥一西一东两座。

浮桥方便了两岸市民、村民出行，但遇到调水调沙、防汛、防凌等情况时需要拆除。一旦浮桥拆除，济南市区北过黄河，就仅有一座济南黄河大桥通行。虽然提出了"北跨"，但过河通道无疑是济南北跨的大短板。

彼时，黄河上游的省会城市兰州城区约有9座跨黄河的大桥，黄河穿城而过，再加上跨河桥梁给力，黄河几乎已是兰州的城中河。在市区距离黄河较远的郑州，过黄河也已经有郑州黄河公路大桥、焦作黄河大桥2座公路桥。

与兰州相比，济南跨黄的难度大得多。上游的河床并未高出地面，不在决溢灾害区。同时，河宽适宜，约在二百米之间，跨黄河的大桥也不太长。而身处黄河下游，济南和郑州就没有这么幸运。黄河干流途经黄土高原后，泥沙淤积，自桃花峪到入海口突然变窄，河道则成了"地上悬河"。

山东黄河河道高出两岸地面4至6米，设防水位高出两岸地面8至12米，是典型的"二级悬河"，槽高、滩低、堤根洼，堤外更低。济南泺口附近的黄河大堤比地面高出四五米，近两层楼高。这些都使得济南跨河交通工程需要满足防汛、防洪的需要。

此外，北跨还会遇到行政区划不统一的问题。

黄河以北有着千里平原，但是，紧邻济南市的齐河县在行政区划上属于德州市，之前黄河大桥收费的时候就是两头收，一头是济南，一头是德州。如果两地不能协调，将导致济南北跨只能在济南市的济阳县这一片区域发展，而不能形成整个黄河北岸统筹发展的格局。

提到齐河，这是"北跨"战略绝对绕不开的话题。

齐河，古称祝阿，现隶属山东省德州市，位于德州市最南端，与济南隔黄河相望，总面积1411平方千米，辖13个乡镇、2个街道、1个省级经济开发区、1个省级旅游度假区。县域南部紧邻黄河，而县城距离省城市中心仅28公里，是一座古老而年轻的城市。

按说，济南向北跨过黄河就是齐河县，最适宜并入省城共创双赢大发展。实际上，早在20世纪中叶，此动议就曾不止一次地列入省市党委政府的考虑之中，只是由于德州地区的农田大多需要黄河水灌溉，而引黄干渠源头就在齐河县，一时难以办成。

20世纪80年代初，我的父亲许焕新出任齐河县委书记，迎着中央连续几年一号文件的春风，与班子成员一起带领全县人民深化改革、大搞联产承包责任制，齐河农村与全国各地一样，发生了天翻地覆的变化，至今人们还念念不忘"老书记"！

温饱解决了，奔向小康则需大力发展工矿交通和第三产业，企盼对接省城借梯上楼。而省城济南空间有限，一些大项目难以落地，目光更加热切地盯住黄河北大片平原土地。时任山东省委副书记兼济南市委书记的姜春云，率队来到齐河调研，与我父亲等一班人一拍即合，商议合作发展蓝图。

经过不断地做工作，省委将紧邻济南黄河大桥的齐河县三个乡镇，大王、靳家、桑梓店，划归济南天桥区，以及两个县济阳、商河全境划归济南市管辖，等于向北跨河迈出了一步。

尽管如此，济南齐河毕竟太近了，两地的合作不可避免地积极展开了。一些工矿企业、文化旅游、房地产项目纷纷落户黄河北，齐河打出了"省城后花园"的品牌，相得益彰，携手并进。所以，当济南再次吹响"北跨"号角之时，齐河人高兴地敞开了胸怀。

2018年1月3日，国务院批复山东省政府、国家发展改革委，原则同意《山东新旧动能转换综合试验区建设总体方案》（以下简称"方案"）。这是党的十九大后获批的首个区域性国家发展战略，也是我国第一个以新旧动能转换为主题的区域发展战略，标志着山东新旧动能转换综合试验区建设正式成为国家战略，山东将在全国新旧动能转换中先行先试、提供示范。

当年5月19日，山东省委书记刘家义，山东省委副书记、省长龚正到顺河高架路南延工程、新旧动能转换先行区等处调研。在先行区展示中心，刘家义听取济南市新旧动能转换和北跨工作汇报时，要求济南着眼长远发展、立足全省大局，高标准做好新旧动能转换先行先试规划。

规划图显示：新旧动能转换先行区核心区空间结构为"一体两翼"，建设用地面积约110平方公里，起步区选址崔寨街道，建设用地面积约32平方公里。天桥区桑梓店街道和大桥街道以及济阳县崔寨街道被标识为核心区，这些都是济南市实行北跨战略，推进携河发展的主战场。

同时，济南市党政考察团赴江南"三城取经"，面对杭州、南京、合肥已迈入"大江时代""大湖时代"，时任山东省委副书记兼济南市委书记王文涛说："要争取把济南新旧动能转换先行区上升为国家战略，坚定不移地建设济南新旧动能转换先行区。"

据介绍，先行区有"五大定位"——分别是体制改革的先行区、创新引领的先导区、开放发展先引区、四新经济的新高地、城市治理的新样板。这其中提到，要在探索新形势下对外开放的新体制、新模式方面先行先试，建设成为"一带一路"倡议中的重要节点。

还有"四大任务"——分别是聚焦改革开放、创新驱动、四新经济和城市发展。这几项任务括的内容十分丰富，比如要降低行政性收费，把行政性收费降到最低，构建公平、法治、规范的创新环境，推进品牌高端化，提升发展动能的内涵品质，打造产城融合新型城镇化的典范等。

具体来说，就是按照"世界眼光、国际标准、山东优势、泉城特色"的要求，对标雄安新区，引进国际国内顶尖城市规划设计机构，绘制济南新旧动能转换先行区蓝图。如此，北跨已经成为济南市政府攻坚战的重要组成部分。

建设先行区，交通需先行。

为此，济南市委、市政府坚定决心打通更多过河通道，其中，开建齐鲁大桥、黄河大桥、凤凰大桥以及穿黄隧道"三桥一隧"方案，在各方努力筹备下，一马当先，驶上了加急的"快车道"。

这一年的8月31日，正值炎夏季节，素有"火炉"之称的济南，烈日当空，燥热难耐，一行身穿短袖白衬衣的人走上黄河大堤。尽管河风不时地吹来，依然无法阻挡汗水的滴落，就连夏天里十分活跃的鸣蝉，似乎也受不了热浪袭击，偶尔叫两声"知了、知了"就哑了喉咙。

这些人却毫不在乎天气的火热，一边擦着汗一边四处查看，间或商谈几句，挥手指指点点。哦，他们就是时任山东省委副书记、济南市委书记的王文涛，济南市委副书记、市长王忠林率领有关部门负责人和工程技术人员，察看跨黄河大桥以及隧道等选址情况。

"遵循简洁、简约原则，重视跨河桥梁、隧道的实用功能，不追求华丽设计。要快！"王文涛书记一边察看选址情况，一边对桥隧的设计提出了要求。

"是啊，'三桥一隧'已经过了水利部黄河水利委员会（简称黄委）的专家论证，刻不容缓。"王忠林也说，"抓紧出设计图、做好招投标，我们今年一定要把'三桥一隧'动起来。"

王文涛接上说："对。另外，要统筹考虑黄河大桥扩建后老桥的功能定位和交通组织，在交通功能上与新桥实现互补。要优化桥梁设计方案，科学选择桥型，使新桥、老桥、隧道在设计风格上实现融合统一。"

当时，济南已建成通车的黄河公路大桥共有6座，分别为济南黄河大桥（黄河一桥）、京台高速黄河大桥（黄河二桥）、青银高速黄河大桥（黄河三桥）、济阳黄河大桥（黄河四桥）、平阴黄河大桥、济南建邦黄河大桥。

当时正在建设的黄河大桥共有三座，分别为齐河黄河大桥、长清黄河大桥和石济客专黄河公铁大桥。再加上目前即将开建的"三桥一隧"，未来济南跨黄将呈现"十二桥一隧"的格局。黄河变内河，北跨更容易。

不用说，建设"三桥一隧"是当务之急。它包括济南黄河济泺路隧道（公路＋地铁）、济南黄河公路大桥扩建工程、齐鲁大道北延跨黄河通道、凤凰路北延跨黄河通道。

济南黄河济泺路隧道南起泺口南路，依次下穿二环北路、北绕城高速高架、南岸大堤、黄河、北岸大堤，北至鹊山水库，在邯济铁路西侧接309国道。从初步方案来看，隧道以双洞穿黄，分为上下两层，上层为三车道层，下层分成四仓，分别是轨道交通、烟道、纵向逃生通道、管廊。

齐鲁大道北延跨黄河通道，直通黄河以北的天桥区桑梓店街道；凤凰路北延跨黄河通道，直通济阳县崔寨街道。根据规划部门人士此前介绍，上述两条跨黄通道都是复合式跨河通道，可以满足轨交、公交、BRT等车辆的通行需求，同时会考虑让行人也能在桥上通行。

"三桥一隧"的建设，最直接的红利就是交通更加便捷。从当时的消息来看，欲新建的济南黄河济泺路隧道、齐鲁大道北延跨黄河通道、凤凰路北延跨黄河通道都有望实现轨道交通，都将为广大市民带来极大利好。

　　作为"万里黄河第一隧"的济南黄河济泺路隧道，怎样建设？由谁来建？如同一幅时代大特写镜头似的，一下子将一支光荣的队伍、一群英雄的将士推到了世人面前……

第三章

『老铁』新传

一

最后一个军礼

背上了行装扛起了枪，

雄壮的队伍浩浩荡荡。

同志呀，你要问我们哪里去呀，

我们要到祖国最需要的地方……

　　公元1984年1月的一天，正值年头岁尾辞旧迎新之际，人们还沉浸在"欢度元旦"的喜庆氛围里。在革命老区——沂蒙山区的临沂郊区一座大院里，一个特别的仪式正在隆重举行：身穿整齐草绿色军装的解放军战士们，排列着整齐的队伍，面向前方高高飘扬的鲜红的八一军旗和五星红旗，引吭高歌：

离别了天山千里雪，

但见那东海呀万顷浪。

才听塞外牛羊叫，又闻江南稻花香。

同志们哪迈开大步呀朝前走啊，

铁道兵战士志在四方……

一副副面孔庄严肃穆、不苟言笑，一列列排面整齐划一、昂首挺胸。尽管是刚刚迎接了农历新年的到来，可在场的每一个人都没有表现出半点的欣喜，悠扬雄浑的《铁道兵志在四方》歌声里平添了一种悲壮和不舍，甚而不少人眼眶里还饱含着热辣滚烫的泪水。

这里是中国人民解放军铁道兵第四师师部所在地，正在列队的是师部直属队和分布在各地的下属各团代表。他们为什么会有如此的表情呢？到底发生了什么事情呢？

哦，原来是中央军委发布命令：自1984年1月1日起，铁道兵指挥部改称铁道部工程指挥部，所属单位全部集体转业，脱下军装改穿工作服，简称"兵改工"。铁道兵指挥部改为铁道部工程指挥部，铁道兵各师分别改称铁道部各工程局。

自此，铁四师有了新的名称——"铁道部第十四工程局"（后隶属中国铁建股份有限公司，简称"中铁建十四局"）。那时，正在举行全部退出现役、集体转业的仪式。当有关首长宣读了军委命令之后，高声宣布道："全体立正，向军旗敬礼！"

"唰——"在场的上百名干部战士笔直挺立，一同将右手举到军帽右檐处，纹丝不动，心情犹如黄河水涌动翻腾，久久不能平静。因为他们知道，这是今生今世最后一个军礼！此后，铁道兵番号将完成历史使命、退出兵种序列、消逝在岁月的深处。铁道兵战士们再也不能像其他军种那样"一颗红星头上戴，革命红旗挂两边"了。

铁道兵，指的是担负铁路工程保障任务的兵种。战时担负战区铁路的抢修抢建任务，保障军队的机动和作战物资、人员的输送；对弃守地域的铁路实施遮断，阻滞敌方的行动；必要时实施铁路运输军事管理。平时，主要参加铁路建设和国防工程施工，并通过施工和专业训练提高技术水平和作战能力。

各国军队铁道兵的名称、编制和隶属关系不尽相同，通常编为铁道师或铁道旅，下辖专业部队和分队，一般分为线路、隧道、桥梁、建筑、舟桥、通信工程、运输管理等专业。配备有铁路施工机械和器材，以及步兵武器和防空火器。铁道兵可独立遂行任务，也可配属方面军、集团军遂行战区铁路保障任务。

实践证明：若想在枪林弹雨中赢得胜利，铁道兵团不可或缺。

我们中国人民解放军铁道兵的历史，最早可追溯到解放战争时期。那是抗战胜利后，挺进东北的八路军、新四军及东北抗日联军教导旅等部，于1945年10月31日组成了东北人民自治军。为保护当时东北境内铁路运输的安全，两个月后组建东北人民自治军护路军。随着东北解放战争的发展，1948年7月以原护路军为基础，补入了部分二线部队和铁路技术干部、技术工人，组成东北人民解放军铁道纵队。

1949年1月，中国人民革命军事委员会发出电令，成立军委铁道部，统一领导各解放区铁路的修建、管理和运输，任命滕代远为军委铁道部部长。同年5月，在铁道纵队基础上组建中国人民解放军铁道兵团，归中央军委铁道部领导，滕代远兼任司令员、政治委员，吕正操兼任副司令员，下辖5个支队和1个工程处、1个机械筑路工程总队。

由此，人民军队不再全靠"双腿与敌人的车轮赛跑"了，如同插上了腾飞的翅膀。铁道兵团配合战略进攻，提出了"野战军打到哪里，就把铁路修到哪里"，先后抢修15条铁路干线，铺轨1629千米，修复桥梁976座和大量铁路设施，直接支援了辽沈、平津战役，并为进军江南和解放西北创造了条件。1950年7月，缩编为3个师、2个团，转入以桥梁为重点的铁路修复工程，并参加修建新铁路，为恢复国民经济贡献了力量。

当炮火燃烧至鸭绿江畔之时，中国人民志愿军的铁道兵再次大显身手，在朝鲜北部1300余千米的铁路线上，与美军的空袭破坏进行了长期持续的反轰炸斗争，做到了"随炸随修"，涌现出"登高英雄"杨连弟等先进典型。尤其是在反"绞杀战"中，打破了美军的封锁，保证了铁路运输。他们与空军、高射炮兵部队、后勤部队和朝鲜军民紧密配合，协同作战，创建了一条打不烂、炸不断的"钢铁运输线",创造了战争史上的奇迹。

抗美援朝胜利以后,铁道兵参加了朝鲜北部铁路的修复和新建工程。1953年9月,根据中央军委的决定,中国人民志愿军铁道兵团与志愿军6个铁道工程师统一整编为中国人民解放军铁道兵,由中央军委直接领导。1954年3月5日正式组成铁道兵领导机构,王震任司令员兼政治委员,李寿轩任副司令员。下辖10个铁道兵师、1个桥梁独立团、1所铁道兵学校和2所文化速成中学,共8万人。

这标志着铁道兵成为解放军陆军的一个兵种。国有国徽,军有军徽,各兵种也有自己的兵徽,铁道兵兵徽一般由5部分组成:红五星代表着中国人民解放军,飞机双翼是中国空军兵徽的重要标识,舰船铁锚是中国海军兵徽的重要标识,而锤子和钳子是铁道兵战士平常使用的劳动工具。这充分说明铁道兵同陆军、海军、空军的关系密不可分。

此后几经扩编和整编,按照担负铁路建设、林区建设、国防施工和地铁施工等性质、任务的不同,铁道兵整编为四种类型15个师,人数最多时达51余万人。在社会主义建设中,铁道兵更是发挥了"开路先锋"的作用,先后参加52项国家大型建设工程,共新建铁路12593千米。其中,桥梁总延长455千米,隧道总延长912千米。

铁道兵还参加了一些国防工程和民用工程的施工,以及抗洪抢险和抗震救灾等,为国防建设和经济建设事业作出了贡献。尤其修建东南沿海重要的铁路干线——近700千米的鹰厦铁路,要穿过许多个大小山丘和海湾江汉,难关重重。当时王震司令员直接把司令部从北京搬到了南方,带领广大官兵以移山填海的气魄,仅用22个月时间就胜利竣工。

而在修建成昆铁路时,需要跨过岷江、大渡河、金沙江,横贯大凉山、小凉山,穿越龙川江峡谷,最终到达昆明。整条铁路线贯穿地质复杂的各种地形地貌,一些外国专家都认为这条铁路穿越的是"铁路禁区",根本不可能修成。广大铁道兵战士喊出了"早日修通成昆路,让毛主席睡好觉"的口号,克服涌水、塌方、流沙、滑坡、漂石等一系列困难,换来了全长1100千米的成昆铁路的全线通车。

由于当时工程设备和技术条件有限，战士们大都用风镐爆破开通隧道，登高上坡修建大桥，时常遇上塌方滑坡，山崩地裂，曾有成百上千名铁道兵为此付出了宝贵的生命。以至于有人形容：每一条铁路线贯通，身后会留下一座烈士陵园。著名数学家华罗庚被这种精神和作风感动落泪，说："无论多难的数学题我可能能解出来，但他们对党和人民的忠诚，是我永远也无法解出来的。"

为此，1962年，由徐州铁道兵工厂工人黄荣森作词、韩志修改，铁道兵文工团歌舞团团长兼指挥郑志洁作曲，创作了脍炙人口的《铁道兵志在四方》。它首先在4月21日《铁道兵报》932期发表，后在中央人民广播电台黄金时间的"每周一歌"栏目中，持续播放一个星期，立即唱响全国。

那雄壮豪迈、抒情优美的旋律，满腔热血、无限忠诚的歌词，唱出了铁道兵敢打必胜、无私奉献的奋斗精神和英雄气概。当时，不仅军人喜欢唱，人民大众喜欢唱，中央很多首长都喜欢唱它。革命的英雄主义和美妙的音乐艺术有机地结合在一起，加上无数铁道兵战士那无私无畏感天动地的故事，使这首歌成为一座人民战士永远立在祖国和人民心中的丰碑！

1966年春天，由铁道兵和铁道部联合组织指挥的西南铁路大会战炮声正隆，战斗犹酣。10万铁道兵指战员和铁路职工，在抢通了川黔、贵昆线之后，又乘胜前进，在千里成昆线摆下战场。就在这时，中共中央军委一道喜讯传来，周恩来总理要接见铁道兵领导机关的同志们。于是，正在工地和基层检查工作的有关人员匆匆赶回京城。

那是一个薄云微晴的午间，春风里还带着丝丝寒意，淡淡的阳光里，柳树已经开始泛青，呈现出一派勃勃生机。时任铁道兵机关的领导同志来到中南海西花厅。他们刚刚走进周总理陈设简朴的会客室，周总理便从他的办公室里迎了出来，谈笑风生地和大家握手问好。

热情的招呼，风趣的谈笑，使大家的心紧紧地贴在了一起。还没有正式开会，周总理提起一个话头，问道："有一首《铁道兵志在四方》的歌子，是不是你们那里创作的呀？"

"是！"在场的铁道兵代表作了肯定的回答。

"我已经会唱了，你们会不会唱呀？"

"会！我们都会，每到有活动时就唱。"

这是铁道兵自己的歌，大家十分喜欢，耳熟能详，有的还为歌词做过修改。但没有想到，日理万机的周总理，竟会注意到这首普普通通的歌曲，而且还会唱呢！

说着，周总理倚着那半旧的沙发，含着安详的微笑，轻轻挥动右手打着拍子，兴致勃勃地唱了起来："背上了行装扛起了枪，雄壮的队伍浩浩荡荡。同志呀，你要问我们哪里去呀？我们要到祖国最需要的地方……"

歌声在会客室里回荡，被接见的同志的心，一个个被激荡得热乎乎的，情不自禁地随声合唱起来："离别了天山千里雪，但见那东海呀万顷浪。才听塞外牛羊叫，又闻江南稻花香。同志们哪，迈开大步呀朝前走啊，铁道兵战士志在四方！"

一曲终了，周总理语重心长地说道："这首歌写得好！你们是铁道兵的领导，应该会唱呀！每年新兵入伍就要教他们唱。干革命，就是要到祖国最需要的地方去，就是要志在四方！"

随后，他仔细地听取了有关铁道兵的工作汇报，详尽地传达了毛泽东主席关于进一步明确铁道兵性质和任务，以及加快大小三线铁路建设的重要指示，勉励部队要保持和发扬人民军队艰苦奋斗的光荣传统，多快好省地为祖国修建铁路。这使被接见的领导同志深受教育，备受鼓舞。他们回到机关后，除对总理的指示作了认真学习、传达贯彻外，还特意向所属部队发出了关于教唱《铁道兵志在四方》的决定。

就在这次接见后不久，又传来消息。周恩来总理在政协礼堂观看文艺演出，见中央人民广播电台的同志现场录制小合唱《铁道兵志在四方》，便走过去说："这首歌，你们应该安排到晚间时间多播几次……要知道，晚上，铁道兵战士还在上夜班。"

演出结束后，周总理上台接见演员。他握住一位演唱《铁道兵志在四方》的演员的手亲切地说："你们歌词里有这么一句——'劈高山，填大海，锦绣山河铺上那铁路网'。我看把'铺'改成'织'，好不好？"

这位演员激动得紧紧握着总理的手连声说："好、好！谢谢总理，谢谢总理！"

一字之别，意境全出，彰显出一种革命浪漫主义情怀。此后，这首歌后半段歌词就定格为"劈高山填大海，锦绣山河织上那铁路网。今天汗水洒下地，明朝鲜花齐开放。同志们哪迈开大步呀朝前走啊，铁道兵战士志在四方！"

时光似水，岁月如歌，那开往四面八方的火车发出轰隆隆隆的奏鸣声，那高亢激昂飘荡不息的汽笛声呼唤着千千万万的铁道兵，中华腾飞的列车伴随着这首铿锵雄壮抒情豪迈的军歌穿山越岭，奔腾向前……

新时期到来了——拨乱反正，改革开放，党和国家的工作重心转移到经济建设上来，成为时代的最强音。

20世纪80年代初，随着国际形势的和缓，时任中央军委主席、中顾委主任的邓小平强调在大力发展主力兵种陆海空三军的同时，裁撤部分军训和战备重要性相对减弱的编制，转向发展经济的"战场"，铁道兵和基建工程兵首当其冲。不过，当时军内有一些老同志想不通，阻力不小。

1982年4月8日，时任铁道兵司令员的陈再道坐在办公桌前，对着一份文件满脸愁容。不用打开阅读，他就能猜到里面的内容是什么："裁撤铁道兵部队。"

这样一道命令，关系着陈再道背后的数十万铁道兵何去何从。其实早在一年前的军委扩大会议上，邓小平就显露出了精简部队的计划。而主要参与地方交通建设的铁道兵部队，自然成了这次"裁军"的首选。所以，陈再道接到这份文件，也没有感到十分意外。但从内心里讲，他和很多将军不理解这一决定，甚至要提出反对意见。

实际上，在历史的转折关头，和平与发展已是当今主流，我们应该审时度势，集中力量，加快国家经济与科技前进的脚步。为此裁军计划势在必行，邓小平便找到时任副总参谋长何正文，让他提出精简方案。

此时，已当了七年解放军副总长的何正文，认真周到地分析了我军当时的实际情况：在世界局势趋于稳定的情况下，新中国已经不需要铁道兵作为一支部队继续战斗了。铁道部工程队伍完全可以承担修建铁路等工作。这个提议得到了中央军委领导的认可。

最初，作为铁道兵司令员的陈再道，尽管万般不舍这一支英雄的传奇部队，但军人的天职便是服从命令，只得忍痛割爱。不过身边战士们的依依不舍，军官们对铁道兵部队的留恋，让他心痛不已。这时，兼任铁道兵部队第一政委的吕正操找到了他："陈司令，我在铁道兵部队里干了大半辈子，现在如果裁撤铁道兵，怎么对得起那些前辈，怎么对得起几十万名战士啊！"

听他这样一说，陈再道心里更加百感交集，自己在铁道兵部队司令员的位置上坐了五年，与战士们一起为祖国的铁路建设付出了血汗。对于这支队伍，早已产生了特殊的感情。他决定再向上级争取一下，与第一政委吕正操和第二政委旷伏兆商谈，写了一份很长的报告交给了中央。主要内容为：作为重要的基础保障部队，打起仗来没有铁道兵会很不利。平时可以通过铁路运输等方式，铁道兵实现自给自足，减少国家军费。希望保留这支部队。

一个月后，陈再道接到了时任中共中央军委常委兼秘书长杨尚昆的电话：约他前去见面商量裁撤铁道兵部队的事情。这天晚上，陈再道久久不能入睡。他知道这次会面，将直接决定铁道兵部队是否能够留存，决定了几十万铁道兵能否继续以战士的身份为国效力。

第二天一早，陈再道来到杨尚昆的办公室，两人神色凝重，好似完全没有了往日的交情。杨尚昆开门见山："陈司令，你也知道，为了新中国的发展，铁道兵部队的裁撤势在必行。邓主席看过了你的报告，虽然他也十分不舍，但是这件事情没有商量的余地。"

闻听此言，陈再道知道既成事实无法更改了，缓缓低下头去，紧咬着嘴唇说："你这让我怎么跟战士们说，怎么跟那些为革命流血牺牲的人说！"

是的，无论裁军有多么重要的意义，但人民军队中的铁道兵如果被整体撤销番号，陈再道包括众多将士是难以轻易接受的。

不过，邓小平早就预料到会有阻力，他在力排众议执行裁撤铁道兵部队计划的同时，也充分考虑到了人们的情绪。杨尚昆道："邓主席说了，哪怕铁道兵部队被裁撤，一旦打起仗来，铁道部都是铁道兵！"

听到这一句话，陈再道一下子激动了起来。因为他知道，邓小平这一句话中所蕴含着的分量：铁道兵的裁撤并不是因为国家放弃他们了，而是党和国家、军队领导人在深思熟虑之后的慎重决定。

祖国不会忘记铁道兵在战场上的汗马功劳，更不会忽视铁道兵们对铁道兵部队的感情。哪怕铁道兵部队被裁撤，但是铁道兵的精神永在。离开了部队的战士们只是换了一个身份，他们将继续在铁道事业上发光发热，在新的战场继续为国效力。

中央军委主席的表态不仅仅是为了说服陈再道而说的，同时也是他给数十多万铁道兵战士的一针定心剂。只要国家需要，铁道兵永远都是铁道兵。

尽管心中难以割舍，但"一切行动听指挥，步调一致才能得胜利"的三大纪律八项注意歌，还是流淌在每一位军人血脉中的。铁道兵所有部队毫无二话，服从命令，实施"军改工"方案。

当时，我们这部报告文学的主人公——中铁建十四局，前身是原铁道兵第四师，刚刚从新疆吐库铁路工地转战鲁东南一带，修筑"兖石线"（兖州至石臼港），师部驻地在临沂东郊的九曲镇，各团、营分别驻在临沂、济宁一带

（那时日照石臼港仍属临沂地区管辖）。按总部要求：统一在1984年1月1日正式宣布命令，隆重举行"告别军旗"仪式。

人非草木，孰能无情？何况大家在这支英雄的部队里奋斗了几十年，军人情结，那是刻印在心扉上的。都说当兵苦、危险，而当铁道兵更苦更危险——因为当时条件所限，铁道兵战备施工往往是人迹罕至的地方，苦累不说，还时常有塌方、造成伤亡的风险。于是，从当兵那天起，第一课便是"三荣思想"的传统教育：艰苦为荣，劳动光荣，当铁道兵光荣。

每一名铁道兵战士的定位，就是一手拿枪一手拿工具的军人——头顶红五星，一副红领章，每天上班带枪前去，到了工地把枪一支放在那里，戴上安全帽拿着镐、锹或风钻去干活。下班则放下，又背着枪返回营房。在大家心目中，自己与其他军种一样，是一个兵，是人民解放军的一员，参军保家卫国，只是分工不同罢了。

如今，全部铁道兵从司令员、政委到各师、团长、普通一兵，分别在各自驻地整齐列队，听从本部首长宣布命令，摘下领章帽徽，降下八一军旗，统一上交。随着一声"向军旗告别，敬礼！"从此，人民解放军序列再无"铁道兵"了！

刹那间，大家百感交集，如同离开了娘亲的孩子一样，再也压抑不住满腔情感，不由自主地热泪盈眶……

铁四师的前身，为铁道纵队三支队第三桥梁大队，组建于1948年，在朝鲜战场编成铁道兵团直属桥梁团。1954年5月，新编为中国人民解放军铁道兵第四师，下辖17、18、19、20四个团（后来20团并入19团），1984年1月"兵改工"并入铁道部，为第十四工程局，2001年9月改制为现代企业集团有限公司，总部驻地在山东省省会济南市。

脱下军装，还是一个兵！

早在1978年，叶剑英元帅为铁道兵成立30周年题词："逢山凿路，遇水架桥，铁道兵前无险阻；风餐露宿，沐雨栉风，铁道兵前无困难。"鼓舞激励了无数铁道兵将士，而这种"精气神"被一以贯之传承下来。从血火战场上锤炼出来的精神作风、从艰苦工地上培育出来的意志品质，已经深深铭记在这支队伍的骨子里、融化在血液中了。

改革的阵痛是难以避免的，从计划经济吃"皇粮"到走向竞争的市场经济，四处找活揽工程，真是步履维艰啊！时任国务院副总理的万里施了"激将法"：脱下军装走向市场，能活则活，不能活就是死。我相信你们是能好好活的！

面对生死存亡的考验，中国铁建高举改革开放的大旗，努力拓宽国内国际两大市场，在这个艰难的环境中走出了一条高质量发展之路。中铁十四局同样昂首挺胸闯出来了。

记得20世纪90年代初，山东省修建第一条高速公路——济青高速（济南至青岛北线）时，我曾经前去采访宣传，就遇到了原铁四师一个团（现在某分公司）承包的标段。当时一些公路部门曾苦笑着说："干铁道的也来与我们抢活儿了！"实则是市场经济下，公平投标，"老铁"们干得好，自然受欢迎了。

是的，直至今天——2024年，铁道兵集体转业整整四十年了，曾经的将士大都退休离开了一线，可那种"兵"的风格、"兵"的气质、"兵"精神，一辈辈继往开来、世代传承下来。那首老歌依然响亮——每当中国铁建各级单位大型集会时，大家还是引吭高歌：

> 背上了行装扛起了枪，
> 雄壮的队伍浩浩荡荡。
> 同志呀，你要问我们哪里去呀，
> 我们要到祖国最需要的地方……

二

寻梦·追梦·圆梦

"轰隆"一声，隧道掌子面上突然闯来一台运碴轨道车，显然出了故障，迎面径直冲向正在忙碌的施工人员。

"危险，快闪开！"随着一声惊呼，一个人猛地推了一把前面的战士，自己却被车身碰撞，摔落在下方几米深的导坑里，满脸是血，昏死过去。

"啊？连长、是连长！你醒醒啊！呜呜……"

"卫生员，快来啊！我们的'老虎连长'受伤了……"

大家纷纷放下工具，冒着呛人的烟尘，呼啦一下跳下导坑，跪在地上抱起受伤者，一边焦急地哭喊着，一边用手竭力想堵住不断喷血的头部伤口。然而，一切都来不及了，等到卫生员跑来用急救包紧急包扎，再送到驻地医院抢救。"老虎连长"终因伤势太重，壮烈殉职了。

时值1978年4月28日，铁道兵第四师20团正在修筑的南疆铁路新光隧道工地上，这位牺牲的烈士是二连连长封必虎，一位敢打敢冲的老铁道兵，人称"老虎连长"……

新光隧道，地处天山深处，全长3000多米，进口和出口在垂直落差只有50米，是全线两座"灯泡"形的盘山展线隧道之一。地质条件极为复杂，施工中塌方、冒顶不断。这是南疆线一块难啃的"硬骨头"。为此，师长张文举带领工作组前来解决施工问题。

这天晚上，张师长一行来到20团2连检查工作——他们担负隧道进口上导坑掘进任务。连长、指导员向他汇报了连队施工情况，接着再到掌子面看施工现场。此时，老连长封必虎已经确定转业，而且已经拿到了转业退伍证和家乡安排工作的通知书，指导员刘宏德决定陪同师长前去。师长也同意："老虎啊，你在铁道兵干了快20年，该休息一下了。"

封必虎却坚持说："我马上就要转业了，应该站好最后一班岗。指导员留守，还是我去吧！"

说着，他们戴上柳条安全帽（当时还没有玻璃钢安全帽），钻进了正在掘进的隧道。在掌子面现场，封必虎陪着张师长一行仔细视察过后，将他们送到指挥所休息，自己又返回隧道内带班施工——明天就要去办手续离开部队了，他心里还是难分难舍，想在最后时刻与工地上的战友们告别。

封必虎是江苏省连云港人，1959年2月从苏北的一个农场入伍，在连队摸爬滚打了近20年，带领战友们没日没夜地干，从成昆线下来，又上了襄渝线，接着再转战南疆线，是一名能打善战的优秀战士。没想到，在即将与家属亲人团聚之时，他却永远地倒在了工地上。消息传来，张文举师长与战友们都十分悲痛、潸然泪下……

与他同是江苏老乡的战士周先民，更是十分悲伤，特意来到封必虎连长牺牲的地方，望着这条艰难地打了四五年的隧道，久久、久久地不愿离开。虽说他是1974年入伍的兵，但因双方老家距离不远，又在同一个隧道里施工，时常见面聊天，熟悉"老虎连长"，得知他第二天就要转业回家了，特别深为痛惜。

那个年代，铁道兵施工打隧道，还是用传统的矿山掘进法——主要是暗挖导坑，再用风镐钻炮眼装上炸药爆破，而后除尘散烟，清渣装上轨道车运出。前方断面及时用木料或钢材支护，修筑拱形穹顶。因借鉴了煤矿开拓巷道方法，故名"矿山法"掘进。

这样施工因其工作面小，没有大型的凿岩钻孔设备和装卸运输工具，进度慢，周期长，环境差，耗用劳力多。最重要的是极易引起塌方，翻车，造成伤亡事故。正如前面所讲，铁道兵修一条铁路线，往往会留下一排烈士墓，许多牺牲者就是被隧道塌方砸中，抑或是埋进土石堆里的。

时至2024年春天，我们在济南黄岗路穿黄隧道工地上，见到了那位当年的老铁道兵——曾在中铁十四局多个岗位任职、德高望重、退休后又被聘为顾问的周先民书记，一番交谈，他似乎又回到了难忘的岁月中，打开了话匣子：

"自打1976年进疆以后，我们20团就在修新光隧道，当时条件很差的，一是高寒缺氧，第二个是无路。我们驻地叫新光大队，就几户牧民，基本上看不到什么人。再一个就是没有蔬菜，都是压缩食品，没有新鲜的食物。文化生活更是贫乏，半月一个月能到团部看场电影都是很奢侈的事情。通信更不用说了，离得最近的邮电局，也有40多公里，我就去过一趟，发个电报，那个时候唯一快的就是电报了，平时都是书信来往。在新疆的时候一封信要走一个月，我们家信也不保密，公开念，念完以后听个家里的事儿，大家能高兴好几天。"

"施工条件呢，基本上就是原始施工。早先用铁锤、钢钎打炮眼放炮，用铁锹、洋镐、耙子清渣，然后小推车、四轮轨道车肩挑人推，后来有了风枪，也叫风钻。本来用风枪钻岩打炮眼，按规定要注水，以降低岩石粉尘浓度，防止得矽肺病。但崇山峻岭之中，没有水用的情况太多了，为了抢进度，战士们不惜以健康为代价，上去就打干风枪。我们修的隧道很特别，它叫灯泡隧道，实际是用来降坡的，就在大山里边绕一个大弯，出口和进口落差才50米，就搁山里转一个圈降个坡三公里多，一个团将近4000人，修了近5年。"

"为什么铁道兵打隧道牺牲的人多？因为放过炮还没支护的洞顶龇牙咧嘴的，地理条件又复杂，涌水的、泥沙的，还有瓦斯什么的，很危险。除了老连长在隧道工地殉职以外，我再讲一个亲身经历的：那时候我在3营15连当班长，有一天正去隧道里接班，忽然听说前边塌方了，伤人了。我赶紧跑到跟前一看，是77年入伍的一个小老乡。当时一块石头掉下来，正好砸在他头上，很惨。唉，哭都哭不成声了。开追悼会，竟找不着他的一张相片。一是他入伍以后到了新疆大山里，出行等各方面都不方便，根本没有照过相。二是那时农村兵家庭条件不好，家里也没相片。没办法，团里面宣传干事根据大家的回忆给他画了一张，因为他被砸得已经面目不清了。所以我常在想：什么时候能发明一种机器，像穿山甲一样代替人工挖隧道就好了……"

瞧，从那时候起，许多像周先民一样的铁道兵，在用铁锤风枪打炮眼时，在用小推车清渣外运时，尤其在身边战友身陷塌方等事故壮烈牺牲时，就幻想着将来要是能够有一种机器，钻到大山"肚子"里，放在导坑里"轰隆隆"自动向前掘进，那该多好啊！既快速又安全。

现在，眼见着日常亲近的"老虎连长"也牺牲在了隧道里，这种心思更加强烈了。当然，那时的周先民还是一名年轻的铁道兵战士，感觉这就是一个异想天开、遥不可及的美好的梦，只能想想而已。

然而令他没有料到的是，多少年之后，这种最初的"寻梦"竟一步步变成了现实，自己也成为其中的奋斗者之一，可以告慰"老连长"与所有牺牲的铁道兵战友了……

进入20世纪80年代，铁道兵第四师20团整编合并到19团，继续在新疆修筑南疆铁路。直到1981年，接到军委调动命令：铁四师转战山东修建兖石铁路（兖州——石臼所），师部驻地在鲁南临沂。

全体"兵改工"之后，他们成为铁道部第十四工程局，总部搬迁到济南市和平路16号，各团改为一、二、三……几个工程处，继续发扬"铁道兵"的精神和作风，"逢山凿路，遇水架桥"，在市场经济的海洋里劈波斩浪，迅速度过了最艰难的阶段，闯荡出了一片新天地。

尤其是敏锐地认识到新时期城市发展、解决交通拥堵问题，大上地铁项目等地下穿越工程，需要开凿许多隧道，中铁十四局特别成立了隧道公司。此

黄河"潜龙"

时，国际隧道掘进新技术——盾构施工法，已经随着改革开放的进程，陆续引进到国内来了。

铁道兵们那个美好的"梦想"，终于照进了现实。

那么，什么是盾构施工法呢？一般读者还是不太了解的，这里需要进行一下科普——

早在十九世纪之前，世界上各国开挖隧道都是采用矿山法，打眼爆破，支护砌顶。这种施工困难多、危险大、周期长，因而许多工程技术人员十分头疼，幻想着有一种机器能够代替人工。

终于，有一天，一种软体海洋动物让人眼睛一亮——这就是船蛆，状若蠕虫，最长一米多，头部有一对像钻头的石灰质硬壳，能将木材锉成木屑、凿成洞孔。它曾毁掉了航海家哥伦布半支船队，可就是这个令人讨厌的家伙，却为盾构机的发明带来了灵感。

18世纪末，英国人计划修建一条横贯泰晤士河的隧道。但以当时的条件，开挖如此规模的河底隧道简直比登天还难。有位名叫布鲁诺尔的法国工程师是个有心人，他通过细心观察船蛆钻洞的现象，获得了灵感——这种蛆虫一边在船板上钻洞，一边往外排出木屑，并分泌出一种液体涂在孔壁上，形成坚韧的保护壳，抵抗木板潮湿后的膨胀挤压。

嘿，这使他大受启发：可以制造一种类似机器，放入地下，前边开挖，后边排土，同时在顶部和四周安装支护管片，一步步向前推进。如此，布鲁诺尔于1818年完善了盾构机械系统，设计出全断面螺旋式开挖的封闭式盾壳。五年后，他重新拟定泰晤士河隧道计划，并制成了世界上第一台盾构机：断面高6.8米，宽11.4米。

万事俱备，即将施工。布鲁诺尔的盾构机能顺利掘进吗？刚开始还比较顺利，可在修建过程中却遇到很大困难，河水灌进隧道及瓦斯爆炸，造成了人员伤亡。但他没有气馁，总结经验教训不断改进。漫长的七年过去了，矩形盾构机更加完善，投入使用后进展顺利，终于在1843年建成泰晤士河水底隧道。

这是世界上第一条采用盾构技术挖掘的隧道，是工程史上一座重要的里程碑。而这台盾构机，则是人类隧道施工史上的一次重大技术突破。为表彰布鲁诺尔的伟大贡献，英国女王维多利亚授予其爵士爵位。如今这条隧道仍在使用，还成了一个著名的景点，一度被誉为世界第八大奇迹。

盾构，顾名思义，就是"用盾来构建"。盾构法（Shield Method）这个英文词组，即"盾，盾牌"和"方法"的意思，意指用一层层盾牌（钢铁外壳加管片衬砌）保护推进，从而构建隧道的方法。国外将此设备叫作"隧道掘进机"，我们直接翻译过来就叫"盾构机"，而用它来开挖隧道即是盾构施工法。

时至20世纪70—80年代，中国进入了改革开放的新时期，焕发出了强大的活力，各个领域奋起直追、高歌猛进，先进且安全的盾构机和盾构法施工，毫无例外地进入华夏大地。用一句前面提到的老铁道兵们的话就是："从'寻梦'的梦想中，大踏步跨到了'追梦'的历程。"

盾构机，全称为全断面硬岩隧道掘进机（Tunnel Boring Machine），简称"TBM"，集机、电、信息、人工智能等技术于一身，被誉为"工程机械之王"，具有开挖切削土体、输送土碴、拼装隧道衬砌、测量导向纠偏等功能，涉及地质、土木、机械、力学、液压、电气、控制、测量等多门学科技术，广泛运用于地铁、铁路、公路、市政、水电等隧道工程。通俗来讲，它是用前面的切削刀盘，把地下的泥沙、石头"吞"进嘴里，通过螺旋传送机输送到皮带传送机，转运到地面上去。

实际上，早在1965年我国就试行采用过盾构施工，那是由国务院总理周恩来批准，在上海建设的第一号战备保密工程——打浦路越江隧道，代号"651"。起初，上海曾计划修建黄浦江越江隧道，但苏联专家却认为上海地质饱含水层，修隧道是天方夜谭，说什么："这等于是在豆腐里打洞。如果你们能行，我们就能在宇宙中找个支点把地球翻个身！"

后来，苏联专家撤走了，建设越江隧道的重任就落在了中国工程技术人员身上。其中就有后来被称为"上海地铁之父"的中国工程院院士刘建航。那时，他总是戴着一顶柳条帽，穿着满布油污的工作服，汗水涔涔地忙碌在工地上。作为总工程师，他带领团队逐渐攻克了越江隧道关键的防水技术，开始了当时鲜为人知的"盾构"施工。

说出来可能有些人不敢相信：这台穿越黄浦江的盾构机，竟然是国产的——江南造船厂的工程技术人员根据国外画报，自己琢磨设计制造出来。当然，早期设备比较"简陋"，工作条件更是艰苦。为防止水倒灌，工人必须承受附加在盾构、管道内的强大气压后才能施工，又脏又险。气压一强，人犹如进入几十米下的深水区，气喘吁吁，闷热难忍。苦战六年，终成通途。

这就是我国第一条越江公路隧道，也是第一条盾构法施工的隧道。如今，一座被称为"源点"的雕塑，矗立在黄浦江畔，以此纪念中国第一条盾构法施工的隧道——也被称之为"中华第一隧"。它以当时所采用的主要工具盾构机为标识，钢制结构，大半圆连着小半圆，层层推进，逐级登攀；半边的盾构上布满残缺的刀口，环环镶嵌、纵横交错……

令人遗憾的是，由于种种原因，这种盾构机施工法并没有推广开来。直到党的十一届三中全会之后，国家工作重心转移到经济建设上来，"科学技术是第一生产力"的论断响彻大江南北，而当年第一个盾构施工的"打浦路越江隧道"也获得了全国科学大会奖，高效安全的盾构施工才逐渐开展起来。

著名的西康铁路秦岭隧道，是我国第一个使用盾构工法挖掘的铁路隧道。这条隧道全长18460米，最大埋深1600米，两端落差155米。评审专家判断：如果采用传统钻爆法，可能要10多年才能打通隧道，而使用盾构法，机器开动，铿锵突进，无爆破、无振动、无粉尘快速掘进，施工效率提高3至5倍，只需两年便可完成。

然而，当时的盾构机和掘进技术全被外国公司垄断，进口一台要价上亿美元。没办法，"舍不得孩子套不住狼"，1997年，铁道部花6亿多元从德国引进两台直径8.8米的全断面硬岩隧道掘进机（TBM），用于秦岭隧道施工。

谁知，这仅是第一笔费用。机器维修时长按分钟计算，请外国工程师前来维修保养，费用十分高昂，而且每到关键时刻，中方人员都不能参与，进度也无法控制。

核心技术受制于人，就没有话语权。

这极大地刺激了国内有识之士。2002年，国家高技术研究发展计划（"863"计划）首次立项开展盾构机关键技术研究，正式拉开国家层面自主研发盾构机的序幕，并且一发而不可收，越做越好，越做越强。

一马当先，万马奔腾。中国盾构机和盾构施工法驶上了快车道。

此时的中铁十四局迎风起舞、乘势而上，专门成立了隧道公司，承揽了不少通水、通电、通气管廊和某些城市地铁工程，但那些大都是直径十米左右的小盾构项目。直到2004年，在崇尚开拓创新的时任中铁十四局党委书记、董事长韩风险等人的积极争取下，中铁十四局以中国铁建总公司的名义中标南京长江隧道工程，真正进入了属于自己的"大盾构"时代。

这项工程，是南京为解决跨长江交通日益拥挤的问题而规划的重大项目——从江南滨江快速路与应天大街互通立交过渡段接入点起，至江北收费广场连接快速路500米处止，整个工程通道总长约6.2千米，按6车道城市快速通道规模建设，设计车速80千米/小时，采用"左汊盾构隧道+右汊桥梁"方案，左汊盾构隧道建筑长度3.9千米；盾构直径近15米，是当时世界上最大直径的盾构隧道之一。中国铁建所属铁四院设计，十四局施工。

作为投资人，中国铁建总公司出资80%，南京市交通建设投资控股（集团）有限责任公司出资10%、南京市浦口区国有资产经营（控股）有限公司出资10%，共同出资约10亿元，组建南京长江隧道有限责任公司，全权负责过江隧道项目的投资、建设、运营、管理和维护。公司经营期限暂定34年，其中建设期4年，经营管理期30年。

中标以后，为了加强领导力量，时任中国铁建总公司董事长李国瑞兼任中国铁建南京长江隧道公司总指挥，具体施工的中铁十四局也成立了局指挥部，堪称史无前例：韩风险担任指挥长——这象征着倾全局之力，定要干好这项工程。时任中铁十四局董事长助理王守慧任常务副指挥长，中铁十四局上下公认的优秀党务工作者周先民任常务副书记，此外还聚集了一大批精兵强将……

说实在的，虽然人们早就"寻梦"开凿隧道的机械设备，也听说有一种"盾构机"——如同神话小说《封神演义》中的土行孙一样可以潜行地下，但许多人还没有见识过"庐山真面目"。所以，只能边学边干，边干边学。正如周先民回忆时所讲：

"一看现场一听介绍，当时心里也没多少底，就是第一批'吃螃蟹'的人，感觉这项工程的设想是很大胆的。我们十四局以全集团之力拿出近10个亿，定购两台大直径盾构机。虽然上游武汉有人建了一条，但是直径没有南京这条大。为什么我们建的这条后来要取名'万里长江第一隧'呢？它主要是难。我们专门聘请钱七虎院士作为专家组组长。钱院士先后11次前往南京长江隧道。作为权威人士，钱院士每年国内外有多少事要忙啊！可他在南京长江隧道确实倾注了很大心血，只要是时间允许，我们有需要，他抽身必到。老院士非常和蔼可亲、平易近人，没有一点架子。南京长江隧道建设的过程我就不多介绍了，总之没让大家失望，通过全体人员的共同努力，项目获得了巨大成功。"

"应该说，这也是我们'追梦'的项目，为什么呢？当年有这个想法，有一台机器设备像穿山甲一样的，现在到了长江隧道，终于看到真身了，可惜当时是国外设备公司制造的，开挖直径14.93米，有五层楼高，号称是超大直径的。我们是从江北始发的，提出的口号就是"打到江南去，造福两岸人民"。为什么用这个口号？当年咱们解放军渡江战役，喊的就是'打到江南去，解放全中国'，我们就用这个口号鼓励大家，还有军人情结嘛！两台盾构机，肩并肩一前一后错开三个月，是双向隧道，一进一出，通车时间是2010年的5月28号。我这个印象比较深，因为建成以后通车了，南京市政府搞了一场隆重的庆祝活动。"

"这条跨江隧道修通了，就解决了江南江北交通瓶颈问题，原先从南京市中心到江北，需要绕长江三桥或长江大桥，那时四桥、五桥都没有，堵得太厉害。再就是走浦口轮渡，要靠这些，很不方便。我们刚去时，要到江南去一趟，走三桥过去，转这一圈回到江南的工地，一个上午啥也别干了。所以我们修通了南京长江隧道，无论对于经济社会发展，还是咱十四局的业务拓展，意义都是十分重大的……"

讲得好！南京长江隧道要在深达60多米的水下穿越长江，隧道每平方厘米所承受的水压，高达6.5千克，是当时长江流域工程技术难度最大、地质条件最复杂、难题和挑战最多的世界级越江隧道工程。施工中击穿覆土冒顶、江底沉降、透水坍塌等风险巨大。隧道贯通，标志着南京长江隧道工程面临的世界级技术难题，被成功破解了，也标志着中国在特殊不良水文地质条件下，越江隧道技术取得重大突破。

当时，我国在长江上已经建成和正在修建的大桥有六十多座，而建成过江隧道的城市，在2005年以前只有长江中游的武汉。南京长江隧道工程面临着诸多难题和挑战，可以概括为六个方面：

一是"大"，南京长江隧道使用的盾构直径超大，开挖直径达到14.96米，是当时世界上最大的泥水平衡盾构机之一，盾构机尺寸的增大使施工难度和风险呈几何级增长；

二是"高"，施工中承受的水土压力达到6.5千克每平方厘米（相当于65米水头压力），居当时超大直径盾构水下隧道项目之首；

三是"深"，隧道最深处到江底60米处，地层透水性极强，所有水头压力均直接作用在隧道上，江底掘进风险巨大；

四是"薄"，江底盾构覆土厚度超浅，江中长150米的冲槽地段，隧道上方覆土厚度不足1倍洞径（约10.79米，仅为开挖直径的0.72倍），且地质为粉细砂层，施工坍塌冒顶风险极大；盾构机始发和接收超浅埋深，隧道洞口段上方覆土厚度仅5.5米（约开挖直径的0.37倍），在同类隧道中埋深最浅，对盾构开挖时开挖面稳定和地层沉降控制的技术要求极高；

五是"长",盾构水下一次掘进距离长,地质条件复杂,在掘进过程中刀具更换极为困难,两条3020米的盾构段隧道掘进需一气呵成,对刀具保护要求极高。南京长江隧道3千米的地质对刀具的磨损相当于地铁盾构掘进17千米,而通过江中石英含量高的砂砾层对刀具的磨损相当于同类盾构机在软土地层掘进30千米;

六是"险",在设计方面,超大直径水下盾构隧道的设计理论和经验在国内几乎是空白,国外经验也不足。施工方面,地质条件异常复杂,隧道在江底穿越淤泥、粉细砂、砂砾、卵石和风化岩层,透水系数是黏土层的千倍以上,且松散容易坍塌,高透水、高水压的各项指标均达到或超过世界同类工程的风险防范极限。

工程自2005年3月奠基、9月开工以来,项目建设单位(南京长江隧道有限责任公司)、施工单位(中铁十四局)、设计单位(铁四院)勇敢应对挑战,用科研的力量和先进的管理,力推工程,攻坚克难,不断破解世界级技术难题。

他们坚决贯彻"稳字当头,安全第一,万无一失,确保成功"的建设方针,组织专家团队和科研院所开展科技攻关,推动科技创新。项目先后投入3000多万元科研经费,完成了30余项专题论证,申报专利15项,并就5项大课题29项子课题进行科学研究,取得了诸多科研成果,填补了相关领域研究的空白,其中超大型管片衬砌结构原型试验被列入国家"863"计划示范课题。

成型的隧道光滑平整、美观整洁、不渗不漏,管片拼装无错台,管片生产和隧道施工工艺、质量达到世界一流水平,受到国内外专家和业内人士的一致认可和高度评价。南京长江隧道工程左线于2009年5月20日贯通,右线于2009年8月22日贯通。

建成后,它的通车能力是南京长江大桥的两倍,能够大大缓解交通压力。并且有利于优化城市空间结构,提升城市辐射功能,推进两岸融合互动,也有利于充分利用地下空间,保护南京独特的人文景观和生态环境,促进沿江开发,对于实现南京市政府提出的跨江发展战略,拉动江北经济快速发展起到了积极的促进作用。

南京长江隧道一炮打响，声名远播，获得了许多重要奖项——

2013年底，获得全国建筑行业工程质量的最高荣誉——"鲁班奖"，成为国内首个获"鲁班奖"的过江隧道工程。

2015年12月，荣获国家优质工程奖金质奖。国家优质工程奖是我国工程建设质量方面设立最早、规格最高的国家级荣誉奖励，获奖项目堪称工程建设行业的重要标杆和示范。

2016年3月30日，第十三届中国土木工程詹天佑奖揭晓，中铁十四局承建的南京长江隧道等38项精品工程获奖。

国际岩石力学学会前副主席、中国工程院院士、南京长江隧道专家委员会主任钱七虎在通车典礼上说："这条南京长江隧道，是中国长江流域已建成的和正在建设的，超大型盾构隧道中所经历的地质条件最复杂、技术难题最多和施工风险最大的工程，是名副其实的'万里长江第一隧'！"

三

横空出世"大盾构"

一炮打响，随着南京长江隧道名闻遐迩，中铁十四局在大盾构施工领域崭露头角，甚而大有"青出于蓝而胜于蓝"之势。南京长江隧道不仅是一项美誉度和影响力极大的工程，而且培训锻炼出了一大批"大盾构人才"，堪称中铁十四局盾构大军的"黄埔军校"。

起初，具体参与这个项目的时任隧道公司总经理马军和副总经理王寿强，初次接手工程时感到十分焦虑——很多参建的人只做过小盾构工程，根本没见过直径达到十四五米的大盾构机。一个被认为阵容强大的队伍，居然没有人懂得即将用来穿越长江的"武器"，王寿强觉得问题严重。他在给集团公司的报告中写道：

"南京长江隧道工程最核心的问题是人才。必须首先解决人才的问题。建议在海瑞克制造盾构机的一年多时间里强化培训，储备盾构人才……"

集团公司采纳了王寿强等人的意见，韩风险董事长和张挺军总经理明确提出："南京长江隧道项目，应该当作十四局培养优秀盾构人才的黄埔军校。"

于是，中铁十四局从盾构机订货开始就派人进行全过程监造，把熟悉机器当作培训的一种主要形式。在广州南沙的海瑞克工厂里，长期居住着40多位来这里学习的中铁十四局人员。他们的课堂在车间，在盾构机的组装拆解上，在与德国人的英语交流中。白天在工厂参观机器，晚上请海瑞克的技术人员讲解盾构机的问题，再请广州的一些有盾构施工经验的专家讲课。

什么叫白手起家、艰苦奋斗？什么叫发奋图强、独立自主？这些中铁十四局乃至中国铁建的第一批"大盾构人才"深切体会到了包括"两弹一星"功勋在内的老一辈科学家的内涵和精神了！那时中国大盾构施工起步不久，一穷二白从头学，可外国厂家技术封锁相当严密，连一张图纸都不让看。他们只能从旁边用心观察、悄悄翻译外文资料，一点一点学习。

与此同时，他们也到一些已经实施盾构法的"老大哥"单位去学习。不过，毕竟具有竞争关系，人家大都不欢迎。好不容易通过熟人联系，才被允许到正在建设中的某隧道参观。谁知刚走进去，现场主管就提醒手下人，"注意啦，争市场的来了！"

他们只能在基坑旁边转上一圈，看到一个圆形的洞壳，想进隧道参观一下，不行。如果从行业自我保护方面想想，也可以理解。不过，这种隐瞒和封锁，对于国内同行业的发展是不利的，实际上也没有意义。盾构施工单位只要购买设备，厂家就负责安装调试，还是可以学到东西的。

当时面对不断碰壁的情景，他们既十分痛楚又心有不甘。然而，市场经济不相信眼泪。中铁十四局南京长江隧道项目部痛定思痛，埋头苦干，奋起直追，终于闯过一道道难关，越过一处处险滩，扬眉吐气地打了一个漂亮的"翻身仗"，在全国"盾构界"昂然崛起，令人刮目相看。

"万里长江第一隧"的巨大成功，如同俄国作家托尔斯泰在《苦难的历程》中写到的那样："在清水里泡三次，在血水里浴三次，在碱水里煮三次，我们就会纯净得不能再纯净了……"，其意是指经历过种种磨难，你就会变得相对成熟、完美和强大起来。

这条跨江隧道犹如一个大广告，将中铁十四局隧道公司大盾构施工日益叫响起来：此后他们又在长株潭城际铁路、南京地铁10号线过江隧道、扬州瘦西湖隧道、武汉地铁8号线穿长江隧道、厦门地铁2号线穿海隧道等项目中相继中标，干得风生水起……

同时，真正培养磨砺出了一大批"大盾构人才"，体现出中铁十四局"黄埔军校"的作用，就是这么一帮子人，从2005年南京长江隧道做起，直到现在过去近20年了，在全国大盾构领域异军突起，勇立潮头。现在中铁十四局干大盾构的管理者，包括项目经理、技术专家，很多是当年参建过南京长江隧道的建设者。

如此一来，一个酝酿已久、日渐成熟的构想，在中铁十四局领导班子心目中呼之欲出。2016年8月30日晚上，中铁十四局召开常委会做出了一个重大决定：将原来的隧道公司一分为二，保留隧道公司，新组建大盾构公司。隧道公司原总经理王寿强改任大盾构公司执行董事、总经理，中铁十四局原办公室主任张小峰任大盾构公司党委书记。

为什么要这么做呢?

话题还要从10年前的"南京长江隧道"项目说起，时任中铁十四局总经理的张挺军，以敏锐的眼光预见到城市化的进程加快，必将需要众多地下工程，安全高效环保的"大盾构"施工法一定会大放光彩，必须高度重视、重点经营。不久，他接任中铁十四局董事长，更是对"大盾构"情有独钟。

从黄河三角洲——山东东营利津县走出来的张挺军，是一位内行领导。他1984年毕业于石家庄铁道学院铁道建筑专业，来到中铁十四局后从技术员做起、陆续担任工程师、技术科长、副总经理、总经理、董事长，拥有"英国皇家特许建造学会会员""高级职业经理人""全国优秀施工企业家"等荣誉称号。

自从"南京长江隧道"大获成功之后，人们发现：张董事长一提起大盾构就眉飞色舞。当时还是隧道公司副总经理的王寿强感慨地说道："十四局有经营铁路、公路、房建等业务，各种业务一般都是分管副局长负责。但大盾构项目是张董事长牵头，他组织、带领我们去跟相关政府和建设单位沟通交流，经常亲自陪同业主考察我们局在南京、扬州、武汉、厦门等地修建的那些穿越江河湖海的隧道……"

甚至还发生过这样的"笑话"：一次，张挺军带队到宁夏去谈一个公路项目。正在与业主深入沟通的时候，他情不自禁地转移了话题，又说起了念念不忘的"大盾构"——施工优势明显，效率高、质量好，以至于随行人员不得不小声提醒：

"董事长，今天这个项目没有隧道工程，与大盾构无关。"

"哦，是吗？你看我说跑题了。"张挺军不好意思地赶紧打住，言归正传……

瞧，他看准了"大盾构"前景广阔，大有可为，下定决心占据这一领域的制高点。曾经，张挺军以独特的比喻，表达了中铁十四局的坚定和执着："美国的星巴克咖啡公司，从成立起就只卖咖啡，凭借一杯咖啡征服了全世界。这就是专一的效果。我们宁可放弃三个铁路工程订单，也要争取做一个大盾构。"

说到做到，2016年8月前，中铁十四局隧道公司共有60多个项目，占全局任务存量的百分之六十以上，全局500多个亿的在建任务，仅一个隧道公司就有300多亿；而那一年，国内在建的大盾构和水下隧道项目约有20来个，其中12个是中铁十四局隧道公司在做，占了半壁江山。

　　如此呈井喷式增长的盾构业务，使中铁十四局领导班子有了新的担心：项目太多，隧道管理力量摊得太薄，可能会出问题。所以，集团公司决定把隧道公司一分为二，成立"大盾构公司"，专门聚焦"大盾构市场"。

　　"隧道公司分家其实是一种聚焦战略。"张挺军把这种战略概括为，"非常之事由非常之人去做，专业的人做专业的事。分家，就是要让专人专心去做大盾构这一块业务。"

　　就在这天——8月30日晚上，一个个电话打过去，分别将正在合肥开会的局办主任张小峰和在厦门穿海隧道工地督战的隧道公司经理王寿强，紧急召回。第二天上午，成立大盾构公司的文件下达了，这一天——2016年8月31日，中铁十四局大盾构公司正式成立。董事长对王寿强、张小峰进行任职谈话。雷厉风行，这是多年养成的"老铁"作风，二人毫无二话，立即走马上任，开展人员、业务交接——

　　原隧道公司三分之一的中层干部、机长、机修、土建行家归大盾构公司，熟练工分给大盾构公司，直径10米至15米的19台盾构机及数百台车辆、挖掘机、推土机分给大盾构公司。此外还强调，集团公司的大盾构事业部，北京生产管片的房山桥梁厂，与某大学联合成立的大直径盾构工程技术研究中心等等，要尽可能多地在业务上服务于大盾构公司……

　　那么，公司驻地——也就是大本营设在哪里呢？这需要有当地政府的政策支持，还需要有合适的地块建设办公居住用房。

　　2016年9月的一天，已经退休在家的原南京长江隧道项目指挥部常务副书记周先民，接到了大盾构公司首任党委书记张小峰的电话："周书记好啊，你在哪儿呢？"

周先民是中铁十四局的"老人"了，还在机关担任过科长、处长，与张小峰、王寿强等人都很熟悉，干了一辈子"铁道"，退下来就想着旅游放松休息了，转了一圈刚回到家，就说："我在济南，有事吗？"

"有啊，我现在跟张董事长在一起哩，请等一下。"

张挺军比周先民小几岁，十分尊重，接过电话说："好啊老兄，现在身体怎么样？"

"没问题，棒着哩！董事长，你们还在办公啊？"双方寒暄几句，张挺军便通报了局党委决定成立中铁十四局大盾构公司，并任命王、张二人主持工作的事情。而后，说明准备将这个新公司注册在南京浦口区，当年正是周先民在那儿主持工作，熟悉当地情况，想请他前来帮助一下。

"我们想从哪里干的活，从哪里起家，就把家建在哪里。你来帮个忙，把总部给建起来。"

"这个……10年了，地方政府变化大。不过，董事长你说了，我一定尽力帮助做好。"

"好，为了方便开展工作，集团公司给你印个名片，副总经济师，怎么样？"

"呵呵，我退休了，用不着那些事了，我就当个顾问吧！"

实在说，周先民看到"大盾构"发展，十分高兴。当年在新疆干隧道那种苦、累、不安全，跟画面一样长久印在脑海里。现在追上了这个梦，就要把这个梦"做好"，可以告慰牺牲的铁道兵战友。第二天，他就让老伴帮忙收拾行装，去了南京浦口，与中铁十四局大盾构公司创业者汇合，齐心协力投入新的征程。

"不经一番寒彻骨，怎得梅花扑鼻香。"在时任中铁十四局董事长张挺军、总经理吴言坤，及王寿强、张小峰、周先民等人带领下，经过精心谋划运作，中铁十四局大盾构公司，横空出世了！名副其实，这个公司就是干"大盾构"事业的。围绕中铁十四局大盾构战略，他们有了这样的构想——

经营定位：只切大盾构这一块蛋糕。

团队建设：吸引和培养高素质盾构人才，提高企业竞争力。

企业精神：不断设立标杆高度，不断从自我超越到超越市场。

奋斗目标：引领大盾构市场，成为大盾构领跑者……

首任党委书记张小峰说："这样的目标很高、很难。要达到这个目标，我们的经验，我们的智慧，我们的实力都还有一定距离。准确地说，我们才刚刚起步。如果要打一个比方，今天，还只能说，在中国大盾构产业的试验田里，我们刚刚栽了一株幼苗。"

对于中铁十四局大盾构公司的未来，首任执行董事、总经理王寿强充满信心："有句歌词讲得好，兴衰谁人定，盛衰岂无凭？我们有一大批专业素质很高的盾构人才，有一个可以引领大盾构市场的团队。我们会带着自信上路，把企业兴衰成败的命运转换成使命，让大盾构公司兴旺发达起来……"

几度风雨几度春秋，风霜雪雨搏激流。一晃几年过去了，中铁十四局大盾构公司茁壮成长起来，在强手如林的盾构市场上，劈波斩浪，勇毅前行。不久，中铁十四局便与上海隧道工程股份有限公司（简称上隧）、中铁隧道集团（简称中隧）旗鼓相当，甚至某些方面名列前茅。

2017年12月25日，在首都北京，中国铁建总部会议大厅内，灯火辉煌，喜乐高奏，第二届"十大楷模"、第五届"十佳道德模范"和首届"十大品牌"表彰大会暨官方动漫形象发布会隆重召开。会上，"中铁十四局大盾构"品牌荣获中国铁建首届"十大品牌"称号，中铁十四局大盾构公司武汉地铁8号线越江盾构项目部荣获第二届"永远的铁道兵杯"十大楷模称号。

时任中铁十四局党委书记、董事长张挺军健步走上台来领奖，并围绕"如何保持优势，长期领跑，让'大盾构'的品牌长盛不衰"这一主题做了发言。他首先对股份公司、兄弟单位多年来对大盾构事业的支持和帮助表示感谢，继而说：

"大盾构成为中国铁建'十大品牌'，凝聚了无数铁建人的心血。从中标南京长江隧道开始，3代大盾构人、14年矢志不渝，奋力赶超，从一名追随者上升为领跑者。十四局要在大盾构这一狭小领域做巨人，我们未来向'三个梦想'努力：参与研究、设计和建设中国海峡隧道；让大盾构走出国门，享誉海内外；早日培养出中国铁建自己的大盾构院士！"

话音刚落，立刻响起一片春潮般的掌声："哗哗——"

就在张挺军满怀豪情展望未来时，中铁十四局大盾构公司又一个震惊世人的项目——具有"万里黄河第一隧"之称的济南黄河济泺路隧道工程，悄然启动了……

第四章

『家门口』的奉献

一

"铁二代"出征

"小山整把济南围了个圈儿，只有北边缺着点口儿。这一圈小山在冬天特别可爱，好像是把济南放在一个小摇篮里，它们安静不动地低声地说：'你们放心吧，这儿准保暖和。'真的，济南的人们在冬天是面上含笑的……"

读了上述文字，许多爱好文学的朋友都会立马想道：这是现当代著名作家老舍先生的散文作品《济南的冬天》。不错，正是20世纪30年代初，老舍先生在齐鲁大学任教时写的，以轻快、自然的笔调表达了对济南冬景的喜爱赞美，和热爱大自然，热爱生命的生活情操。

在这里，令人尊敬的作家观察细致，南部山区的确像一双臂弯，将济南城拥在怀中，冬天里也并不太感到寒冷，甚至有一些温馨。而北边则敞开了一个口子，过了黄河一马平川，西北风无遮无拦，那就是另一番天寒地冻的景象了。

2017年11月30日，在济南天桥区泺口与大桥街道交界处的黄河北岸，虽说刚刚进入冬季，却遭遇了几十年未遇的一场寒流，似乎厚厚的羽绒服也抵挡不住。当时人们打趣地说：这可真不像老舍先生笔下"济南的冬天"啊！

然而，这天上午10时左右，一个隆重热烈的工程项目奠基典礼仪式，就在这片寒冷而火热的土地上举行。嗬，恰巧与朔风劲吹的大自然形成鲜明对比——

红旗招展，锣鼓喧天。平整一新的空场上，搭起了简单却结实的主席台，上面铺着红色的塑胶垫子——好比红地毯，既经济又有好彩头的寓意，四周整齐排列着一台台施工机械、大小车辆，如同大战前的坦克大炮一样，威风凛凛地严阵以待。一队队身穿深蓝色、橘红色工装，头戴红色、白色、黄色安全帽的施工队站在中间，宛如即将冲向战场的先锋战士，一个个昂首挺胸，斗志昂扬。

台上一幅巨大的鲜红的背景板上，书写着几行醒目的大字："济南黄河隧道（济泺路穿黄隧道）奠基仪式，2017年11月，山东济南。"对了，这就宣示着万众期待、具有"万里黄河第一隧"之称的济南穿黄隧道，正式开工建设了！

工程南起泺口南路，依次下穿二环北路、北绕城高速公路、黄河南岸大堤、黄河、黄河北岸大堤，北至鹊山水库，在邯济铁路西侧接现状309国道。全长4.76千米，隧道部分总长3.89千米，包含盾构段长2.52千米；在黄河南北大堤两侧，采用明挖段，总计1.15千米。

这是国内当时在建最大直径的盾构隧道，也是黄河上第一条公路地铁合建的隧道。从此，黄河天堑开启了由水上跨越到水下穿越的新时代，标志着济南正式拉开"北跨"携河发展的序幕。

项目采用EPC（设计、采购、施工总承包）模式，俗称"交钥匙工程"，由中铁十四局牵头并组织施工，铁四院联合黄河勘测规划设计有限公司负责勘测、设计，上海市政管理咨询有限公司负责监理，他们都是我国隧道工程领域非常领先、非常权威的企业，济南城市建设集团代表市政府为业主，负责建设和管理。

一大早，济南市相关部门和中铁十四局、中铁十四局大盾构公司的负责人，还有参加设计、施工、监理、管理等方面的代表及施工队伍迎着刺骨寒风，齐聚黄河北大堤外始发工地上，一块镌刻着"济南黄河隧道奠基"的石头，立在主席台前的土坑里。

意气风发的十四局董事长张挺军走上前台，代表总承包单位发表致辞。

当时天气已异常寒冷，可他硬是脱掉外套，只穿件西便装，白衬衣领在红色背景墙衬托下，显得十分精神饱满、典雅庄重。他说：

"穿越黄河的号角已经吹响，北跨发展的大幕已经拉开，所有参建员工一定要珍惜机会、看重使命，抽调精兵强将、配足配强资源，全力以赴，高效履约坚决做到'三快'，即施工准备快、征拆设营快、开工建设快。坚决做到'三高'，即高标准，高质量，高效率。坚决做到'四保'，即保质量，树百年丰碑；保安全，建平安工程；保工期，圆北跨梦想；保环境，零污染施工。"

一阵风吹来，手中的红色稿纸如同一团火焰抖动着，他的嗓音也陡然高昂起来："中铁十四局驻地就在济南，这是我们家门口的工程，更是我们自己的工程。感谢济南市委市政府和济南人民的信任，我们一定要竭尽全力，修建好这条穿黄隧道，为泉城北跨大发展贡献力量，向家乡父老乡亲交上一份合格的答卷！现在我宣布，奠基开始！"

霎时间，鞭炮齐鸣、喜乐高奏，一条条彩带、一朵朵纸花随着"砰砰"的礼炮声升上天空，如同"天女散花"一般又飘落下来，洒满了主席台周围。出席仪式的各位代表纷纷走到前边，拿起铁锹铲土洒向基石。

随后，一队队建设员工分别走上临建主席台，集体合影拍照，留下值得纪念的瞬间。有的一齐伸出大拇指，意思是马到成功，旗开得胜；有的干脆拉起预先准备好的横幅，上面写着："中铁十四局山东好汉建功济南黄河隧道"……

第二天上午——2017年12月1日，时任中共山东省委副书记、济南市委书记王文涛，济南市委副书记、市长王忠林带领济南有关方面负责人，专程前来调研济泺路穿黄隧道建设工作。时任中铁十四局党委书记、董事长张挺军，副总经理周长进等全程陪同。

工地上，一贯作风干练、注重企业形象的中铁十四局大盾构公司早就摆好了企业展示板，图文并茂，精彩纷呈，甚而还特制了已定购好、准备使用的盾构机模型。

张挺军陪同省市级领导，一一指点着简要介绍："您看，王书记，这是我们局施工的大盾构精品工程。有'万里长江第一隧'南京长江隧道，有扬州瘦西湖隧道，还有北京穿城的京张高铁清华园隧道……"

　　"好好，不愧是一支铁军。"这位后来出任商务部部长的市委书记王文涛边听边点头："这些工程效果都不错吧！"

　　"是的。您看这几幅照片，是我们获得的建筑鲁班奖、优秀工程奖等国家级奖励证书。另外，南京这条隧道开通后，江北成了富有活力的新区，土地大大增值了！"

　　"对，我们'三桥一隧'特别是穿黄隧道建成了，黄河北也会起飞的。"

　　在盾构机模型前，王文涛和王忠林等人，饶有兴趣地观看着，询问盾构机施工的原理和进度情况。张挺军一一深入浅出地讲解着，并且表示以全局之力，保证超大直径盾构机"穿黄"成功。

　　"很好。看来选择你们来做，选对了！"

　　时不我待。进入2017年，济南北跨携河发展、建设"三桥一隧"的步伐大大加快了。那么，为什么在泺口这个地方不考虑建桥，而是做"穿黄隧道"呢？它的重要性和必要性体现在哪里呢？

　　说来话长：泺口路连接黄河渡口，附近有一个百年水文站，是清末年间建的特级水文站，等于文物级别了，目前还在收集数据。另外，京广高速泺口高架桥距离也不远，再往南还有一座铁路桥，按照规定，铁路桥3至5公里左右的地方不能再建桥，因为对黄河防汛是有影响的。而且黄河南岸是泺口险工，北岸是加固堤坝预备区，这些因素都决定了此处不适宜再建公路桥梁。

　　然而，泺口路北端急需一条南北过河通道。历史上就是选择这处黄河最窄、比较平稳的地方建设了一座浮桥。况且，老城的中轴线从济南火车站一直往北，经济泺路过河以后，到达大桥片区，也正是济南新旧动能转换先行区（现称起步区）核心部位。根据城市远景规划，将来这里会繁荣发展起来，建有龙湖湿地公园、高铁站、市民中心等等。先行区规划120万人生活工作，修建通道之后，可以满足将近60万人快速交通出行。

再者，通过实践检验，人们也意识到修建隧道的优越性：一是它不受季节气候的影响，无论是掘进过程中，还是竣工之后的行车交通，春夏秋冬、风霜雨雪均没有关系，可以照常进行；二是随着生态环保的要求越来越高，地下施工和交通噪声尾气等等，对地面上的环境生态产生的影响，相对较小；三是能够减少土地的占用，如果在地面建桥梁，势必要征收林地农田和城乡建筑物，增加了征地拆迁的成本和困难。

从上述几个指标来讲，修隧道比建桥合适。虽然它的造价养护费用要高一点，可总体而言，长远来看，隧道的性价比较高，社会效益和经济效益，以及对城市发展潜在的隐形的贡献相对较大。

在此背景下，济南市委市政府下定了修隧道的决心，反复论证了数年，做了三版规划——工程科技可行性研究。当时考虑到经济情况，先做了一个隧桥方案，即从南岸隧道穿行，过了黄河立刻"爬"出来，再上桥梁跨到北岸去，因为建桥成本要低一些。可是，勘测后发现黄河水面虽说不宽，但漫滩险工段还有相当距离，百年大计，不如直接隧道穿行过去，对防汛和交通均比较安全稳妥。

因此，在这里建设一条直通主城区和先行区的"穿黄隧道"，势在必行，并且要跑步前进。请看当年的时间表和路线图——

2017年6月15日，济南公共资源交易网发布《济南跨黄河桥隧工程可行性研究报告和项目申请报告编制招标公告》，包括跨黄河四处通道，分别为济洛路穿黄隧道（道路＋地铁）、济南黄河公路大桥扩建工程、齐鲁大道北延跨黄河通道（济南齐鲁黄河大桥）、凤凰路北延跨黄河通道（济南凤凰黄河大桥）。

2017年8月3日，黄河水利委员会（以下简称"黄委"）在郑州组织召开济泺路穿黄隧道（道路＋地铁）工程建设项目暨防洪评价报告审查会，并形成了审查意见，主要内容：一是同意隧道工程建设；二是基本同意《评价报告》

中的穿黄线路；三是基本同意穿黄工程采用盾构法以隧道方式穿越黄河河道，项目审查会顺利通过。

2017年8月31日，时任山东省委副书记、济南市委书记王文涛来到泺口浮桥规划穿黄隧道处，听取了济泺路穿黄隧道规划情况汇报，表示：规划设计要充分考虑穿黄实际情况，进一步优化完善穿黄隧道规划设计方案。

2017年9月12日，济南市人民政府发布了《济南市济泺路穿黄隧道工程环境影响评价第二次信息公示》。

2017年9月27日，黄委正式出具准予行政许可决定书，同意工程建设和审查意见，并提出工程应在3年内开工建设。

2017年9月30日，济南市发展改革委网站对济泺路穿黄隧道工程项目审批核准进行公示，发布了监理招标信息：工程建设单位为济南城市建设集团有限公司，建设资金为自筹，出资比例为100%。隧道南起济泺路，桩号为K0+250，北至鹊山片区309国道，桩号为K5+010，全长约4.76千米。南岸预留东西向出入匝道远期实施条件。

闻风而动，争先恐后。国内各个有资质有实力的盾构施工单位，看到这个公开招标信息之后，立即蜂拥来到济南，考察调研，编制标书，摩拳擦掌准备投标。

在这种背景下，有一家施工单位为此次投标全力准备着——这就是中铁十四局大盾构公司。因为从铁道兵第四师"兵改工"后成为第十四工程局起，他们就扎根山东大地了，几经辗转后，把总部开始设立在济南市和平路16号，后来业务拓展人员增多，搬迁到东郊新建办公大楼。

泉城济南就是中铁十四局的家。中铁十四局建设者不管走到天南海北甚至远赴海外干工程，一说起大明湖、趵突泉、千佛山，那是如数家珍，娓娓道来。一年到头奔波在外，每当回到济南，那是格外亲切万般留恋啊！

济南黄河济泺路隧道，确如张挺军所说：这是"家门口"的工程，这是给父老乡亲造福的项目，中铁十四局怎能不干呢！从擦亮品牌、打出知名度来说，也应该当仁不让啊！要不然，人家会说，你们连驻地的工程都干不上，肯定是质量技术不咋地，就别说承接其他地方的工程了。

所以，当这项重大工程招标的信息公布之后，中铁十四局上上下下都憋足了一股劲儿：一定要拿下来！时任中铁十四局董事长张挺军和总经理吴言坤早早就把时任中铁十四局大盾构公司执行董事王寿强、党委书记张小峰召集到济南总部来，组成专门投标班子，日夜研究讨论，责令尽快拿出高质量高水平的标书。

"从我做起，咱们这伙人这段时间就别分上班下班了，什么时候投标成功，什么时候放假休整。怎么样？"本就对大盾构寄予厚望的张挺军，挥着拳头说。

"同意！"人们异口同声，底气十足，"董事长，不用你说，我们也得拼上命了。要是咱连家门口的活儿都干不上，那还有脸在盾构市场混吗？！"

"说得好！但我要纠正一点，这不光是脸面的问题，也是十四局向父老乡亲汇报的大事，是为建设家乡出力啊！"

与此同时，张挺军还约上总经理吴言坤、副总经理周长进、总工程师王焕等人，东奔西跑，合纵连横，与省市发改委、城市建设局、黄河水利委员会等部门以及设计单位铁四院加强联系，虚心请教，并且邀请有关人员前往他们在江南已经做成或正在进行的大盾构项目参观，加深直观印象。

在2017年火热的夏季里，山东、济南的省市媒体——山东电视台、济南电视台、《大众日报》、《齐鲁晚报》、《济南日报》、《济南时报》，还有各大网站、报刊客户端公众号等，在中铁十四局和大盾构公司两级宣传部门配合下，纷纷开辟专栏、记者专访，对即将开始的穿黄隧道大力宣传推介——精心策划大盾构宣传，科普大盾构工法的优点、建设黄河隧道的优势以及十四局大盾构的实力，社会上掀起了一个"穿黄隧道热"。这次宣传助力，也标志着迈出了十四局大盾构品牌建设的重要一步。

斗志高昂，信心满满，参加招投标就跟筹划一场战役一样。

业主——济南城市建设集团，代表当地政府和人民建设"万里黄河第一隧"，早早就下定决心：选择最好的设计、最好的施工、最好的监理队伍，并以此发出招标通告。各路大军摩拳擦掌，跃跃欲试。

项目确定，设计先行。早在黄河隧道做"工可评审"的时候——这是一个专业术语：一般进行大型工程之前需要做可行性研究，由勘测规划设计部门出具《工程项目可行性研究报告》，请专家评审，叫作"工可评审"，只有通过了这个报告，方可进行设计施工——中铁第四勘察设计院（简称"铁四院"），应邀参加了评审会，接触到了这个项目，感到意义重大，积极争取投入进来。

虽然"铁四院"设计隧道在业内口碑不错，但他们的市场大都不在北方。当时铁道部几个设计院各有侧重，一院在兰州，二院在成都，三院在天津，四院在武汉，都有自己的核心市场区域。四院主要经营中南、东南、华南一带，较少在长江以北做交通工程。在黄河隧道"工可评审"时，济南业主代表曾咨询前来参会的铁四院负责人：

"你们觉得国内隧道设计单位，哪家水平最高呢？"

"第一就是我们，这个当仁不让。"这位负责人肯定地说，"空口无凭，你们可以看看，武汉、南京长江隧道就是我们设计的，那也是万里长江第一隧啊！"

"是吧，那不错。我们黄河隧道项目工期比较紧，综合考虑决定采用EPC模式，你们有兴趣的话可以联合施工单位，一起参加投标。"

"当然有了，我回去后就向院领导汇报，争取参加。"

此后，他们马不停蹄地运作起来，确定由"铁四院"与黄河勘测规划设计研究院（简称"黄河院"）组成设计联合体。因为黄河院属于黄河水利委员会管理，熟悉黄河上下的地质、水文情况。接下来的重头戏是选择施工单位了。

穿黄工程，千秋伟业，业主代表——济南城市建设集团高度重视，慎之又慎，为此专门组团去南京和武汉长江上的隧道考察。这是一个参照系：能在滔滔大江底下成功穿越，那么"穿越黄河"也就有底气了。

此前，南京长江上有两个单位同时做两条隧道，一条是中铁十四局的项目，另一条是其他单位做的。结果大相径庭，中铁十四局干得非常好，按时通车了。可另一个单位在施工过程当中困难重重，导致工期严重滞后，施工效果不甚理想。

在武汉，同样有一个对比，也是穿越长江的项目。

中铁十四局承接武汉地铁8号线隧道越江工程，一条直径将近12米的隧道。另一家公司承接地铁7号线隧道，直径15米左右，稍微大一点。两家相距不到一公里，同时开工，如同打擂台似的。中铁十四局做的8号线已经通车快一年了，那家公司做的隧道还没竣工。

两相对比，高下立判。济南业主代表对中铁十四局更是刮目相看。加之中铁十四局本身就是山东子弟兵，对"家门口"的工程志在必得，公司领导决心举全局之力争取穿黄隧道。

尤其在设计之初，"万里黄河第一隧"之称就叫响了——它是黄河流域的第一大隧道，又是第一条公轨合建隧道，还是第一次穿越地上悬河。如此项目，引人入胜。

强强联合力量更强。于是，中铁十四局与铁四院、黄河院组成了设计施工联合体，一起投标。2017年10月份，铁四院以副总工程师肖明清为总设计师，年轻有为的水下隧道所主任张亮亮为副总设计师，共有18个专业人员参加的团队，来到济南与中铁十四局共同做标书。

不用说，铁四院是以最强的设计师领衔出征。肖明清，毕业于西南交大地下及隧道工程专业，长期从事隧道设计研究工作，多项科研创新成果居国内乃至世界领先水平，曾被授予"国家有突出贡献中青年专家"称号。他带队秉承"科技引领、重视环境、安全智能"设计理念，顺利完成了黄河隧道的初步设计和施工图设计等任务。

其中，全套施工图共有21册、101本图纸。接下来就是制作规范的标书了，业主要求一个月内必须送达，时间非常紧张。设计代表张亮亮一马当先。他1999年考入武汉理工大学土木工程专业，硕博连读是在武汉大学，2009年毕

　　　　　　　　　　　　　　　　　黄河"潜龙"　｜

业来到铁四院上班，驻地还是在武汉。可他每年工作是在各地跑，一直从事轨道交通设计，聪明好学，年年进步，很快就成为隧道设计专家。

这次穿黄工程，他在肖明清大师指导下担当现场设计任务，更是全力以赴，带领七八名年轻设计师住在中铁十四局大楼里。制作标书时几乎天天加班到很晚，甚至到了凌晨，与时任中铁十四局副总经理兼总工程师王焕、副总工程师兼工程技术部部长贾开民等有关人员精诚合作，仅用两周时间便顺利做好了。

就在投标之前的那天晚上，时钟指针已经指向11点，张亮亮抱着厚厚的两大本标书，走进了同样还在加班的现任中铁十四局党委书记、董事长周长进办公室，请他签字。

周长进翻着精心制作的标书——内容是他指导做的，早已熟悉，看到终于完成了，心中当然十分高兴，认真检查了一遍，拿起签字笔在上面郑重地签下自己名字："好，明天可以送标书了！你们辛苦了！"

"谢谢周总，咱们都辛苦，可当看到成果时，还是很开心的。但愿一举成功！"张亮亮知道这一笔签下，就等于领导认可了，制作标书画上了圆满的句号。

2017年11月14日，是确定设计施工单位的一天，竞争十分激烈，参加投标的除了中铁十四局之外，还有上海隧道股份公司、中铁十五局等4家单位，在国内同行业实力都很强大。

本来，中铁十四局参加投标的人成竹在胸——认为自己工作做得十分充分，标书又很规范、完全符合要求，胜利在望。谁料事与愿违，好事几乎办砸了，他们的标书差点被废标！

原来，投标人感到厚厚的一大本标书，像砖头一样，为了美观起见，特意做了一个漂亮盒子放在里面送上去。就在准备开标时，有位专家发现了，立即指出这份标书有问题，不能参加投标。他说：

"按规定标书是要隐去投标单位统一包装的，你看这份标书故意做了包装盒，与大家不一样，这不是暗示作假吗？应该作废。"

此话一出，语惊四座。各位评审委员互相看看，面面相觑，一时拿不定主意。标书是很严肃的事情，人家提出意见是有道理的，应该按规定执行。这就像古代科举考试一样，应试学子都是匿名上交考卷，如果做了暗号让考官看出来，那就会按"作弊"处理。后果相当严重。

不过，各投标单位都是费了九牛二虎之力，精心制作的，如果因为一个考虑不周的"包装事件"作废标处理，连个评审竞争机会都没有，太令人惋惜了。最后，还是业主代表说了公道话：

"依我们看来，制作者不是故意的，只是为了更好看一些。如果因这点小事排除在外，好像不太公平，咱们还是要看内容谁更符合要求！"

"好好……"一句话，挽救了这份标书。

事后，等到招标程序结束，中铁十四局与铁四院设计施工承包联合体中标，才知道正是他们那份标书差点被废了。呵呵，大家听到这个插曲都出了一身冷汗，后怕不已：本想精益求精，差一点成了画蛇添足，弄巧成拙。

好在业主代表是明白人，一切以真正的实力为准。

功夫不负有心人。

2017年11月18日，济南黄河隧道工程开标，果不其然，中铁十四局联合铁四院、上海监理公司联合体，一举中标。无论是从资质、技术、质量、工期、成本等各项指标，他们都完全符合甲方业主的要求。尤其是最主要的施工方——中铁十四局更是赢得了高分。

中标后公开公示，业内人心服口服。

事实上，山东省、济南市的建设管理部门早就熟悉中铁十四局，无论在实力方面还是口碑上，这帮"老铁"是名副其实的"铁军"。几十年来，他们不仅在齐鲁大地上竖起一座座工程丰碑，还急当地政府和人民所急，关键时刻冲上去分忧解难，完全是一支可以信赖的"子弟兵"。

2008年汶川大地震，国家指令山东对口支援重灾区北川羌族自治县，要求最短时间建成供数以万计灾民居住的板房。时任山东省建委主任的杨焕彩领受任务后，立即想到了省内的两支"国字号"建设大军，中铁十四局就是其中之一。在返回办公室的小车上，他就拨通了两家单位的电话，讲明情况请求支援。

"老伙计，这个时候只有请你们代表山东尽快出动了。不过，暂时没有经费，一切先由你们垫支。"

时任中铁十四局董事长的杨有诗闻言，当即表态："主任放心，一家人不说两家话。我们在成都有队伍，马上开进去。"

"好，不愧是铁军，山东人民不会忘了你们！"

灾后评审，山东板房建设有口皆碑，又快又好又结实。那年，我曾奉山东省委宣传部和省作协之命前去北川，采写《真情大援川》的报告文学，亲眼看到了中铁十四局将士们的心血付出，受到灾区人民的广泛赞誉。这样的队伍已经是山东的形象代表了。

如此双向奔赴，甲方和乙方，业主与建设者携手并进，一场古今罕见、共创双赢的"穿黄大战"拉开了序幕。

干工程与攻山头一样，大军确定作战方案后，首要的就是排兵布阵，选派得力干将挂帅出征。中铁十四局中标黄河隧道后，局领导们"青梅煮酒论英雄"，选中了中铁十四局大盾构公司副总经理、当时正在常州地铁项目现场指挥的历朋林，作为首条穿黄隧道项目主要负责人。

2017年11月21日，一个电话将历朋林召回到济南总部，交代任务，下达指令，要求他立即进入情况，安营扎寨，组织好奠基、开工等一系列工作。说实在的，刚刚听到领导的安排时，历朋林心里很是忐忑，一是这个项目难度很大，又是在十四局总部"家门口"，各界高度重视，建设标准高、社会关注度高，不容有半点差池。二是他的"小家"就安在南京，在常州干活回家方便，开车也就一个多小时，自己刚刚提任公司副总经理，珍惜这些年的辛勤付出，不希望碰到一个风险大的项目。相比城市地铁工程，穿越地上悬河的黄河，肯定非常不易。

张挺军见其犹豫不决，掷地有声："正因为重要，我们才考虑找一个老项目经理，稳妥能干。朋林，你前面都做得很好，就选定你了！"

话已至此，多说无益，历朋林是一个有血性有情怀的汉子，既然领导们已然决定将这个本局驻地省会城市的大项目交给自己，就说明给予了百倍的信任和支持，只有全力以赴拼命去干，绝不能辜负这一份厚望。虽说作为"家门口"工程是把双刃剑，干好了品牌更响，干不好那就砸了口碑。但越是艰险越向前，才是铁道兵的作风和精神。

想到这里，他表态了："那好吧，我干！明天就去现场。"

"这就对了，你是铁道兵的后代，也是十四局的干将，这个家门口的工程，只许成功，不许失败。"

"请领导放心，只要我接下了，一定全力以赴，不负众望！"历朋林挺了挺胸脯，像军人敬礼似的挥了挥手。

确实，别看历朋林刚到不惑之年，对于铁路工程早已熟门熟路了。因为，他是一个地道的"铁二代"——父亲1965年在老家江苏徐州铜山县参军，来到了中铁十四局的前身铁道兵第四师，勤奋好学，练就了一手好技术，留在部队成为机械师，后来结婚成家有了历朋林姐弟。从六七岁起，小朋林就跟随父母南北转战，过上了像"吉卜赛部落"一样的漂泊生活。

几年后，当我在济南黄河济泺路穿黄北延工程项目部采访时，历总对往事记忆犹新，深深回忆道：

"我是7岁随军，当时有个词叫随军家属，部队按一定条件可以给转户口。这样我随两个姐和我妈，就跟着父亲的部队走。印象中最深刻的就是生活不安定。再一个能感受到父辈干这个行当，十分艰苦。当时铁道兵是拿津贴的，不多，但比在农村种地强。问题是孩子们的教育不容易，铁道兵的子女大部分都是不停地转学，还得与地方教育部门沟通，支援地方建设，才能给你几个名额。关键是进不了好的学校，这就造成了教育质量难以保证。唯一区别社会上的，我们理解父辈们的工作生活。一听说哪个地方又有活儿了，那么意味着父亲母亲又要走。可以说这就是铁道兵前辈们的奉献吧，'铁二代'们还有这个情结。随着全面'兵改工'，我父亲留在中铁十四局，一直做到退休。我上班后，老一辈的那种精神是不会忘记的，当然现在条件好多了……"

尽管自小经历了那种东奔西走的生活，学习条件很差，但要强的历朋林明白"学习改变命运"的道理，加之铁道子弟报考部署学校有一定基础优势，经过不懈努力，于1996年考上了石家庄铁道学院工民建筑专业。这所学校原属于铁道兵管理，改制后交由铁道部，后来转归河北省属高校。毕业后，他就来到了中铁十四局，算得上是接了父辈的班。说起这一段，历朋林深有感慨：

"1999年秋天，我刚上班就到了辽宁锦州秦沈客运专线工地，当技术员。老铁道兵根据技术工种分有机械队、综合队，也有专干桥梁的或者打隧道的队伍。当年为了锻炼年轻人，每一个大学生进场以后，都必须从最基础的工作做起，3至5个月都在现场。然后分到队里的工班，正儿八经是要动手干活的，和民工一个样：立模板、绑钢筋、捣固混凝土。大学生在那时候虽然非常金贵，但是老铁道兵的技术工种还在，领导的意思就是都得熟悉，也是为了磨炼作风。我认为这个是夯实基础的好办法。不过跟时代是有关，现在我们有心磨炼新员工，但工程项目多，大学生来了还不够用，还让他们长时间去现场干活，显然不可能了。"

"哦，这些年你一直在工程一线上吗？"

"对。我从秦沈客专线上下来后，又到了山东的滨州黄河大桥，还是搞技术，干了一年多。2002年的元旦，就到了重庆的武隆县，建设渝怀铁路——重庆到怀化，那就开始打隧道了。当时还是传统的矿山钻爆法，风险之大，现在想想都是心里一颤一颤。渝怀铁路在中铁十四局历史上是非常出名的，西南山区喀斯特地貌所有具备的特点都有了：高地温岩、溶洞、地下暗河等等。我们运气还不错，没有出现塌方、冒顶等事故。我在那里当了工程师，待了4年

10个月，到了工程中后期，还担任了项目总工，那年我快30了……"

"呵呵，那你还没结婚吗？应该比老铁道兵前辈们好办一些吧？"

"不瞒你说啊，许老师，那时候家里也催，可找对象非常麻烦。没有高铁，飞机太贵，我坐火车回趟山东，要到重庆转车，路上得走30多个小时，与对象见一面是非常不容易的。探家回来之前终于谈成一个，见第二面就整整隔了一年。因为我们的工作性质在工地，你不能随便请假，每天都要施工。领导们都不请假，你怎么好意思请假，而且你手上有这么个具体事务，你要负责的。这个时候就体现出来'铁二代'的优势了，我早就了解单位的性质，就没有怨言。大家都是这样，项目上也有女职工，同样要几个月才能回趟家，孩子大的小的都托给老人来看……这样的话，渝怀铁路干完后，2005年10月份我就到南京了，参加南京长江隧道项目。"

"好嘛，你也是南京长江隧道'黄埔军校'出来的！"

"算是吧，我是中前期参与了'长江第一隧'工作，半年以后调去干的南京地铁。到了2007年，又转到了杭州干城市地铁，干到2010年的时候，我就接任了杭州地铁项目经理，那里地质复杂，经受了严峻的考验。一年后又到无锡干项目经理，也是做地铁隧道。2014年的8月份，我被调到常州地铁，还是干项目经理。总之，那几年就是在江浙一带转战，直到中铁十四局大盾构公司成立，2017年我被组织任命为副总经理。这时我们局中标了穿黄隧道，前期我没有参与，接到电话，11月21日到了济南，让我具体负责这一块工作，这不一直干到今天，效果不错，又接了几项济南穿黄工程……"

此时此刻，作为现场指挥长的历朋林说得轻松，但在我听来却充满了艰辛、磨难与拼搏。他和队友都是从基层工地上一步一个脚印、一个汗珠一份心血锤炼出来的，字里行间，闪烁着一个"铁二代"沿着前辈的足迹，脚踏实地、摸爬滚打的成长之光，既有优良的传统，又有现代的意识。

同时，联想起我们现场采访结下深厚友谊的大盾构公司纪委书记孙锋、党群工作部部长赵岩、宣传骨干林凤以及济南黄河济泺路穿黄北延隧道工程项目负责人杜昌言、项目党支部书记贺小宾、项目总工程师王超等朋友，家人亲友中也有当过铁道兵的，抑或是中铁十四局子弟。至于毕业于石家庄铁道学院（前身铁道兵工程学院）的员工，那就更多了。

如此一来，说他们是传承铁道兵精神和作风的"铁二代"，并且在新时期的工程建设中继往开来，发扬光大，完全是实至名归、当之无愧。

前面说到，2017年济南的冬天，与老舍先生笔下的描绘大相径庭，尤其是城北黄河两岸，那是相当的寒冷。虽然第一场雪迟迟没有下来，可呼啸的西北风已经不期而至，那些落光了树叶只剩下光秃秃枝干的杂树，以及大片荒滩上的枯草，在风中瑟瑟抖动着。

历朋林领受任务第二天——11月22日，就"点"起一帮先锋战将，来到了黄河北工程始发地，安营扎寨，做好启动准备。当时济南市业主部门要求是：跑步进场，尽快开工，11月底举行奠基仪式。

此时，满打满算，只有一周时间了，现场还是沟沟坎坎、坑洼不平，一片小树林横七竖八地站在那儿，而且比公路低上一大块。一般人看到这一幕，只能摇摇头说干不了！可历朋林带领的队伍不是一般人，而是特别能战斗的"铁军"。他把从常州一起过来的时任项目书记李高春、执行经理白坤、负责外联后勤的副经理贺小宾、负责土建的副经理杜光升等人招来，细致研究，下了死命令：

"倒排工期，关死后门，11月29日前做好一切开工准备，时间肯定很紧张，我与大家一起吃住在工地一块干，一定要把第一枪打响了！"

"行！历总，我们就是不吃不喝不睡觉，也要干好它！"

随后，统一调集的队伍、包括各个项目上抽调来的管理人员火速赶来，分工合作，各负其责，热火朝天地大干起来。他们连夜调来8节集装箱做临时营地，柴油发电机带动照明灯将现场亮如白昼，数十辆铲车、挖掘机、翻斗车、压路机连同人员一齐压上，车来人往，轰鸣不断，俨然使上了"人海战术"。

张挺军、吴言坤等局领导多次前来视察，明确要求："要把时间用满，空间用足，家门口不能掉链子！"

"请领导放心！我们不但要干完，还要干得漂亮！"历朋林拍拍胸脯，掷地有声。

"军中无戏言！"

"我们敢立军令状！"

话是这样说，更是这样做。面对树林密布、杂草丛生，沟塘堤坝纵横，还有零下十几度的低温，这两个荒凉与寒冷的"敌人"。历朋林、李高春、白坤、贺小宾他们带领盾构铁军上来了。开工现场比309国道低1.4米，这是准备分洪造成的——万一河水泛滥，为保济南只能向北引流，全部都要填平，不能将施工营地设在沟里。此外还要修一条沥青公路，便于车辆人员进出。要不然，一下雨就成泥潭了。

执行经理白坤是山东济宁人，一名"80后"大学生，2006年毕业后就来到中铁十四局，辗转征战于南京长江隧道、扬州瘦西湖隧道、苏通GIL综合管廊长江隧道等十几个项目，从技术员、工程师，逐渐锻炼成一名能够独当一面的管理型人才。

可以说，他也是南京长江隧道"黄埔军校"培训出来的，擅于将新鲜事物用于建家建线和施工布场，甚至"玩"起了无人机航拍，从空中镜头谋篇布局，发现问题马上解决，省力又快捷：

"瞧，C栋宿舍楼后的空地密目网没有全覆盖，扬尘防治'六个百分百'做到了吗？再检查一遍。"

"项目部办公楼上的字有一个不亮，机电部门快去看一下。"

"厨房后边的园林绿植比设计密，抓紧修正……"

参建人员全力以赴，不辱使命圆满完成施工计划，仅用8天时间就完成场地清表、重载道路硬化、沥青道路铺设、临时指挥部的建设。现场回填土方约12万立方米，浇筑混凝土约2900立方米，硬化面积约11000平方米。走进项目部，彩旗迎风招展，让人耳目一新。

不久，项目部还在施工现场竖立起一个"1∶1"的大型隧道模型，与将来建成的穿黄隧道规格一样，管片外径15.2米，上下双层，上面是三车道的公路隧道，下面是预留的地铁隧道。一个大大的钢筋水泥制成的圆形模型，吸引了无数的目光，引起了众多的向往。

如同一个无形的广告一样，这让泉城人民群众更加了解并理解工程的特点和意义。再则，这也是建设者立下的一份军令状：早早公之于众，表示奋战到底，不获全胜，决不收兵。

当济南市有关部门领导同志和兄弟单位、市民代表前来调研检查时，看到已经与进场前相比有了突飞猛进的建设进展。这才几天，就发生了如此巨变，情不自禁地连声叫好，伸出大拇指点赞："好样的，真不愧是铁军队伍！"

济南黄河穿黄隧道工程奠基仪式，如期圆满地举行了……

二

"我们是黄河泰山"

又是一年芳草绿，依然十里杏花红。

在我们这个日新月异、高歌猛进的年代里，时间的列车在不知不觉中风驰电掣般地呼啸驶来。从奠基算起，转眼间一年过去了，就在济南黄河隧道下控基坑、置办设备，紧锣密鼓地做好盾构机始发准备时，2018年11月20日，山东的《大众日报》《齐鲁晚报》《济南日报》《济南时报》，以及北京、上海等天南海北的各大媒体、网站，同时爆出了一条热点消息，一时占据了热搜头条，引起了无数网民的热切关注：

等您赐名！济南黄河隧道工程盾构机全球征名
一等奖：奖金3000元+盾构机模型

济南黄河隧道工程作为国内在建的最大直径的盾构隧道之一，位于济南新旧动能转换先行区，被誉为"万里黄河第一隧"。在市委、市政府领导和广大济南市民热心支持下，目前工程进展顺利。2018年12月，两台国内在建工程中直径最大的泥水平衡盾构机将按期顺利下线，4000多吨的钢铁巨龙即将在济南开启穿越黄河之旅。现在，济南城市建设集团联合中铁十四局集团有限公司就黄河隧道工程盾构机面向全球"征名"。

盾构机学名全称叫盾构隧道掘进机，是一种隧道掘进的专用工程机械。现代盾构掘进机集光、机、电、液、传感、信息技术于一体，具有开挖切削土体、输送土渣、拼装隧道衬砌、测量导向纠偏等功能，涉及地质、土木、机械、力学、液压、电气、控制、测量等多门学科技术，而且要按照不同地质进行"量体裁衣"式的设计制造，可靠性要求极高。盾构掘进机已广泛用于地铁、铁路、公路、市政、水电等隧道工程。

匠之精神，建造必精品；国之重器，出师必有名。您不必学富五车，更无须才高八斗，只要你有想法、有创意，起的名字够新颖，便可为这两台庞然大物取个名号，获奖者不仅一字千金，更可受邀出席盾构机始发仪式。

征名时间：11月20日—11月25日。

投票时间：12月1日—12月5日。

征名要求：1.命名务求简练，易于宣传推广；要具有丰富内涵，寓意深刻；要符合工程建设宗旨，力求体现工程特色和时代气息，例如南京长江隧道

"扬子号"，武汉地铁8号线"楚天号"，京张高铁清华园隧道"天佑号"，扬州瘦西湖隧道"瘦西湖号"。2.每个命名附详细注解和释义，无歧义，并以简体文字表达，没有注释的视为无效投稿。法律禁用词汇严禁使用，字数控制在5个字以内。3.投稿者需用真实姓名和联系方式，每位投稿者最多限提供3个命名，如果重名以投稿时间先后为准，投稿在先者将被选用……

记者了解到，本征名活动最终从30个入围名称中评选出一等奖1名，二等奖3名，三等奖6名及入围奖20名，并在济南城市建设集团、中铁十四局大盾构公司微信公众号公布结果。如出现抄袭或侵犯名誉权等法律责任均由作者自负；名称重复的，投稿时间在前者有效，在后者视为无效。主办方负责本次征集活动事宜的解释，参赛作品一旦入选，知识产权归主办方所有。

本次征名活动设一等奖奖金3000元+盾构机模型，应邀参加盾构机始发仪式；二等奖奖金1000元+中国铁建定制版吉祥物福鹿娃一个；三等奖奖金500元；入围奖奖品为中国铁建定制版福鹿娃一个。

一石激起千层浪。

这是一项为盾构机征名的创新性的活动，以此来激发社会各界人士对盾构施工法、济南黄河隧道的关注和重视，科学普及地下机械掘进知识，从而获得各方面的支持。

名正则言顺，言顺则事成。生活在孔孟之乡儒家学说发源地的山东人，尤其深谙此道，高度重视。此前，中铁十四局大盾构项目就有南京10号线过江隧道盾构机取名"穿越号"、武汉地铁8号线越江隧道盾构机"楚天号"、苏通GIL综合管廊长江隧道盾构机"卓越号"等等，均叫得响亮、干得漂亮。

"万里黄河第一隧"，更是不能马虎，向全社会征名，一定要为即将冲锋陷阵的盾构机取个好听、有力、意义深远的好名字。人们纷纷响应，特别是家住泉城济南的市民们，转发相告，踊跃参加。

前面反复讲过，济南黄河隧道，作为"家门口"的大盾构工程，中铁十四局志在必得且只许成功，不能失败。进场伊始，项目团队便以"高起点规划 高标准建设 高质量推进"为导向，持续深入推进标准化管理，顺利完成了建家建线、施工现场标准化建设等工作，做好了开挖基坑、工作井和盾构机始发准备。

实在讲，这个项目是全局的"眼珠子"，具有又一个里程碑的意义。它是长江以北第一个大直径盾构水下交通隧道工程。过去我们采用大直径盾构机从南京、武汉、常熟穿越长江，从厦门穿越海域，从扬州穿越瘦西湖，都是在南方经济发达，对交通设施需求强烈的地区。

而今，随着国内盾构技术的进步，相比占地多、受气候影响大的桥梁来说，修建越江跨河的隧道优势突显，实施越来越广泛。因而黄河上的第一条大盾构隧道，具有十分重大的意义。它是管片外径15.2米，在国内名列前茅。它是首次穿越地上悬河，过去中铁十四局曾在甘肃兰州做过穿黄地铁，那是7米级的小盾构，也不是悬河。

这样一来，济南黄河隧道就创造了几个第一：第一次超大直径泥水盾构机穿黄河；第一次公路和轨道交通合建；第一次穿越地上悬河；第一个采用"设计—采购—施工（Engineering Procurement Construction）"集于一体的工程总承包模式的组合，即EPC项目，形象地比喻叫"交钥匙工程"。

所以，两台大盾构机叫什么名字，就显得尤其重要。一定要有地域特点、又有气势力量，朗朗上口，符合大家美好的心愿。全球征名，不仅仅能够扩大影响力，还是一次全民关于盾构机穿越黄河的科普教育。

征集和初评日期过去了，各大媒体又相继发出一条新闻——

穿黄隧道盾构机征名网络投票，30个入围名字你选哪个？

齐鲁壹点 2018-12-02　08:25

从济南城市建设集团了解到，今年11月20日至11月25日，由济南城市建设集团和中铁十四局集团有限公司共同主办的盾构机有奖征名活动第一阶段顺利结束。活动期间，网友投稿积极踊跃，经专家评审，从收到的600余条有效投稿中，评选出了30个入围奖，进行公布的同时也启动网络公开投票。

济南黄河隧道工程作为国内在建的最大直径的盾构隧道之一，被誉为"万里黄河第一隧"。2018年12月，两台国内在建工程中直径最大的泥水平衡盾构机将胜利下线，4000多吨的钢铁巨龙即将开启穿越黄河之旅。

济南黄河隧道工程盾构机征名网络投票（多选）

黄河一号、黄河二号

黄河号、泰山号

齐鲁一号、齐鲁二号

大舜号、大禹号

……

看得出来，人们兴致很高，积极参与。初选入围的30个名字，姚黄魏紫，各有千秋，既符合征集者的要求，也体现了鲜明的地方特色和昂扬向上的正能量。

2019年3月15日，经过济南黄河隧道盾构机征名评审委员会严格细致的评审，综合网络投票情况，两台超大直径泥水平衡盾构机有了超霸气的名字，第一台被命名为"黄河号"，第二台被命名为"泰山号"。

好啊！名字一经公布，立即引来一片叫好声。黄河、泰山，既是齐鲁大地的代表，更是中华民族的象征。奔腾的大河、高耸的山峰，从历史深处走来，从天边云彩走来，既有五千年文化精粹的传承，又有新时代奋发图强的力量，正如那首响彻云霄的歌曲《我们就是黄河泰山》唱的一样：

我漫步黄河岸边

浊浪滔天向我呼唤

祖先的历史像黄河万古奔流

载着多少辛酸多少愤怒多少苦难

黄河向我呼唤，怎能愧对祖先

我登上泰山之巅

天风浩荡向我呼唤

中华的风骨像泰山千秋耸立

铭刻多少功绩多少荣耀多少尊严

泰山向我呼唤，要做中华好汉……

义薄云天，气壮山河。这预示着前程似锦，胜利在望。

毫无疑问，"黄河号"和"泰山号"是当时国内直径比较大的盾构机，隧道管片外径15.2米，内径13.9米，刀盘开挖直径达到15.76米，全机长度为166米，也是目前济南地铁盾构隧道直径的2倍多。总重约4000吨，比轻轨小盾构机重了7倍多，每分钟最大掘进速度为45毫米。

工欲善其事，必先利其器。此话确有道理。然而，再好的装备也是由人去掌握的，正像开国领袖毛泽东所说："武器是战争的重要因素，但不是决定因素，决定的因素是人不是物。"

在选定盾构机的同时，中铁十四局本着调集"精兵强将"的原则，除了选派历朋林为指挥长之外，还配备了一支创新能力强、攻坚力度大的强大团队——济南市济泺路穿黄隧道工程EPC项目经理部。下设工程部、机电部、综合办公室等8个职能部门和两个工区，管理和技术人员97人，平均年龄29岁。

这是一支由青年人组成的队伍。党员先锋岗、工人先锋号、青年突击队，遍布各个工序岗位。按照工程整体施工节点，项目部还分别组织了青年"五小成果"攻关活动、"党建+安全"试点、李海振创新工作室、宾锡午技术攻关组，"拼"字领先，"干"字当头，青春热血在黄河底下灿灿闪光。

根据项目进程安排：济南黄河隧道2017年11月30日奠基开工；2018年10月19日，工程首环管片正式投产；2019年2月，第1台大盾构机，也就是

"黄河号"，抵达了施工现场进行组装。计划在2019年6月始发第一台盾构机，3个月后始发第二台盾构机"泰山号"，两台盾构机各将用15个月下穿黄河……

三

"钢铁巨龙"深潜行

上天下海入地，是人类自古以来就期盼具备的一种能力，从而能够深入那些难以到达的地带，去寻觅探索其间鲜为人知的种种奥秘。

于是，中华神话小说《封神演义》中描写了一名掌握了遁地术的奇人——"土行孙"，来去无形，能够在地底下行动自如，在与敌手较量中屡建奇功，最后荣登《封神榜》，成为一名神仙。而西方法国著名科幻作家儒勒·凡尔纳，则创作了深入地心科学考察的小说《地心游记》，全书记载了旅途上的艰险经历和地下的种种奇观，读者从中可以学习坚韧不拔的刚强意志，获得一些科学知识。

在地下，盾构机如同一条勇猛有力的"潜龙"，力大无比又游刃有余地向前掘进，同时防止软基开挖面崩塌或保持开挖面稳定，在庞大的机器内部安全而迅速地进行管片拼装、穿顶注浆等作业。随着机器的移动，通风、电力、照明立即跟上，身后逐渐形成了一道宽阔明亮的隧道。

不过，最初我听到这种机器时，产生过不小的疑问：如此硕大且长达100多米的设备是怎样钻入地下呢？直到在现场参观并经专业人员详细讲解之后，才恍然大悟：原来需要首先在隧洞始发的一端开挖竖井基坑，将盾构机分段吊入，安装成型，再从竖井或基坑的墙壁开孔处掘进，直至到达洞线中的终点竖井——接收井，再拆卸吊装上来。

两端明挖的基坑，也就是将来隧道通车后的出入口。

使用盾构机施工，关键在于选择适合土质条件，并确保工作面稳定及合理辅助工法，因而盾构机的选型原则是因地制宜，尽量提高机械化程度，减少对环境的影响。为盾构机作业，提供安装并始发条件的竖井，叫作盾构工作井，也就是工程基坑。

开挖基坑，是许多建筑工程必不可少的工序，顾名思义，就是在基础设计位置上，按基底标高和基础平面尺寸所开挖的土坑。防水渗透，防止塌方，是基坑最重要的原则。开挖前应根据地质水文资料，结合现场附近建筑物情况，做好防范工作。

一般来说，基坑建设分级管理。一级：重要工程或支护结构做主体结构的一部分，开挖深度大于10米，与邻近建筑物、重要设施的距离在开挖深度以内的基坑，基坑范围内有历史文物、近代优秀建筑、重要管线等需要严加保护的基坑。二级：介于一级基坑、三级以外的基坑。三级：开挖深度小于或等于7米且周围环境无特殊要求的基坑。

开挖盾构工作井基坑，与其他一般建筑基坑无异，但是盾构机进出洞处如遇砂土，应进行深搅或旋喷加固，再有就是在结构顶部应事先预留盾构机吊装孔，待吊装完毕后浇筑。盾构机由钢柱、钢梁、盾壳、子盾构、液压推进系统、辅助机构六大部分组成。装配在第一节框架桥前端的盾构，作为带土顶进掘进面与路基的施工支护，同时也担负顶推导向。

盾构机在工作井出洞或进洞时，需要凿除预留洞口处钢筋混凝土挡土墙，而后由盾构刀盘切削洞口加固土体进入洞圈密封装置。由于洞口土体及加固土

　　　　　　　　　　　　　　黄河"潜龙"　　|

体暴露时间较长，且受前期工作井施工扰动影响，容易发生洞口水土流失或塌方，造成极严重的工程事故。因此对关系到盾构进出洞风险的每个细节，必须高度重视，采取可靠的风险管控措施。

由此可见，盾构施工的第一步就是要做好基坑——工作井。万丈高楼平地起。只有建设好了基坑，才能安全高效地将盾构机安放到位，开始向地下深处进发，这就是盾构工程最重要的始发阶段。济南黄河济泺路隧道是大盾构工程，需要深达数十米的超深大基坑。因而，在历朋林的指挥下，总工程师杜昌言、分管土建工程的副经理杜光升等人，初期的工作重心就是这个深基坑。

盾构向前进，土建是先锋。自从中铁十四局"大盾构人"雷厉风行地跑步进场，热火朝天地平整土地、铺筑公路、隆重举行开工典礼之后，整个黄河隧道项目部兵分两路，一路按照预先设计监造量身定制的盾构机，一路带领土建大军建设营地、开挖基坑。

生于1984年的项目总工杜昌言，老家在鲁西南的巨野县，一个出梁山好汉的地方。他个子不高，面容白净，说起话来不紧不慢，甚至有一点腼腆，外表好似一介书生，可一谈起工程技术来，那就来了精神，目光坚毅，思维敏捷，不愧铁军中的一员战将。

他从小喜欢与伙伴们摆弄泥巴玩，捏个碗弄个盘啥的，像模像样，大人看了说笑道："这小子行，长大了能当个好工匠。"兴许是应了吉言，杜昌言大学就学了工程应用技术，2007年毕业后应聘到中铁十四局三公司，干上了修路架桥的技术员、工程师，虚心好学能吃苦，成长很快，一步步干到了项目总工程师。

中铁十四局大盾构公司成立后，已成为工程行家的杜昌言转而干隧道了，在杭州地铁项目上做了一年，经历了从挖基坑到盾构始发、掘进、出洞等全工序，等于又上了一次盾构进修班。

2018年3月份，济南黄河济泺路隧道工程刚刚开工，杜昌言被公司调到项目担任项目总工程师，具体负责工程技术工作。时任中铁十四局大盾构公司党委书记张小峰找他谈话："咱们公司成立一年多，规模急剧扩张，人才短缺。你去黄河项目一来要干好工程，二来培养一些人才。"

实际上，这个项目起初人员配备并不完整。开工典礼时，大都临时从各个部门抽调上来的，真正要启动隧道工程，那就人手不够了。项目上几个关键岗位尤其工程部长，需要公司统一调配。一个篱笆三个桩，一个好汉三个帮，干成事没人可不行。杜昌言思忖着道："书记，这可是家门口的大工程，至少得调上四五个能干的副部长？"

"现在公司正是用人之际，项目管理骨干短缺，副部长可以考虑。但你说要四五个，有点多，最多能给你调三个。"

杜昌言点点头，心说三个也行啊，慢慢用起来看吧。工程部犹如军队的参谋部，协助司令员指挥打仗提供方案建议的，十分重要。谁知几个月过去了，一个副部长也没抽调出来。

没办法，他开始着手内部培养，从项目部内部挑选。当时多是毕业才两三年的大学生，资历和经验都不太够。按惯例，需把技术员当好了，才可以升工程部副部长、部长。看来只能特事特办了，杜总工来了个破格对待："既然选一个工程部部长没有合适的，我就选两个副部长来干一个部长的活。"

当时，他报请项目负责人、书记研究同意，提拔了两个经验丰富的技术员，当了技术主管（副部长级），再从刚来的大学生机长、施工员里边选拔技术员。这样一来，他兑现了张书记的话：干工程中多培养点人才。很快，公司在苏州的一个地铁项目收尾，就把工程部部长王超调过来，这就有了资历、经验都符合条件的工程部部长，跟随杜昌言在施工一线奔忙起来。

第一步最重要的任务，就是开挖、构筑大盾构深基坑。

此时的杜昌言虽说经历过杭州地铁盾构工序了，但自己组织施工还是第一次，特别是穿黄河底的深基坑，心里没底，便向历总汇报，提出带领员工出去参观一下，看看人家怎么干的，学习借鉴成功经验。

"没问题，快去快回。取真经干好咱的活儿！"历总毫不犹豫地答应了。

得到准许，杜昌言带领人马去了苏州地铁项目、苏通GIL综合管廊和南京五桥夹江隧道等几个工程。好在都是自己公司一家人，一点儿也不藏着掖着，经验教训和盘托出。回来后，他们立即组织基坑工程。

对此，作为项目指挥长的历朋林非常重视，几十年的工作经验告诉他：基坑就是一个工程基础，基础不牢，地动山摇。而且，在这上面，他亲眼看到过一次惨痛的教训——

2008年11月15日下午3时20分左右，正在建设中的杭州地铁某工地，突然传来一阵"轰隆隆"的巨响，就像发生大地震一样，地面裂开数十米的大口子，烟尘冲天而起，附近湖水如同决堤似的，迅疾倾泻倒灌进坑内。

啊？！原来是深达15米的北2基坑支护系统先是位移、继而断裂了，骤然发生了塌方，两边坑壁像包饺子似的合拢过来。基坑中，一名钢筋工正埋头作业，看到一位工友仓皇失措地跑过，张口问道："干啥跑？"没等到回答，就听到一声巨响，漫天呛人的灰尘迎面扑来，钢筋架"噼里啪啦"地往下倒。情急之中，他抓住一根吊缆拼命往上爬，这才脱了险。

当时，某路公交车载着27名乘客正开往萧山临浦镇。全车人和整辆车随着响声，一下子下沉了六七米。好在司机临危不乱，打开车门，大喊一声："下车，快跑！"让一位位乘客赶紧跑了出去，自己最后离开了驾驶座。而安徽籍的大货车师傅，看到路面由东向西慢慢塌陷下去，湖水正在倒灌，赶紧跳下车捡了一条命……

事后查明：基坑内49名施工人员正在工作，西侧连续墙突然发生位移、扭曲和局部断裂，受损连续墙长达75米左右，总重400余吨的支撑钢管轰然倒塌，大量淤泥、土方、河水和自来水瞬间涌入深达15米的作业现场，造成重大人员伤亡，堪称新中国成立以来最严重的一起地铁施工事故。

那一天，中铁十四局也在杭州承建地铁工程，历朋林担任项目负责人，得知同行出了这么大的事，第一时间带领人员赶去救援。他站在坍塌的大坑边上，看到施工人员、机械被埋在里边，听着受伤者和遇难者家属的哭叫，心里在流泪、在滴血……

由此，安全施工这根弦在他头脑中绷得更紧了。尤其是盾构工程中的基坑开挖与支护，那是半点侥幸心理也不能有的，必须时时刻刻牢记于心、铭刻在骨。大盾构从黄河底下穿越，千百年来第一回，更要慎之又慎，精益求精。历朋林不止一次地盯在现场，要求总工杜昌言、副经理杜光升等人："宁可慢一点，也要保证绝对安全！"

"好，记住了！"杜昌言郑重地应道。

其实不用历总多说，他和工友们心气是一样的。

因为基坑始发井没有顶板，一般做法是做满仓架，顶进去之后用钢管撑着。这种做法有两个缺点，一是太费工费时，二是脚手架的用量比较多。杜昌言他们想了一个创新办法：学习苏通GIL综合管廊项目的经验，引进钢结构的大模板加固体系，中间不用搭脚手架，做到顶上的时候，下面混凝土盾构始发基座，可以同步浇筑。

这样既安全又快捷，减少了用料和时间。四面板墙做完了，始发基座的强度也够了，一拆就可以直接进行吊装。原来是上下板完工，才能制作始发基座，而后还要强度，那就耽误时间了。现在这样做出的工作井，至少要比原来计划盾构始发早一个多月。

在盾构机吊装过程中，他们发现盾构第一段吊装后，第二段要采用一个换乘工艺，按顺序又要先吊装一号台车，就是从工作井里面把它拉到另一个地方去，然后再吊装主机。这样一算又耽搁不少时间，大家集思广益再增加一个吊装孔，可以同时进行，分秒必争。

上述多是专业术语，我在采访时尽量请当事人讲通俗明白一些，可还是停留在"外行看热闹，内行看门道"阶段。不过，我们写作此书是反映这些建设者的奉献事迹，并非业务研究，工作程序只需简要了解一下即可，字里行间感受到他们那种拼搏敬业精神，才是主要目的。

"杜总，我听说咱们修筑基坑始发井的时候，还是遇到过险情的，是怎么回事啊？"这是我多年来采访写作养成的习惯，预先做好案头工作——即今天常讲的"做功课"：研究材料，了解情况，而后采访时就会做到有的放矢。这样做节约了时间，还让对方感到你是真诚而来，愿意交流。

杜昌言点点头："是有这么回事，那是中间我们正在打梁，开挖过程中支撑轴突然报警了。我说明一下：基坑一般都是采用连续墙（桩）加钢支撑的支护结构，支撑轴力是必测的项目。监测基坑在施工过程中支承轴力的变化，避免支承轴力超过设计强度，导致支承破坏引起整个支护体系失稳。施工时，把监测表提前埋到混凝土支撑里，如果是钢支撑就直接放到端头上，它能实时显示支撑力的变化有多少。

"设计院进行基坑设计的时候，是根据地勘资料输入参数进行参考设计，但有时候地勘员提供资料与实际情况有可能不太一样，就会出现差异。我们这个基坑勘察设计的时候还行，施工时突然轴力加大，监测设备就报警了。数值超过预警值后，仍在不断增加，把大家吓了一跳！"

"明白了，那报警就说明有问题，工程是不是不能继续做了？"

"实际上，地勘资料有些出入，时常会轴力报警，及时找到原因调整就行了。但我们这一个轴力报警要比别人大得多，监理也及时发现了。我们赶紧组织专家分析研究，就想办法解决，在工作井和标准段接茬的支撑，原是钢管支撑和混凝土结合的，赶快全改成混凝土支撑，上下又加了4根钢支撑，来给它帮衬，力度就大大加强了。

"那段时间，我们天天一上班先看监测表，班前会上历总也是先问：轴力变化了没有？另外我们也把施工的工艺改了，原先20米一段一块干，现在改成分段施工一节一节地干，先干完这边再干下一个地方，这一段加固了再干另一个。这样一来基本符合了要求，警报解除了。不过这也提醒了我们，开挖到底下的时候，注意把垫层厚度加大，再配上钢筋。同时加快底板施工，缩短时间。一个底板从开挖到最后完成，我们只用了10天的时间，白天黑夜地干，为的是早日把底板混凝土浇筑完，让它凝固好了起加固作用。"

"这样大大加强了支撑作用，基坑就不会从上头往下坍塌了。"

"上头不会，因为我们第一道支撑都是钢筋混凝土的，所以它是比较稳定的。像你说的那种'包饺子'的情况从上面往下陷，原先杭州地铁发生过。"

"对，就是全国震动的那个事件，上次历总给我讲，至今对搞工程的都是一个严重的教训。"

"是的，当时他们就是顶上钢管支撑，一般基坑挖得深了之后，底下压力大，上面压力小，钢管它是有一定风险的，在遇到土质松软，基坑又深的情况下，可能就会撑不住了。大部分深基坑第一道，基本上都是钢筋混凝土支撑。我们就是这样做的，同时在中间也加了混凝土，它支撑那个地方压不动，再向下边挖，它就悬空在那里支撑着，很牢固，也就是挖到这个地方了，先把梁做完，等上完强度之后再开始往下走，和两边的维护结构连到一块，等于框架结构下去了。一直到底下做一个5米多高的基座。

"咱们整个井深有30多米，始发基座是钢筋混凝土浇筑的，上口是圆弧形，是和盾构机盾体匹配的圆弧结构，便于盾构机精准进洞、顺利始发。

"基坑开挖之前，需要完成地基加固、地连墙围护结构施工，围护结构验收完成后方可进行土方开挖，最后做主体结构。"

"你说得很形象，一说地连墙就是地和墙一体是吧？"我听得很仔细，眼前似乎出现了画面。

杜昌言说："对，就在地下做的一道墙叫'地下连续墙'。这对始发井相当的重要。总体来说吧，我们从开始干到最后干完这个始发井，应该用了接近15个月。因为它里面的工序很多，先做围护结构，再进行基坑开挖，最后再做主体结构，一点点地做上来。所谓主体结构就是我们能把这个盾构机顺利放下去，顺利地开始工作，整个工程分为两期，一个是施工期，就是说我们盾构施工的阶段，另外一个就是运营期，以后通车作为永久的市政道路结构。"

听到这里，我欣慰地长舒了一口气："我们光看那些片子，还真是看不明白，你这一讲就很清楚了：为什么要做这么大的一个始发井，因为运营时也要用到它。"

杜昌言点点头："对，接收井也是一样，最后要把盾构机吊出来，接出来不也是要出口嘛！但它不像始发井那样，对盾构机的高度长度有更高的要求。它就只要推到指定位置能吊出来就行了，当然也要有永久运营的一个考虑。"

"好，接着我们的盾构机进来了吧，遇到些什么事情？讲一讲盾构始发的事情吧。"

"我们盾构始发时，其实还是非常担心的。当时全国那么大直径的盾构隧道不算多，好像全国同行业都看着咱这里。我们不仅是黄河上最大的，长江以北也是直径最大的一个盾构隧道，专家们也很关注。"

"哦，据说钱七虎院士都来了。"

"是的，钱院士前后来了好几次。他对咱们整个方案是肯定的，进行评审时他是进行把关，最后他签字。当时始发的时候，我们采用的是冷冻法，因为济南的专家对当地的地质条件比较了解，请了山东大学的李术才院士、济南大学的刘俊岩教授，还从外地请了一些大盾构的专家，包括熟悉冷冻法施工的专家，来给我们指导。当时整个黄河悬河下面是啥东西，虽然前期做了地勘，但也没有弄得十分清楚。工程方面的施工方案这一块，是主管领导把关的，哪个地方弄不明白，我们就赶快向专家请教，公司内部的专家也非常有经验，但他们只能给你建议，有些东西还要请外部专家进行论证，内外部专家结合起来，确保顺利始发……"

深基坑，是此次黄河隧道工程第一步、同时也是整个施工过程中十分重要的环节。可以说，其中遇到的"警报"是项目部经历的第一个关口，虽说有惊无险，但给大家敲了警钟——

此前，这么深这么大的基坑全省从没做过，为了确保整个施工过程的安全性、可靠、可控，负责监理的上海市政工程管理咨询有限公司，派出以总工程师袁鹏为总监理师的济南黄河济泺路隧道项目监理部，代表业主全程监理，首先对基坑进行监测、监控。

施工中，整个项目每道工序实行质量"三检制"及"联检制"：坚持工班自检、班组互检、工序交接检及质检人员专检，监理工程师终检的方法。在联检合格后，监理工程师在验收记录上签字，方可进行下道工序的施工作业。每一环节的检查，都严格按照设计图纸、相关规范和施工方案进行检查，出现任何质量问题或缺陷，都及时整改，确保工程质量。

监理工程师责任重大。这位袁鹏总监是一位业内"老将"，原籍河南新乡，就学于著名的"哈工大"工民建专业，毕业之后回到新乡市政设计研究院，很快做出了成绩，做到了设计院副院长兼总工。他35岁那年，又考到上海同济大学读研，拿到硕士学位就留在上海了。他参加过上海世博会建设、黄浦江过江隧道监理等重大项目，认真负责，又担任了上海市政管理咨询公司的总工。这次中标黄河隧道监理，总经理委派他做总监：

"袁总，穿黄隧道是全国关注的重要项目，想来想去，还得你亲自出马，打出上海监理的品牌来。"

"好的，我知道这个项目的意义。我老家也离黄河不远，有感情。放心吧，这次一定既要干好工程，又要保护好黄河。"

那年袁鹏已经54岁了，是参加这项工程中年龄最长者之一。2017年冬天，他带领监理团队与济南城建集团、中铁十四局、铁四院黄河院的施工设计队伍，参加了奠基仪式。站在凛冽的寒风中，他与众多年轻人一样心如火热。

前面讲过，深基坑必须先做围护结构，才可开挖。浇筑混凝土支撑梁，绑高、宽一米左右的钢筋，顶住两面墙头，这一道浇完了，按照设计再浇下一道，梁架在两边板子上，与钢筋融在一起撑着墙，起到保护作用。

下面每挖5米深再做类似支撑，同时上面有桩，像穿糖葫芦一样，把这上下支撑全部穿在一起，互相顶着，这才能牢固。为了确保安全，他们在地墙里

　　　　　　　　　　　　　　黄河"潜龙"　｜

面又预埋了一些监控软件，监测轴力。因为开始挖的时候可能受力不大，往下越挖，两边土压地墙，支撑的轴力越来越大。

施工过程中，施工队和监理师随时监测。当基坑挖到一定深度时，有天施工人员发现监测表数值在不断升高，如同温度表掉进了热水里，一路上行，立即上报总工和监理师。大家闻言十分震惊，马上在电脑上核算数据，因为测量有个滞后期，等到再次查看监测表时，已经超过预警值，基坑存在重大风险！这就是前面杜昌言所讲的初遇险情。

其实这就跟天气预报一样，什么程度是黄色预警，什么时候是橙色预警，最重要级别是红色。如果按此推论，此次基坑报警已经远远超过红色预警标准了，随时有倾覆的危险。那么，当年杭州地铁事故绝不能重演！

当天夜里9点多钟，项目部指挥长历朋林、总工杜昌言和总监袁鹏等人连夜召集各方开会，从设计、施工、监理、检测、勘察等方面研究抢险工作。会上，有人对袁鹏说："袁总，你见多识广，说说咋办好呢？"

"好，这里边属我年纪大，就直说了。我提一个思路，如果行就往前走，好吧！"袁鹏回答说。

随后，他代表监理部提供了一个方案：不管现在到了什么程度，一切按照可能就要坍塌了来防范，赶紧抢！大家七嘴八舌，进一步讨论完善，迅速确定了抢险方案，制定了一系列抢险措施，最后终于把险情完全控制住，基坑工作井顺利下挖成型。

来了，这一天终于来到了！

2019年9月20日，济南黄河济泺路隧道基始发井前空场上，就像一年半之前那个寒冷的冬天一样，又搭起了红色背景板，飘起了彩色旗帜和标语横幅，聚起了头戴安全帽、驾驶各种机械的建设铁军，只不过背景板上的字样有了区别，写的是：济南黄河隧道盾构机正式掘进启动活动。

在"万事俱备，只等下令"的又深又宽又长的始发井下，上下左右一片红。红旗和红色的标语板将天地映得红彤彤的，上面分别写着黄河隧道项目建设单位：济南城市建设集团，中铁十四局，黄河设计公司，铁四院，上海市政管理。最大的标语板上一行字迹分外醒目：

济南黄河隧道工程"黄河号"盾构机胜利始发

那台超大直径盾构机圆滚滚地静卧在那里，上面印着"黄河号"三个红字。两边巨幅标语豪气冲天、振奋人心，一条是："穿越江河湖海城，做大盾构事业领跑者。"一条是："精心组织、超前谋划、稳中求进、争创一流，优质高效建成济南黄河隧道工程。"

潜龙卧底，蓄势待发，直顶在前边洞门上，就像奥运会赛场上等候发令枪响的赛艇运动员一样，箭在弦上，号令一下，立即启动穿洞前进。

对了！这就是济南黄河隧道工程盾构机开始掘进的历史性时刻，首先由"黄河号"盾构机始发。这台盾构机于2019年2月，从广州经过长途运输到达济南。6月份分段吊装下井，8月组装调试完毕，现在即将开始真正掘进了。第二台盾构机"泰山号"将于2019年11月底始发。

两台"钢铁巨龙"一前一后，一东一西，携手并进，计划用10个月的时间完成穿黄隧道掘进工作。

这是人类首次以超大直径盾构穿越黄河地上悬河段，对施工单位来讲必将带来一场极大挑战，但在豪情满怀的中铁十四局大盾构人看来，也是一次重大的机遇，一旦突破重重困难获得成功，无异于创造了又一个奇迹，威名远扬。

事实上，自从2017年11月中标以来，中铁十四局大盾构公司精心组织，超前谋划，特请著名防护工程专家、国家最高科学技术奖获得者钱七虎院士，中国岩石力学与工程学会地下工程分会理事长李术才院士等专家学者为顾问，多次召开专家论证会，确定了科学合理的盾构机运输、吊装、组装方案。

他们多管齐下，一边不断熟悉施工方案、选调培训队伍，一边密切关注监造选中的特种型号盾构机，一边严格按高标准开挖基坑、修筑始发井。历时一年多，终于全部准备就绪。

2019年春天，盾构机运抵现场，历朋林、白坤、杜昌言、贺小宾他们及时组织分解吊装，于6月12日正式下井，8月18日完成组装，经调试一切正常，为后续盾构施工奠定了坚实基础。

在盾构机台车组装过程中，项目部李海振创新工作室开动脑筋、潜心思考，在提质增效的"特殊工装""小机具"上显示了身手，创造了"大效益"。

2019年以来，中铁十四局大盾构公司选树了一批"大盾构工匠"，并以此为依托，创建以盾构掘进操作、刀盘刀具与常压换刀等为研究方向的10个专业化"大盾构工匠工作室"。以优秀的工程技术人员为带头人，建立了管理和激励机制，作为推动企业技术创新的重要手段和举措。

这些团队成员立足岗位，专注解决一线盾构施工过程中的重难点问题，推动技术攻关、成果转化、人才培养，有效激发了全员创新热情和创效活力。李海振创新工作室就是其中之一，由一群平均年龄不到30岁的创新"小能手"组成。他们不论是在施工现场，还是吃饭睡觉、上下班的路上，脑子里总蹦跶着许多奇思妙想。

本来，组装盾构机台车桥架及台车临时移动时，需要采用履带式坦克轮进行辅助，但在使用过程中时常出现意外情况。有一次，人们正在工作，只听"砰"的一声，运转中的坦克轮突然停下了。检查发现："坏了！履带又断了！"

这是时常出现的毛病，虽说不是什么大故障，也不难更换整修，但办起来还是挺麻烦的，耽误了时间还增加了成本，令人十分头疼。有人发起了牢骚："老是这个样儿，这活儿没法干了！"

"着急上火没有用，咱们还是想条新路子吧。"时任项目盾构经理的李海振，带领团队日夜琢磨，反复讨论。

他们终于提出一个改进坦克轮的想法：用钢板焊接基座，然后加工实心轮轴及轮子，在轮子内部与轮轴接触处安装耐磨轴套，轮轴内部加工注油孔用以润滑，轴侧面装上锁轴板来防止轮轴转动。

嘿，经过如此创新，原有履带式坦克轮结构形式被改进成实心轮轴形式，载重量更大，也更坚固耐用了。李海振高兴地说："自己设计加工零件，自己组装，可反复周转使用，大大提高了工作效率，也为项目节约了不少钱。"

盾构机台车组装成功，"黄河号"始发顺利进行。

整条穿黄隧道位于济南城市中轴线上，北连鹊山、济北次中心，南接济泺路，隧道全长4760米，其中盾构段长2519米，管片外径15.2米，内径13.9米。设计为双管双层，上层为双向6车道公路，下层为城市轨道交通预留。

面对记者伸来的话筒，历朋林侃侃而谈："这条隧道为水下超大直径盾构隧道首次穿越地上'悬河'，河床高出南岸天桥区地面5米，最大洪水位高出11.62米，隧道最低点位于河床下54米，最大水土压力6.5巴。挑战无处不在，但我们做好了一切打硬仗的准备，有信心有能力闯过去，创造大直径隧道从河底穿越黄河的奇迹。"

是的，工程面临盾构开挖断面大、掘进距离长、浅覆土、深基坑、高水压、地质情况复杂多变等一系列技术难题。穿越地层主要为粉质黏土层，土质黏性高，易造成刀具磨损、刀盘结泥饼，大量废浆堵塞吸口等问题。

此外，工程还将穿越低矮房屋群、南北岸大堤，侧穿绕城高速公路桥桩最小净距5.3米，沉降控制严格。施工场区地下水丰富，水位较高，基坑开挖深35米、宽50米，箱涵同步施工，精度高，施工风险大。沿线还有重要水源保护区，这对于环保及绿色施工的标准要求更高。

为攻克难关，项目团队从指挥长、执行经理、党支部书记、总工程师到各部门部长和每一位成员，夜以继日、运筹帷幄，优化盾构机选型，与济南城市建设集团联合打造两台特殊盾构机，并且向全社会成功征名为"黄河号""泰山号"，影响力和关注度空前，这带来了压力，同时也激发了动力与活力。

黄河"潜龙" |

每台盾构机总长166米，总重4000吨，装机总功率8688千瓦，最大推力199504千牛。刀盘直径相当于5层楼高，刀盘主驱动的核心是14个变频电机，总功率4900千瓦。针对粉质黏土地层，刀盘设计开口率46%，对刀盘开挖面加大冲刷力度。配置可伸缩主驱动、常压换刀刀盘，增加了冲刷设施。

盾构机相当于一部超级智能机器人，集隧道开挖、衬砌一次成型，自动化程度高、施工效率高、对沉降控制标准高，安全、节能、环保。刀盘切削的土石方，经冲刷落入开挖仓底部，再经搅拌器以及泥水循环，泵送至地面泥水分离场进行沉淀或筛分处理。推进油缸每前进2米时，停止推进，进入拼装模式，依次循环，环环相扣，最终形成一条完整的隧道。

业主单位——具体负责管理这项工程的济南城市建设集团副总经理许为民，是一位从基层建设部门成长起来的优秀人才，经验丰富，责任心强，具体负责对接工程设计、施工、监理单位，把全部心血倾注在项目上。这一天，看到盾构机终于始发推进了，他很是欣慰，信心十足地向大家介绍说：

"工程计划于2021年10月完工通车，争取在2021年9月提前实现。此次始发的'黄河号'盾构机，将用10个月的时间完成掘进任务。第二台盾构机'泰山号'正在进行调试，预计今年11月底始发掘进。竣工通车后，将大大加强济南北部新城与主城区的联系，实现城市综合功能提升，加快新旧动能转换，开启黄河天堑由水上跨越到水下穿越的新时代。

"同时，这条隧道的开掘成功，将在公轨合建和跨海、跨江、跨河立体化交通发展方面，也会提供新的解决方案，具有重要的借鉴意义。具体到济南来说，北跨携河发展，有利于引导城市人口、基础设施和产业向北拓展，扩大辐射带动效应，带动黄河两岸经济高效、一体化发展，实现济南建设'大强美富通'现代化大都市的目标。"

"轰隆隆……"始发令下达了，"黄河号"启动，巨大的刀盘转动起来，锋利的刀头好似巨兽的牙齿，一口"咬"破洞门，向着前面未知的地层进军了。

此次，项目团队使用的是"洞门冷冻法"进行始发，更加稳妥，保证安全。这又是一个专业术语，需要简要解释一下——

盾构机始发井深达35米之多，方可具备在黄河底下穿越而又不至于影响河道过水的安全条件。从那个深度开始钻入土体里面时，前面主体结构需要做一圈维护结构，保证土方不会坍塌。可是盾构机始发则先要把洞门洞圈打开，行话叫作"破圈"或者"破洞"。如果没有采取措施，一打开外面的土和水就会涌进来埋住刀盘。

所以，必须在围护结构外侧，做一个上下左右各5米一圈的冷冻体，把冷却的负30度盐水打进冷却管，慢慢带出热量来，将周边水土冻成冰块似的固定住。泥土本来里面有水，尤其是河道底下，只有冷却变成冻土，方可不让它流动。

由于刀盘有15.76的外径，洞门更大达到16.2米。管片和洞门之间会有一个缝隙，施工者需在周围焊接一圈钢板，等于装修包了一个大门框，也是为了防止里面的水土涌出来。

最为关键的是，盾构机机头刚刚进去之后，开始掘进最初几环的时候，风险极大。当时，具体负责工程的"战将"——济南城市建设集团副总经理许为民、中铁十四局项目指挥长历朋林、总工程师杜昌言、盾构经理李海振、工区副经理田兆平、工程部部长王超等人，都站在始发井周边，睁大了眼睛，屏住了呼吸……

行笔至此，作为曾经在人民空军服役十多年的笔者，想到了飞行员常说的一句话："起飞与着陆，是飞行最重要也是最危险的时刻，必须高度警惕，因为这两个阶段容易发生事故！"

此时，我感觉这与盾构机开掘隧道，大有异曲同工之处。果然，通过进一步采访，证明了我的直觉：盾构施工确有两个风险点，一个是始发，一个是接收。

尤其洞门破除的刹那间，现场"观战"的众人把心都提到嗓子眼上了，大气不敢出一下，一会儿看看洞门上设置的监测点，一会儿看看井下机器的状态。直到最后那一圈混凝土全部破完，盾构机顶进土里去正式运作了，心里一块石头才会落了地。

"黄河号"盾构机始发成功了……

四

地下也有不测风云

"叮铃……"刚刚去局里开会回来，在办公室坐下喝杯水时，项目指挥长历朋林的电话响了，接起来一听，是总工杜昌言打来的。

"历总，不好了！泄漏腔漏油了！"

"啊，是杜工啊，慢点说，怎么漏油了？"

"不清楚，刚才当班机长反映的。我正在现场检查，看来需要停机了。"

"是吗？停机可是大事，我马上过来！"

说罢，他立即起身，戴上安全帽，就向隧道工作面奔去。乖乖，盾构机漏油非同小可，如果找不到原因，不能及时解决，还继续运转的话，时间一长会损伤重要的机器部件，整台盾构机就"趴窝"了，那将影响到工期进度。

更为严重的是，盾构机一旦从始发井开始掘进，就像象棋里的过河卒子，只能向前，不能后退。如果在平原开阔地上，还可想办法从上面明挖竖井，将其吊装上来送厂修理。而现在是穿越黄河隧道，怎么从上面明挖呢？如果实在无法就地修复，只能连机器带隧道整个封闭起来，另外再重新开掘。我的天啊，那损失可就太大了！

历朋林不敢想下去了，急匆匆下井赶到施工现场，经过详细了解搞清楚了事情原委——

"黄河号"自2019年9月成功始发之后，按照计划一环一环地向前掘进，每天前行8至10米。虽说地质情况有些复杂，但还算顺利。这样干了四个来月——2020年1月下旬的一天，盾构机推进到了200环左右，也就是四五十米还在大坝以内，没有到达黄河底下，值机员和维修工进行例行检查时，突然发现工作面上有油迹，而且越来越多。

啊？这可是绝对不能允许的现象，意味着机器内部系统，漏油了！人们知道：凡是重大机械设备运转时，不管是齿轮还是轴承，抑或是机床发动机等等，都需要特殊油料润滑冷却，防止长时间摩擦产生干烧现象，损坏机器。那么，此次油迹是偶然现象，还是机器哪个部件出现了故障？是停机检修，还是继续开进？

在现场，历朋林与杜昌言等人弯着身子钻到机器，看了又看，摸了又摸，而后就地展开讨论。他们知道，停机可不是小事，那会影响整个工期，不可擅自决定。立即上报公司和局领导，请示处理意见。

果然，此事犹如一声惊雷，整个大盾构公司乃至中铁十四局几乎都给震动了，从董事长、总经理，总工程师和有关工程技术人员急匆匆地赶了过来，现场研究解决办法。

有人觉得事态严重："赶快停下吧，再干下去可能出大事了，弄不好整台机器就会报废！"

也有人不以为然："我看没那么严重，这么大个机器，漏点油不算什么？密切观察一下，没有扩大就可以干。"

是啊，全国都关注着这条隧道，新闻媒体一直盯着呢，中途停下不能干，那负面影响可太大了！不过，万一有问题还继续推进，将直接损害盾构机，后果不堪设想。如果在黄河底下报废，那就意味着震惊全国性的事故，谁也承担不起。

两种意见争执不下，最后还是为了稳妥起见，公司领导决定暂时停机，对外保密。因这两台盾构机是从外国厂家定制的，立即发函向他们通报。谁料，他们也从未遇到过这种情况，不以为然，说什么："偶尔漏点油，无关大碍，可以继续掘进。"

"不行！"在关键技术问题上绝不掉以轻心的中铁十四局大盾构建设者，可不这样想，"这是个隐患，强行推进有可能磨损机器，造成更大的损失。你们必须来人处理。"

"那好吧，就让我们广州代办处去看看吧！"

经过双方技术人员反复检查，得出了结论：可能是某个部件损坏，造成漏油，必须更换这个部件或者维修好了，才能继续掘进。这是一种不可预见的机械故障，在同行业绝无先例，没有任何人有处置的经历和经验。国外同样没有更多的经验借鉴参考，只有请外国制造商的专家来到现场检查处理。

哎哟哟，这可麻烦了！2020年春节前夕，正是新冠肺炎疫情泛滥成灾的时候，武汉封城，全国各地严防死守，路断人稀，大街上空空荡荡几乎没有一个人影。国际航班大大减少甚至停运了，人员交流处于中断状态。

那是在共和国历史上，人们难忘而又不愿回顾的一个春天，元旦过后不久，疫情突发，实际此前世界各地已经有报告了，但在江城武汉来得特别凶猛，一时间谈疫变色。不少企业、工程受到了重大影响，而我们的黄河隧道却在上苍眷顾和大家共同努力下，安然渡过难关。

2020年元月8日，铁四院有一个关于穿黄隧道科研项目的开题评审会，计划到武汉院部召开。当时已有疫情的传言，但还不太严重，请示业主，被有见识的领导一句话给否了："你们那里有不明肺炎了，去干吗？就在济南开吧！"

"那好吧，我们让代表来这儿开。"

那时感觉没什么大事，开始还尽力邀请业主去武汉开会。幸亏业主负责人予以否决，去了就可能要被隔离了。铁四院一些专家来到济南开会，恰逢大雪纷飞。那是2020年济南的第一场雪，来得比平常稍早了些，预示着这个早春不平常。事后特别后怕，因为后来人们对"武汉"二字避之唯恐不及，万一从那里来的参会人员带来了病毒，别说项目，整个济南都会不安宁。

在穿黄隧道设计上立功的张亮亮，这时晋升为黄河项目总设计师，本来计划回武汉家中过年，可他又负责北延工程的设计，需要向业主领导详细汇报。时任济南市委书记的王忠林十分重视这项工程。所以，张亮亮一直延迟到1月27日才返回武汉家里，不料，第二天整个武汉封城了。

两个月零十天之后，直到4月8日才解封，张亮亮则一直被封在武汉，好在防护得力，没有感染上新冠病毒。同时，也没有影响到他在电脑上办公，开视频会议，远程与项目上的弟兄们保持联系，关切着工程进展。更有意思的是，曾经多次到黄河隧道工地视察的王忠林，临危受命，担任武汉市委书记前去"救火"。

正是这期间，穿黄盾构机出现了不可预测的问题……

由于黄河隧道是山东省、济南市的重点工程，停一天就有一天的损失，公司和项目部急三火四地向有关领导反映，希望网开一面给予支持——批准国外专家在疫情期间前来。在济南市政府、城建集团业主方的争取下，又经过了省、市外事办报请国家外经贸部、外交部，本着对国内企业重大工程的支持，特准外国专家来济南。

那段严控时间，全市每次只批10个外国人来华名额，其中8个是到隧道项目处理设备故障的。当然需要严格按照疫情防控的程序，他们先在青岛落地，隔离14天，然后由专车接到济南，住在市政府指定的宾馆里，每天由项目部派车接送到工地上。

经过进一步检查，这些专家也感到十分头痛，嘴里不停地说着："NO、NO"，还连连耸肩，经翻译说明：他们也没有遇到这样的情况，若想彻底解决，只有拆卸运回厂家维修。

　　这是很不现实的，且不说全世界疫情都很严重，人员来往受限，就看盾构机所处的位置——即将到黄河下面了，很难拆卸吊装。老实说，一时束手无策，这是一个世界性难题。盾构机是隧道开挖的利器，如果运行中出了故障，而又无法在地下进行维修就难办了。2013年，当时世界上最大直径的盾构机——"伯莎"号，就陷入了如此困境。

　　"伯莎"号，是为挖掘美国西雅图市内的一条公路隧道而生，这条公路本来是双层高架桥，由于年代久远需要替换，为了节约宝贵的土地，业主选择用一条3.2公里长的隧道代替。隧道被设计成单线双层结构，内径达到16米。总造价高达20亿美元。

　　为此，承包商向日本日立造船株式会社订购了一台开挖直径达到17.5米的盾构机，价格为8000万美元，以西雅图市的首位女市长，同时也是美国历史上首位大城市的女市长名字"伯莎"命名。这是一台土压平衡盾构机，可以用于复合地层隧道掘进施工。盾构机刀盘设计为辐条式，共有8个辐条，每个辐条有6个大型刀座，可根据需要安装不同的刀具，整个刀盘由24台电机驱动。

　　2012年12月，"伯莎"在日立造船的大阪工厂组装完成并进行调试，随后分解为41个大件，其中最大的重达900吨，于2013年4月装船运抵西雅图。隧道的南端紧挨着码头，因此"伯莎"也就从这里开始掘进，8月始发，按计划每天能推进约10米，整条隧道应在2014年年底贯通。

　　然而，盾构机仅仅前进了300米突然停了下来。调查发现：埋在地下的一根直径20厘米长的钢管卡在刀盘辐条中间，导致刀盘无法正常旋转。经过清理，"伯莎"重新投入使用，仅仅前进了1.2米，就再次停了下来。原来控制室内发出了过热警报，靠近刀盘的位置出现了140℃的高温。检查后才知道：刀盘的开口已经被泥土淤住,主轴承密封件遭到严重损坏,只有更换密封件才能继续工作。

可是这个大家伙已经无路可退,密封件也无法在地下更换,工程只好停工了。经过长时间的研究和方案比较,最终华盛顿州交通部决定采用在前方开挖竖井,取出刀盘进行维修的办法。这可不是闹着玩的,又是一项新的附加工程,需要走一遍流程,咨询、评估、申报、审批、设计、发包等一个都不能少。

幸运的是"伯莎"所处的位置上方没有建筑物,也有足够的场地用于维修,还紧靠码头,同时埋深也比较浅。经过一番准备,维修工程于2014年年中开始进行,首要是挖掘一个直径约25米、深约36米的竖井,这虽然是临时性的,但来不得半点马虎,由于要把刀盘吊出竖井,因此竖井不能有支撑,必须先构筑灌注桩以稳定井壁,同时也保护周围的建筑物。

2015年2月,沉睡了一年的"伯莎"又开动了,为了防止过热,仅以设计速度的1/6向前推进。3月初,它终于进入了维修竖井。接下来是要拆卸刀盘并吊出地面,终于,重达570吨的刀盘被旋转90°水平吊出抢修井,放置在专门制作的支架上等待维修。

专家们进一步分解评估,发现不仅主轴承的7个橡胶密封圈损坏,保护密封圈的钢筒也发生了破损,一些碎片进入了传动箱导致齿轮的破坏。业主认为这是厂家的制造缺陷。

这年5月底,日立造船发来了改进后的新轴承、密封件和其他新增的部件,安装工作随即展开。为了防止将来再发生类似故障,除了更换和增加部件,刀盘其他部分也得到彻底的维修,甚至更换了24个驱动刀盘的齿轮。至此,维修工作完成。

"伯莎"得到了拯救,但工期已经至少耽误了两年。同时产生了1.43亿美元修理费用,比整台盾构机的造价还高。为此,8家保险公司提起诉讼,以避免支付高昂的修理费。他们认为日立造船的设计和制造缺陷,导致故障的发生，应该对此负责。

这次规模空前的维修过程，揭示了地下施工的复杂性。

如今，黄河隧道盾构机几乎遇到了相同的问题。看来我们也要像西雅图的"伯莎"那样，从上面开挖一个维修竖井，将刀盘拆卸吊装上来进行维修。可是，"黄河号"掘进工作面的上面恰是一个村庄，为了防止万一出现的坍塌，需要搬迁几户村民。这就又碰到了难题。

此前，在进行"跑步进场""进场就要领跑"的原则下，十四局黄河项目部围绕着始发井、管片厂（十四局房桥管片公司与盾构机同步行动，只要刀盘掘进就要同时安装管片）等所需场地，已经在当地政府协调下与拆迁户做了大量工作。

项目的副经理、后任项目党支部书记的贺小宾带着几个人，具体负责这一块工作，耐心出面劝说，宣讲补偿政策。那些日子，他可是操碎了心，没黑没白地东奔西跑。他叔叔曾是"铁道兵"，自己毕业于石家庄铁道学院，也是一名传承红色基因的"铁二代"，为人真诚热情，善于做思想政治工作。

然而，城镇工程征地拆迁，从某种角度上说，可是堪比实行计划生育政策时的难度，号称"天下第一难"啊！尤其是面对不满足补偿款的"钉子户"，说下大天来就是不动迁，让你工程队无法进场。如果实施强拆，那就说不定会发生什么"事件"了。比如媒体曾报道的：某人磨刀霍霍，来了就跟你拼命；某人抱着煤气罐上了房顶，敢拆就点火同归于尽……

凡此种种，均让分管征地拆迁工作的人们头痛不已。虽说贺小宾等人没有遇上那些极端的人和事，可也下了很大功夫，受了不少委屈。他们一户一户、一村一村，以及到占地圈里的企业、林场果园等单位去做工作，苦口婆心，耐心劝说。

有一次，贺小宾一行带着慰问品去几家拆迁户商谈："大娘大伯，你们好啊，我们来看看你……"

谁料话没说完，就让人家给赶了出来："看什么看，黄鼠狼给鸡拜年没安好心。走走，不答应条件，我们就是不搬！"

即使如此，他们还得赔着笑脸，因为工作是第一位的。好在天桥区拆迁指挥部一样心急如焚，双方互相配合积极协作，心往一处想，劲往一处使，总算圆满地解决了用地问题，没有耽误工程单位进场时间。

具体工作却是付出了不小的心血汗水。当然，多数单位和居民知道这是国家重点工程"黄河隧道"，有利于当地经济社会发展，造福人民，还是通情达理的。天桥区有关部门、梅花山社区村委会积极支持协助，三天之内就将所需地块腾了出来。

同时，项目部也理解体谅有关单位的难处，给予适当补偿和配合，比如村民的果园、企业厂房的动迁等等。尤其在鹊山水库连通渠上方施工时——从黄河里面引出来的水，需要先流到这里进行沉沙处理，再通过连通渠引到水库里面去。可此地正好是施工车辆经过地段，按说应当拆迁另建，可那样代价太大了。

怎么办？大家认识到不能单纯为了施工，破坏了周边的重要设施，甚而影响了自然生态，还要树立保护生态的理念。贺小宾等人及时向指挥长、项目执行经理汇报，一起商量如何解决这个问题。

"它是个明渠，还是暗渠？"

"暗渠，下边类似一个管道或涵洞。"

"那这样吧，不用动迁另建了，咱们给它做一个外壳保护起来，能够过车就行，怎么样？"

"嗯，行！"

于是，他们专门采取保护措施，给这条连通渠做了一个水泥框架涵，等于暗渠涵洞外边又加了一层，外面走车就不会压坏了，并保留了原来重要的人居用水生态环境。

相比建桥来说，隧道用地还是比较少的，主要就是两头——一个始发，一个接收，真正到了盾构掘进时，就在地下工作了，不存在征地拆迁问题。

令人意想不到的是，"黄河号"盾构机在地下出了故障，恰巧停在村民房子下边，又添了新麻烦。

当时，农家院子里大都用压机井解决生活用水，一按压就往外冒水。而盾构机在地下工作需要保持一定的工作压力，才能正常施工。因为水井过深，导致压力泄漏，出现村民自备水井不用人按也会"呼呼"冒水的情形。这下可把不明真相的人吓坏了。

农历腊月二十七那一天，再过三天就过年了，鹊山村一户人家压机井的水突然冒个不停，一会儿就满了院子，几乎要淹进住房里来。村民十分害怕，以为要塌陷了，急三火四地找到项目部："哎哟，可了不得了，你们施工发大水了！"

"在哪里，别着急，只要是我们工程引起的，一定处理好！"正值班的工程部部长王超丝毫不敢怠慢，赶紧向主管外联工作的副经理贺小宾汇报。

贺小宾一听毫不犹豫地吩咐道："走，咱们一起去看看。"

他们叫上几个人跟着村民赶到现场一看，不由得倒吸一口凉气：那口按压井就像泉眼一样"咕嘟咕嘟"不停地冒水，只不过不是清泉，而是类似黄泥汤。如果真把房子淹了，那赔偿可就大了。贺小宾思维敏捷办事有分寸，当即解释道："别担心，这是机器压力顶上来的水，不会发生塌陷。"

"那怎么办呢？老冒水可不行。"

"如果你这口井可以不用，我们封掉它就没事了。另外在其他地方帮你再打口井。你看行吧？"

村民一听连连点头："行行，反正这里要拆迁了，我正准备搬家呢，封吧！"

以此为例，贺小宾带领王超等人，一边处理冒水情况，做好加固工作，一边走村串户安抚村民的情绪，说明这种现象不会产生塌陷事故，平息大家的恐慌情绪。谁家不用那种按压井了，项目部就帮忙封掉，之后再没出现同类现象，彻底解除了大家的后顾之忧。

然而，更麻烦更为棘手的事情还在后边：经过几轮现场检查，这些请来的外国技术专家，也是一筹莫展，给出的意见要么重新打维修竖井，要么只好放弃重来。不管哪一条，都是损失巨大，都有重大的负面影响，中方难以接受。

　　雪上加霜，就在西线"黄河号"停机待修、众人忧心如焚之际，晚两个月始发的东线"泰山号"盾构机，在掘进过程中出现了同样的问题，停摆不前。

　　两台机器都"趴"在地底下，这可把所有人急坏了。时任中铁十四局董事长吴言坤、总经理周长进，当即赶到现场查看，回去后恨不能一天打十几个电话问询。周长进更是与时任副总经理兼总工程师薛峰、副总工程师陈健等人坐镇项目部，一道攻关。

　　此时再请外国人来会诊更难实现了：疫情期间，航班限制。与某国大使馆协调的结果是：每周五审批一次，一次最多批两三个人，而且航班不一定准时会来。施工现场如果换班检修的话，需要20来个人，一次来3个肯定不行，那得等到"猴年马月"啊！

　　那是一段令人煎熬而又特别难忘的时期，在项目部那间小会议室里，齐聚了上述中铁十四局有关领导，还有大盾构公司有关领导和业务负责人等。项目主管人员更是寸步不离，从早到晚，几乎没日没夜地开会、研究对策，吃饭让人送来对付几口，困了趴在桌上打个盹……

　　一只只暖水瓶空了，一个个烟灰缸满了，一项项处理方案提出来，转眼间又否定了；一条条解决意见说出口，一讨论又感到不现实。大家心急火燎，坐立不安，机器停一天就有一天的损失，而且前景堪忧——万一没有办法，堵在河底下动弹不了，那可就是天大的麻烦了。

　　这些人都是中铁十四局的精英，经验丰富的总经理周长进，1987年7月大学毕业入职之后，辗转奋战在基建一线，尽管条件十分艰苦，但他认准一个理，人生就是奋斗，做出了出色的贡献，曾被评为中央企业劳模。而薛峰、陈健等领导，更是在长江隧道磨砺出来的盾构专家，获得过"全国五一劳动奖章"等荣誉。加之大盾构公司本身的干将，全都全力以赴，寻找克敌制胜办法。

沧海横流，方显英雄本色。

"黄河号""泰山号"，这是盾构机的名字，也是"中铁十四局大盾构人"的形象。那首歌又回响在人们耳畔："黄河向我呼唤，怎能愧对祖先。泰山向我呼唤，要做中华好汉……"

对啊，我们就是黄河，我们就是泰山！怎能让困难压倒，怎能被故障卡住？外国人做不到的事，难道我们中国人也不能做吗？偏就不信这个邪！走投无路，逼上梁山，置之死地而后生。一番炼狱般的煎熬之后，特别能吃苦、特别能战斗的"中铁十四局盾构人"下定了决心：自己干！

一代伟人毛泽东在《矛盾论》中说过："研究任何过程，如果是存在着两个以上矛盾的复杂过程的话，就要用全力找出它的主要矛盾。捉住了这个主要矛盾，一切问题就迎刃而解了。"千真万确，这个主要矛盾就是"牛鼻子"，只有抓住了它，多么狂放的牛，也会乖乖地跟你走。那么，什么是维修盾构机的"牛鼻子"呢？

毫无疑问，那就是如何安全有效地进行"带压作业"——维修人员需要钻进刀盘所在的工作面，而那里面必须保持一定压力，方可保证不会出现坍塌现象。就像载人潜水器一样，每下潜一百米，增加十个大气压，如果没有防范措施，潜水员就会被压扁。

几年前，我曾经受邀参加深海潜水器"蛟龙"号科考活动，前往西太平洋马里亚纳海沟体验采访。潜航员告诉我："蛟龙号"设计潜深7000米，水压是700兆帕，人员全靠钛合金载人舱保护，不然会被压成肉饼，哪怕有一个砂眼漏水珠，也会被挤压得像子弹一样射进舱内。所以，我非常理解"带压作业"的含义是什么，就是说维修人员需在保持一定压力的前提下，进到掌子面上工作。

那么问题来了：盾构技术人员会进行维修，可无法适应带压环境；而能够带压进仓人员,又不会操作维修机器。怎么办?只要精神不滑坡,办法总比困难多。日夜坐镇在第一线的周长进总经理,与历朋林、白坤、杜昌言等人商量,报请局党委和济南市有关方面批准,联系上海某打捞单位,请他们的专业潜水员帮助解决。

专业的人干专业的事,事半功倍,此话不假。如果把工程技术人员培养成潜水员,那可不是一朝一夕的事;如果让潜水员短时间掌握维修技术,似乎好办一些。于是,确定带压作业方案之后,整个项目部立即行动起来。

首先,把潜水员集中到广州,开办速成培训班,由盾构专业人员培训。相当于在潜水器、航天飞机地面模拟器里似的,手把手地教他们如何拆卸零件、如何焊接成型,包括敲哪一块东西,卸哪一颗螺丝。培训了大约两三个星期,而后从广州包了一辆大巴车将他们带到济南。这是为了防止在飞机上被感染,一旦再发现疫情整个项目只能全停了。

就在紧锣密鼓筹备维修之时,又出现了新的问题:本来让工人开始在盾构机停止的地方加固,准备让潜水员进仓维修。谁知刚刚开始观察、试探的时候,前面"哗"地塌下来一堆泥土,里边还有沙子,说明这里含沙不适宜固定,应该往前推进一段。可是,此时机器已经出现了漏油故障,再强行启动掘进,会不会造成更大损坏呢?项目团队不敢冒险。

"我想了一个办法,咱们能不能用水代替润滑。"关键时刻总有人站出来,他就是隧道项目部技术负责人宾锡午。本来,他的日常工作是对参数控制调度,点检吊机、轨道车,泥浆泵的检修和运行,维护保持盾构机的正常掘进。

"你别异想天开了,水是水,油是油,那玩意能混用吗?还是试试其他办法吧!"有人表示反对。

可宾锡午有自己的看法。他曾与管技术的杜昌言、李海振、杨青林、方杰等人攻克了一个个难关,解决了一些实际问题。这次虽然没有得到大家的认可,但也不会气馁,继续研究他心中设想的那个装置。

他是一个喜欢动手动脑的人,学习刻苦,2008年从学校毕业以后分配到了中铁十四局，就在一线上开盾构机。那时学校没有这一门课，他们根本没有见过这个东西，他就每天拿着图纸对着翻译一点一点地学。起初他看到的是土埋机，里外全是泥土，心里想能操作个先进的泥水平衡机就好了。后来他去了南京地铁10号线过江隧道，开动一台11.8米的盾构机，感到这个盾构机大气干净也先进。再后来转战苏通GIL综合管廊项目，他们一年多推进了5400多米的隧道，这促使宾锡午对于盾构机越来越熟悉了。

2018年12月17日，宾锡午受命来到了济南黄河隧道。这个项目直径更大了，15米多，能干上这样一个重大工程，心里别提多高兴了。可北方的冬天，让他这个湖南人一时受不了。

那天晚上，他第一次来到济南，下了车一片漆黑，吃过饭就睡下了，第二天起床拉开窗帘一看，外面全是光秃秃的，一片绿色都没有，也没有什么楼房，感觉到一片荒凉……

与南方相比，济南的空气是干燥的，有时还会流鼻血，他心里不免有些失落，转念一想又释然了：正是为了开发这个地方，济南才搞"三桥一隧"大交通，等我们修好了黄河隧道，人们过河方便了，这里很快就会繁荣起来。

他是技术负责人，盾构机出了故障就好像自己孩子生了病一样，每天坐卧不宁，总想赶快修好机器，正常掘进。看到一时陷入了僵局——这个地段容易塌方掉土，不能够进行带压作业，必须要推过去。宾锡午又提出来："要不，试试我想的这个办法？"

现场指挥长历朋林了解他的技术实力，总是有点把握才会说的，当即表示同意："好，那就用水润滑往前试一试吧！"

这个装置并不复杂，使用干净的自来水冲洗密封通道，可以短时间维持掘进。就这样，他们尝试着用水代替润滑油又开动了机器，小心翼翼地向前推了三四十米左右，推过了那段不太稳定的地层，停到一个比较牢固的地方。终于办成了，哪怕只是短短的一段，但可以进行密封检修了，宾锡午和同伴们十分开心。

不过大家还是高兴得有点早了，在这个地方一试探加固，"哗"地又塌了一块，这就麻烦了，再往前拱则接近下一个地勘眼的位置：揭示有碎石堆积。机器本就是带病开动，宾锡午他们想的是临时措施，万一钻到那里"砰"地停住不动了，土层更不稳定，可能会出现连续塌陷。怎么办？

那天讨论了一下午，天色黑下来，晚饭时间早过了，可谁也不觉得饿，集中在临时板房会议室研究商讨。历朋林站在前面，在一块大约一米半长，80厘米宽的白板上划着示意图："这里是隧道横断面，这里是碎石堆积层，我们机器停在了这个地方……"

在场的都是局里、公司里、项目部里的领导和工程技术人员，已经口干舌燥了，都把眼睛看向坐镇现场的周长进总经理。民主集中制，虽说是集体决策，总还要有人拍板啊！周长进环顾了一下四周，细致考虑了各方意见后，果断拍板："那就在此加固，请潜水员进仓维修！各部门搞好配合，确保安全。"

任务明确之后，项目部立即进入"战时"状态。上海某打捞公司潜水员积极学习操作检修技术，同时还要冒着很大的生命风险。所以，认真谋划制定施工方案最为重要。类似宇航员在太空行走的程序，反过来做一个"带压作业"，按照预先拟定好的步骤一步步去做。

其中最核心的东西，就是如何稳定地下30多米处，约15米的大直径、将近200个平方的开挖面，需要拿出绝对安全的措施去保证。还是在那间会议室里，历朋林他们不知开了多少次技术会。还是在那块白板上，他又写又画：前面要打桩，稳定住土体；顶上要进行MGS加固，钻孔定位、埋设护筒。因为进仓的时候，里面的水可能流了出来，需要把这两个桩之间的接缝搞好，防止透水。

据此，他们采取了大隔离桩，预加固，用泥膜去保护开挖面，保证在压气作业的时候不漏气、土层不坍塌，更要保证作业人员的安全。并且不只是一两天的事情，而是要保证整个作业一个多月的时间里面，都没有任何问题。

那一段是整个项目部最紧张的日子，虽然刀盘后面的空间是相对安全的，一般不会出现水淹隧道的情况，但钻到最前面掌子面去带压维修，一批进去三个人，土层随时都有可能坍塌，风险很大。

上海某打捞公司在国内赫赫有名，完全知道"带压进仓"工作的风险。这种严重且又难以预料的危险，每一分钟都有可能出现，任何人都不敢保证不会发生。因此，总工和技术负责人等相关人员必须一直在现场盯着。

工作面上漆黑一片，只能用无线视频照明。他们把前面土层喷上黏稠的泥浆，尽量让它形成土压，就像覆一层塑料保鲜膜一样凝固。刀盘有16米高，维修人员要在这个地方转来转去，上上下下，只能从刀盘的尖到后边将近1米至1.5米，这样狭窄的地方进入。稍有不慎，也会发生不测。况且人的承受压力是有限的，在里边只能作业半小时就需轮换一次，反反复复进出仓。

项目领导带领一线技术人员和管理者，守在井下现场，随时电话向地面汇报，上传下达，接受指令监督施工。工作人员在没有水却存在相当大压力的空间里，进仓出仓达到数百次。

他们整整干了一个多月，终于完全修复，"黄河号"又欢唱起来。

一通百通，西线的盾构机"泰山号"有同样的"病症"，那就照方抓药，在保证安全的前提下，用了更短的时间，就彻底排除了机械故障，复推了。黄河底下的"双龙"并进、争先恐后，隧道一米一米地向前延伸。

太好了！这无疑创造了一个重大奇迹，国内外盾构机故障处置方面增添了一个成功案例，也让外国专家们刮目相看。更大的意义是，中国人掌握了这门核心技术，再也不用看外国人的脸色了！我们自己能干出来，我们行！

当然，前面的路不会一帆风顺，地下仍有不测风云，可在如此敢打必胜的中铁十四局大盾构人面前，还有什么艰难险阻，能挡住他们前进的步伐呢！

第五章

水下『地质博物馆』

一

大战"钙质结核症"

读者朋友，如果不是专门到隧道工地参观，你可能不知道盾构机是怎样工作的，因为它就像穿山甲一样，一头钻入地下埋头苦干，外面一点也"不显山、不露水"。这里，我因为写作"穿黄隧道"，专门来到正在掘进的济南黄河济泺路穿黄北延工程项目部参观采访、体验生活。

因已经掘进了一段时间，项目驻地距离工作井口较远，项目党支部书记贺小宾安排车辆带我来到了隧道内部。一路上我就感觉眼睛不够用了，盯着车窗外边观看：只见并排三车道十分宽敞，四壁的管片严丝合缝、干爽整洁；车轮轧在箱涵拼接面上，发出有节奏的轻响。往里跑了几公里，下车一看，一个完整的、巨大的圆洞展现在面前。

这哪里是隧道工地啊，分明像一个隆隆作响的"钢铁车间"。空中走着管片吊机、箱涵吊机，地上是管片喂片机，沿着洞壁，安装着大大小小的配电柜、气体罐、粗细不等的各种管路。隧道的尽头是盾构机的开挖掌子面，巨大的刀盘后方，14台电机、28组推进油缸围成一圈，相互配合驱动盾构向前掘进。

这台盾构机开挖直径15.76米、166米长，总重4000吨，运来时装了110辆重型货车，价值近4亿元，可谓"巨无霸"，被形象地称为"钢铁巨龙"。盾构机一边开挖一边拼装管片，同步注浆，每一环管片进尺2米。当初首穿黄河2519米的盾构段，1260环，就是这样一环一环地打通，形成了一条完整的隧道。

在这里，我们采访了曾驾驶"黄河号"盾构机的机长孙警，现在他已是北延项目的机电部部长了。

这位年轻干练的机长是个"90后"，山东曹县人，2015年毕业于山东交通学院交通建设专业。来到中铁十四局工作之后，他先在厦门地铁二号线穿海隧道干了两年半的机长助理，在学校里没有盾构机这门课，一切从头学起。他虚心好学，进步很快。2017年冬天来到了黄河隧道项目部在工程部做技术主管，盾构机进场后，担任"黄河号"机长。

初步了解了他的成长经历，我们开始了漫谈式聊天。如今回想起来就像电影镜头似的，给大家"回放"一下，读者可以从一名年轻机长身上，看到隧道盾构机是怎样工作的——

"这样吧，请你给我讲讲盾构机的施工程序，就是说一台盾构机有多少人操作呢？"

孙警说："我们一个班管理人员一般有6个人，工人有35名左右。分白班和夜班。"

"哦，这35人都是咱们公司的，还是外聘的队伍？"

"常年跟着盾构项目工作的这批工人，工作年限比较长，盾构施工工作经验丰富。和项目部签了入职合同，先进行安全技术交底、专业培训，再按照盾构工区对人员分组。"

"怎么分呢？"

"分两个班，一个叫掘进班，一个叫机修班。盾构机管理人员6个人，每班3个人，1个机长、2个助理；机修班也是3个人，1个机电领班、2个助理。机长和机电领班属于管理人员。掘进班配置25个人，分注浆组、拼装组、换管组、吊机组，共4个组。机修班10个人。"

"对，我们首先得把操作弄明白了，因为外行人都不知道盾构是怎么干的。你再详细讲一下。"

"好，掘进开始了，有管片吊机和拼装机在前面。盾构机一转，他们就跟着往下走。我们机长就在控制室，往前推两米就先停下来，通知班组开始工作。一环管片10片，拼装组有8个人。吊机组先把管片运到前面，严格意义上它属于吊装，拼装组用真空吸盘把管片吸起来，抓到指定位置，然后拼装下一块，循环往复。"

"注浆是什么时候注？作用是什么呢？"

"注浆跟着盾构机推进同步进行。我们刀盘开挖直径是15.76米，但是管片外径只有15.2米，中间56厘米是个空隙，就用拌和站的砂浆填充起来。它就等于像黏合剂一样，把管片和土体之间的空隙填充密实，就成为一体了。"

"嗯，这就把它弄明白了。"我点点头，接着问："盾构机得有多么长？"

"我们定制的有166米。其实主要就是前面这个刀盘、盾体还有1台车，比较核心的部件都在这一块。后面就是后配套设施，像这个倒车平台，砂浆输送到砂浆罐里，然后注浆组注入管片壁后。刀盘平时是看不见的，只有通过观察孔才能看到刀盘后背。刀头在掌子面的泥水仓里。盾体是支撑外边的土体，像盾牌一样支撑外部压力，保证安全。整个施工过程，盾构机上是见不到土的。"

"挖出来的土去了哪里？"

"从泥浆管里直接输送到地面进行泥水分离。刀盘旋转切削泥土向前掘进通过泥浆泵输送到地面泥水厂。所用的动力就是通过泥浆泵，把特制的泥浆送到掌子面上，让它与切下来的土混合成稠的泥浆，再用泥浆泵把它抽上来。通过泥水分离设备，把稠的泥浆分离成稀的泥浆和渣土。"

"为什么不用水呢？用水不是更好冲泥土吗？"

"单纯注水不行，因为特制的泥浆它有一个效果，比重和黏度需要达到一定标准值，才能在掌子面上形成泥膜，支撑掌子面，保证它的稳定。水的话它形不成泥膜，反而会冲坏土体，容易塌方。泥水分离后的泥浆经过调配达标后，再输送回掌子面循环利用。"

说到这里，我基本明白盾构工作原理和程序了，接着聊到了黄河隧道工作上："你这样一讲，就比较清楚了。接着说，你从厦门两年多等于'盾构大学'毕业了，来了黄河项目就当机长了。"

"对，这个设备它在广州运过来以后，我主要负责盾构机进入现场的一个组装调试。机器直接分模块或部件从国外厂家海运到广州港，又经海运到潍坊的港口，再陆运到咱们这边场地上，我们在场地组装吊装、下井调试。盾构机来之前，主要是把始发井施工完成，项目总工程师杜总带领我们做。

"这个井不仅要打竖井，还要打横井。先打竖井，因为结构设计的是要出了隧道以后，得有一个明挖敞开着，要不然这个车在隧道里面开的时候，上不了地面，所以说它还有一个后续始发段。全是明挖，设计留个井进行盾构机吊装。"

"我参观时，老是琢磨这么长的家伙，它是怎么装下去的？"

"它是从上面那段15米左右的明挖坑里，一节一节吊下去，再跟下面连起来，在下边组装好了，就可以往前走了。等到打通了以后，再进行拆解，把它们从预留口一块一块吊上来。"

"有什么让你印象深刻的事，对这个'穿黄'感觉如何？"

"干起来就觉得这个工程意义很大，也是个重要的民生工程，原来我曾对一个记者说过——他给我做过一个采访报道，就在那个通车的视频里。施工中印象深刻的，除了刚开始遇到机械故障之外，没想到黄河底下石头还挺多，那一段就干的比较艰难……"

事实上，自从承担下这个项目之后，中铁十四局大盾构人就以"如履薄冰，如临深渊，如坐针毡"的"三如心态"——实则是高度负责的精神，瞪大眼睛，竖起耳朵，安全第一，质量至上。用历朋林的话说就是："每天都战战兢兢、小心翼翼，神经绷得紧紧的……"

一旦某个地方出了"毛病",立即全力以赴去排故障、去解决问题。地下施工虽然有预先地质勘测、取样化验,提供地质情况报告,但毕竟是眼看不到、手摸不着,如同盲盒一样猜测。虽然能够参考内外部专家的意见,但实际施工时,还是会遇到难以预料的复杂地质。

泺口段黄河是名副其实的"悬河"。河床高出南岸城区地面5米,最大洪水位高出河床11.62米。在别的江河湖海下挖隧道,一旦渗漏,顶多淹没隧道;而在黄河底下,就像顶着一条"天河"打洞,一旦渗漏决口,就有黄河倒灌水淹全城的危险。

所以,按照业主要求,铁四院和黄河院在设计阶段,就特意为济南黄河隧道设计了双层四道防淹门,必要时可以实现全方位有效封堵,确保城市安全。掘进施工中,项目部精准计算盾构机的切口压力,保持盾构机和土体压力平衡。

每掘进一环,他们都要根据地层覆土厚度、土质、土的容重、水的厚度、水的容重等8个参数,计算切口压力,每一环可能和上一环都不一样。掘进到黄河主河槽段,他们随时向泺口水文站索要实时水位数据,代入计算,用以达到精准掘进。

始料未及的是:防淹措施考虑得十分周全到位,没有出现问题,却遇上了复杂地质的难题——

本来,黄河下游属于冲积型华北大平原,流经黄土高原的河流携带大量泥沙堆积而成,而这一片大都是"地上悬河",河底部应该多是沙壤质土壤,黏粒、粉粒、砂粒含量适中,土质松散,不黏不硬,适合掘进的。不料,实际操作中却大相径庭。

就在"泰山号"首先排除了机械故障,重新开始掘进到黄河河道下面时,一天,维修机工按惯例巡视,突然听到泥浆管道中发出"砰砰"的响声,不知挖到了什么东西,赶紧跑过去查看。

与此同时,驾驶舱突然像地震了一样,"砰砰"地响了几下,把值班的机长和助理都吓了一大跳，马上发现掘进参数表异常：正常值在2点至3点之间，前边如遇到阻碍，就会变成零点几或者是负压。

这时候机器难以推进，应当先立刻停下来，降低管内流量，通知机电班长赶快处理。他当即带着几个机工跑过去，仔细一检查，发现是卡泵了——类似石头卡住了泥浆泵，变成负压就吸不住泥浆，如果蛮干可能会损坏泵片或者爆管。

大伙赶紧拆开管道，把卡泵的东西拿出来一看，不像石头却硬似石头，过后找专家一问才知道：这是一种钙质结核。主要是半干旱的平原碳酸钙、抑或低地土壤中由蒸发淋滤作用而形成的结核状自生沉积物。

钙质结核砾石的初始形态，大都是球形状或者近于球形状，表面比较光滑，后来由于胶结作用，使许多球状钙质结核连接在一起，形成不规则的较大钙质结核体。其形状多数为姜结石状，或者扁扁的椭圆状。钙质结核砾石的表面，往往有大量虫穴，内由泥沙覆盖和填充，有的还附有苔藓虫。

随后的掘进过程中，作业人员对管道和泥浆泵进行了清理，恢复开机，刀盘又正常运转起来。谁知好景不长，干着干着，又听到一阵"噼里啪啦"的声响，让人心惊胆战。原来，没有推进几环，又遇上一堆钙质结核，小一些的通过管道与泥浆混合排出去了，大的就把管道卡住，只得再次停机。

盾构机走走停停。刚一开启循环，没推进几分钟，吸口又负压报警了。只好停机拆泵，把石头掏出来。再一开机，又卡了，又拆。最艰难的一天创造了一个"纪录"：一个工班作业12小时，拆了19次泵。两个班掘进了26个小时才推进一环，向前走了两米，为了取石头把泥浆泵拆开58次。基本上就是循环一会儿就要拆一次。

机修工们需要进行紧急处理，有时整个掘进组都要上去帮忙处理。

这就像人得了胆结石、肾结石一样，堵住胆管尿道那是非常难受的。项目团队经过反复研究，借鉴其他项目类似地层的掘进经验，还从医学上利用碎石法治疗结石这个案例中受到了启发，决定用碎石机破碎钙质结核。不错，开始还真管用，这些钙质结核可以从管道排出去了。不过很快就听见"砰砰"一响，又堵了，只得再破碎再冲浆，反反复复，每掘进一环都很费劲。

那个时候，机修工和机电工就蹲在管道下面听动静、拆石头，一天拆出来一大堆。这还不是最糟糕的，有时候结核把管子磨薄了，泥浆堵得急了，就会把泥浆管憋爆。因为泥浆泵使劲往里抽，如果堵死了抽不动，相当于一个空抽，尤其在软管部分，里面没有液体充实，那个地方给撑裂了，就会爆管。

一天，东线"泰山号"盾构负责人周赞，正带着大家按部就班地工作着，突然"砰"的一声，某个管道接头部分窜出一股泥沙来。

"不好，爆管了！"

周赞一听连忙喊道："快，快去关阀门！"

当班的机电领班赶快冲过去抢险。说时迟那时快，泥浆"哗哗"地劈头盖脸扑来，谁也顾不上躲闪，手脚快的人抓紧去关阀门，那情景就好像当年大庆"王铁人"带领石油工人，在钻井平台上战井喷似的。

机电领班刘成宝，是毕业于石家庄铁道学院机电专业的大学生，正在值班，见此情景立即冲上第一线，弄得浑身上下全都是泥浆，又脏又味儿又黏滑。可谁也顾不上，一直不停地去干，现场人们都跟泥人似的。公司掘进管理中心的宾锡午，担任项目技术负责人，闻讯也赶到现场参加抢险，同样被喷了一身泥浆。

另一边，周赞跑前跑后，组织协调检查，大家一连干了几个钟头，泥浆势头止住了，可还是往外流，每个人都是一身的泥水。因为管道还有压力，只有等它喷着喷着没"劲"了，也就停了。维修组马上换管子，先是清理泥浆，拆掉螺栓，再把坏管扛下来。

那管子别看不是钢铁的，但很粗很重，六七个人都扛不动，得上去10个人用绳子把管子拉拽出来，再把新管子呼噜噜拉进去，一般短的有3、4米的，长的有10米，基本上换一次管要用将近一天的时间。

周赞是江苏徐州人，2010年毕业于石家庄铁道学院土木工程专业。毕业以后，就来到中铁十四局隧道公司工作。他很勤快、爱干活，在北京地铁6号线担任机长助理，到地铁8号线就是机长了，之后一直在江南一带干地铁项目，大都是小盾构。2016年8月底，大盾构公司成立，水涨船高，周赞也同各个部门的年轻伙伴一样，茁壮成长起来。他在常州项目上当了机电部部长，转战到无锡、杭州已是盾构经理了。

2019年，他来到济南黄河隧道项目部，负责穿黄隧道东线的工作。之前，他干得大都是地铁项目，用的是6米多的土压平衡盾构机——盾构机分两种模式，一种是土压平衡式，一种是泥水平衡式。土压平衡没有泥浆，直接加一些润滑剂，用皮带机把土运出来。泥水平衡就是加入泥浆，把那些渣土从管道携带出来，适用于江河湖海等大直径盾构。黄河隧道，是周赞参建过的最大直径的盾构工程了，他深知其中的意义，干起来特别带劲。

"泰山号"从开始吊装下到始发井，一个个部件拼起来之后166多米长，像一条地下长龙，盾构的刀头对准操作的掌子面，准备往前推动了。他和工友们都在第一线上，聚精会神地操作着，第一转破门是非常重要的，一搅动土体可能会有水出来，他们都做好了及时处理的准备，好在前期考虑周全，加固得当，盾构机比较顺利地始发了。

当时，西线"黄河号"已经推进100多米了，两台盾构机一前一后错开行进，避免互相干扰。没想到的是，不久，"黄河号"就发生了机械故障，停下了。此时，"泰山号"还在继续推进，但都要求东线密切注意，防范同样的问题出现。

很快，后发的东线"泰山号"追到前面去了，推到300多环的时候设备也出现了故障。那天，正好是周赞当班，带人做例行检查时发现漏油了，而且是脏的，这说明密封失效了，前面的泥进来污染了机油。如果继续蛮干的话，可能损坏轴承，那整台机器都可能报废。

他第一时间打电话向上级报告，得到指令——停机。

因为与第一台的故障一模一样，明显不是偶然的。不过"泰山号"停在了黄河漫滩上，还没到黄河下面。一时间，两台盾构机都停了，五六百人天天大眼瞪小眼，什么活都干不了。大家心里那个急啊，用寝食难安、忧心如焚来形容一点不为过。好在如同前一章所讲的那样，各路专家、各级领导高度重视，群策群力，不断摸索，一举解决了这个属于"世界性难题"的故障。

东线"泰山号"率先完成了修复，恢复掘进，率先进入了黄河底部。当然，他们也就首先遇到了地质问题。

事实上，早在项目部做南岸接收井施工时，已经挖到了钙质结核。那是用悬钻碰到了十分坚硬的地层，费了好大的劲，挖出来一看是块石头，人们心里一紧：因为地勘给的最大钙质结核直径是12厘米，现在这块要大得多，可能下边会有基岩突起——即层岩石。

黄河底下的地质非常复杂。钙质结核是基岩的一个标志物，有了它就有可能会有更硬的东西。如果在隧道线上遇上基岩，那就麻烦了，因为盾构机定制时没有考虑专用刀具，再次更换或配置显然来不及了。这也直接提醒了项目部，在两岸漫滩处又打了一部分钻探做地勘，发现下面确实有岩层，但没有侵蚀到施工线内，离盾构路面还有5米。

万幸！盾构机可以正常推进。可是钙质结核还是不少，由此带来的问题不胜其烦。

那段时间，施工人员成天就干换管的活儿了，弄得一身泥浆。衣服脏了还好说，反正是在地下干活，外人看不到，关键是不好更换——把管子拽上去再接好，十分费劲，维修班人手不够，掘进班也上来，二三十个人一起干。清一次泵是8个小时，基本上每一环都要重复这个工作，只要一卡就停，卡泵能停三四个小时，而处理一个爆管就要耗费一天时间。

总是这样下去可不行，大家很辛苦，每天盯着那个东西确实很累，必须想个办法治治这个"胆结石"。

于是，在技术负责人宾锡午带领下，分管工程、机电的杨青林、方杰、董冰、周赞等人就反复琢磨起来。早在前几个项目上，宾锡午就带领着小杨、

　　　　　　　　　　　　　　　　黄河"潜龙"　｜

小方他们干过工程，是老师辈的人，技术是一把好手。

可以说，宾锡午干盾构几乎到了痴迷的地步，平时没什么爱好，时间全用在工作上。他仔细研究了一下盾构泥浆泵的结构，发现能够通过的最大直径就是240厘米，便在电脑上CAD模拟了一下，画了一个简简单单的格栅阻拦。同时他也想到了，如果格栅挡住了大块钙质结核，清理的时候还得停下来，相当于这条路堵了，你车子还是停在这里，没有绕行的地方。

有一天，苦思冥想的他去打水，突然从水龙头上受到启发：这边开关出热水，那边开关进凉水，如果搞一个泥浆泵"三通"，届时切换不就行了，就是说走这平路不行我就走桥，走桥不行我走隧道，总有一条路可以走。同时再把两个管子并到一起，这样虽然说可能会堵塞，但不用停泵，那边处置着，这边可以换个通口继续工作。

因为开关阀时间太长了，有时候还没清完又堵了，光换又累，同是负责技术工作的杨青林脑筋灵活，想了一个妙招：把手动的改成液压的，只需要一键控制，按下去把杆就可以将阀门关掉，另外一个杆子打开其他阀门，来回切换，既省力又节约了时间。

功夫不负有心人。

双回路，简单说就是这边堵了，把阀门一关，打开那边的管道开关，照样可通过。那堵在里边的硬土块或者石头怎么办？他们在旁边又专门装了一个开关阀，再把它打开，堵塞物就出来了。

于是，"双管路液压采石装置"诞生了。安装上之后，再也不用维修组疲于奔命了。好比医术精湛的医生为冠心病人做了血管搭桥术，抑或是其心血管建立了侧支循环。有了堵塞问题，机长一边让维修人员去清理，一边切换到另外通口继续推进。之前需要几个小时甚而一天处置，现在三、五分钟就搞定，效率大大提高了。

工作中，他们发现第一台泵的位置最容易堵，就在那里做了一个双回路的采石箱，一旦发现堵了，就把这边关上，先让泥浆从另一边走着，还不耽误这边处理。国内同行原来没有这个东西，完全是在黄河隧道上发明的，是这群无惧困难、敢于开拓的人们创造的。目前，这个发明已经大力推广到其他项目上。

正是这一点一点在黄河隧道盾构掘进实践中摸索前行、攻克难题，形成自主知识产权的技术创新，让中铁十四局大盾构人越战越勇、越战越强。在项目建设过程中，他们共申请专利70余项，科研课题18项，省部级工法3项，高水平学术论文近80篇……

二

智取"黏土肠梗阻"

一波未平，一波又起。

前面说过，本来以为黄河下游东北部都是冲积型平原，土质以沙土壤居多，包括地质勘测的样品也是如此。不料，在实际掘进中却是一个障碍接一个障碍，如同遇到了河床下的"地质博物馆"。

两台大直径盾构机就像勇闯南极的破冰船一样，正在地下修好了不可预测的机械故障、战胜了"钙质结核"的阻挡，奋力突破一个个难关，埋头挺进之时，前方又跑出来一个"拦路虎"——黏土层。

这是一种含沙粒很少、有黏性的土壤，水分不容易从中通过而具有较好的可塑性。它内部有一种颗粒非常小的（<2μm）可塑的硅酸铝盐，里边除了

铝外，还包含少量镁、铁、钠、钾和钙，一般由硅酸盐矿物在地球表面风化后形成。广泛分布于世界各地的岩石和土壤中，可用于制造陶瓷制品、耐火材料、建筑材料等。

黏土与适量的水混合后形成泥团，在外力的作用下，泥团发生变形但不开裂，外力散去后，仍能保持原有形状不变。黏土泥浆或可塑泥团受到振动搅拌时，黏度会降低，而其流动性则会增加，静止后逐渐恢复原状。此外，泥浆放置一段时间后，在保持原水分不变的条件下，也会出现变稠和固化的现象。这种性质称为黏土的触变性。

我的老家就在黄河下游北部的鲁西北德州市，对于这种土质并不陌生，记得小时候与伙伴们玩游戏，其中一个"项目"就是摔泥碗——

一场春雨过后，大地被雨水洗涤，村头巷尾一群放了学的孩子，如同撒欢的小马驹子，凑到一起把书包一扔先玩个痛快。有弹球的、有跳房子的，也有滚铁环的。最让人大呼小叫的就是"摔泥碗"了：用小手蘸着洼地的水和泥，捏成一个个小碗，而后高高举起，使劲摔到地下，利用空气冲击顶破碗底，另一边就得用泥给人家补好。最后看谁"挣"的泥多，谁就是胜利者。

那时候，我们最喜欢寻找那种稠稠的黄黏土了，因特别适合捏弄成型，大家都叫它"胶泥"。因为黄沙土松散，易散，黑黏土软，且黏性强，沾手，也不易弄成型，只有黄胶泥最适合，既不沾手，摸着光光的，软软的，滑溜溜的，用手摆弄着很是舒服。碗底可以弄得薄薄的，摔起来"砰"的一下破个大洞，十分清脆。

小伙伴们听到响声都欢呼起来。也有不服气的。哼！你那算不得什么，看我的吧！我做的泥碗比你的响多了！于是就精心做，把泥碗边沿捏得光光的，把泥碗底边捏得圆圆的，底部捏成薄片，站起来使出全身力气摔下去，发出响亮的声音，再瞄瞄周边那羡慕的眼光，心中生起无比的荣耀。而游戏的另一方，则不情愿的用自己的胶泥去给人家补洞。

当然，孩子们利用黏土的特性只是高兴地玩耍罢了，其实它本是一种重要的矿物原料和工业用土，制作成型放进高温炉中，可以烧制成各种各样的陶瓷产品。但对于掘进隧道来说，如果碰上这种土质层，那就是一件麻烦事儿。不幸的是，黄河底下有一段就与它不期而遇了。

　　一天，当班盾构机长在正常工作时，突然发现参数表上的数值不对劲，马上意识到哪个地方又是堵管了，泥浆通不过去，只得暂时停机，通知维修组检查处置。

　　"咦？怪了，没有听到'嘎啦啦'的响声啊，说明没有石头或钙质结核卡泵，怎么还是堵呢？"

　　"是啊，如果是石头那就会磨损铁管壁，时间长了会磨出洞来。可这次是软管部位涨粗了，是不是这里堵了？"

　　机工们拆开一看，真相大白，原来是这种黏质土挤成了疙瘩，渐渐变硬堵在这里，泥浆出不来造成了"肠梗阻"。盾构机掘进泥土的工作原理，是一条管路出土石方、一条管路输稀泥浆，用一个形象地比喻来说：如同人的血管，有动脉有静脉，循环往复方有活力。如果某个地方被堵住了，等于发生了血栓，造成"心梗"或"脑梗"。

　　"病因"就是这段特殊地层：挖出来的土太黏了，就像人有了高血脂一样，低密度胆固醇超出了正常值，血液黏稠，流通不畅，血管狭窄，血管壁上还有斑块，一旦破裂就可能堵住，后果严重。对人来说轻则犯病进了重症监护室，重者则发生心源性猝死。而对盾构机来说，则是堵塞排土通道无法掘进，甚而在薄弱环节直接"撑破"。

　　如何处理呢？其实跟我们治病是一个道理——"降血脂"。即把进入循环管路的泥浆黏度给它降下来，或者为严重损坏的管线换管。对于应该疏通管道的地方，把它疏通好了，想办法把里边存留的泥浆稀释下来。

　　具体措施是，通过在地面上修建一个几万方的大坑，排掉里面的泥浆，然后加清水，输入到管路中去。另外，也可使用现成设备进行处理，把泥浆里边的土块分离出来，只留下水流。两种做法同一个目的，等于给心脑血管病人多吃阿司匹林肠溶片，稀释血液，让管道畅通。

还有，就是全管线各个位置都可能堵塞，不一定堵在哪个点上。只是在拐弯地方由于有弯头，最容易堵住，稀泥浆可能力量有限，冲不过去。有时候就得用人工去拆开，拿铁钩子将黏稠的泥块一下一下地钩出来，费力又费时。瞧，这又是一个难题。

大家的目光都盯上技术负责人、盾构机专家宾锡午了。这位已经干了十几个年头的"老盾构"，深深爱着这台"地下巨龙"，平常听着它的机声欢唱、看着庞大机身一节一节不断前行。在他眼里，盾构工作如同闹花灯时的舞龙一样，摇头摆尾，龙头在前边张开大口吞噬着碎石黑土，后边长长的龙身金鳞闪闪，不断扩大战果……

如今，这条"潜龙"病了，消化不良，龙腹中时常被乱七八糟的东西堵塞，无法前行。要么停机等候处理——那要耽误很多工时，工期不等人啊！要么硬是蛮干推进——那是要冒着很大风险的，说不定下一分钟就会从堵管变成"爆管"。

那些天里，宾锡午带领着几个年轻的技术员，已经没有了上下班的概念，茶饭不思地琢磨着怎么办呢？毕竟已是自动化程度较高的年代了，应该尽量用自动控制取代人工，解决问题。这是他们的一个原则。

这一天，宾锡午蹲到管路上面盯着看，看了差不多两个小时，一动不动。午餐时间到了，杨青林跑来叫他："宾工，下来吧，该吃饭了！"

"啊？不饿，我再看一会儿。"

"你看看都12点多了，再晚饭都凉了，走走。"

"青林，别忙走，还真让我看出门道来了。"

杨青林听他这一说，也来了兴趣。他们俩曾在苏通GIL综合管廊项目上工作几年，配合默契，志趣相投，一起来到黄河隧道上，关系更加密切。宾锡午大他几岁，从事盾构又早几年，带教了不少东西，他是当师傅看待的。

"宾工、宾师傅，你快说有啥门道啊？"

"你看看，这泥浆总是一股一股地走，走着走着，到了弯头这个地方就过不去了。实际上它也不是完全堵死，只要压力稍微高一点它就通了。"

"对啊，可咱们怎么给它施加点压力呢？"

"这就是咱们下一步所要努力的方向。总算找到了问题根源，这会还真就感到饿了。走，吃饭去。"

此后几天，他们反复考虑做个什么装置，给泥浆助力一下，好比有人拉着沉重板车上高坡，很吃力，上不去，甚至连连倒退。这时来了一个有力气的人，扛着车尾猛推一下，他就上去了。

一次，宾锡午在营地里看电视，突然看到视频上面有家汽车修理厂在修车胎，只见工人将一个瘪了内胎接上了高压充气枪，一拧开关，空气"呼"地冲进去，那条软趴趴的车胎"砰"地一下就立了起来。

"嘿，我们也可以这样干啊！"宾锡午拍脑袋，大受启发，突然想到了盾构机管路堵塞了，接上压缩空气机用力冲里边的泥浆，不就一下子通了嘛！

他高兴地一拍双手，像给自己鼓掌似的，立即将这个想法告诉了杜昌言、王超、杨青林等人，大家都觉得是个好主意，完全值得试一试。说干就干，他们立即着手在泥浆管上接了一个DN150的气动阀门，另一段连接压缩空气。

第一次试验，成功了！

泥浆不管怎么浓稠，在管道拐弯处遇阻后，操作员一开空气阀，"咚"地一下就冲过去了。好啊！大家一阵欢呼，喜笑颜开。

然而，还没等笑声落下去，发生了意料不到的事情，使大家的笑容像干了胶泥似的，僵在了脸上。

因为开始都是人工控制，发现堵了再去开空气阀，有时就不那么及时，黏土接二连三地过来，堵塞比较严重。他们一次开了两个阀，由于压缩空气的劲很大，这一下过量了，"咚！"，像冲天炮似的，直接冲破了泥管，连管弯处的盖子都找不见。

幸亏泥浆是向高处喷，若是冲到现场人们身上，不知会有什么后果，想想都不寒而栗。

有人说："快别弄了，这太吓人了！"

也有人说："别别，我看挺好，起码成功了一半，只要再控制好力度就行了！"

宾锡午连连点头，这点"事故"没有吓住他，反而增强了信心。他知道用人工去一开一关是有时间差的，无法准确把握时间，还得靠自动化，让机械代替人工既准时又掌握好力度。

人们有时埋怨人不灵活，往往用"你这人太机械了"来说词，可在这里，机械反而是好事，按时定量开关阀门，不一定非得堵塞严重了才去干。

思路决定出路。他们连夜忙碌起来，最后搞出来一个数字式的脉冲控制器：只要一开分离设备一循环，隔10秒钟或者5秒钟给一个脉冲，阀门开放，不管有没有黏土堵塞，压缩空气都会自动"发射"，来来回回冲管。哈，果然奏效，自从这样改装以后，泥浆管路再也没堵过。

人们给这种装置起了一个特色的名字，叫作"空气炮"。

就像前面提到的双回管装置一样，这充分彰显了黄河隧道项目上人们的聪明才智，其背后是一心干好盾构事业，为家乡、为祖国的经济社会大发展贡献力量的情怀和精神。

项目执行经理白坤，大家亲切地称之为"智多星"。在盾构施工中，面对特殊的地层，他提出将管道改装应用的"组合拳"法。首先，将10米长的出浆管道旋转180度，或者使用加大壁厚15毫米的成型管道出浆。他说：

"由于重力原因，给石头磨下面再磨另一半。其次，进浆管和出浆管路互换，在管道接口加上一个弯头，换道行车，进泥水厂前再加一处弯头各归各路。"

接着，攻关团队——李海振工作室的青年技术员们，不断总结积累经验，找准磨损规律，在容易磨坏管道的位置，打"补丁"精准焊接钢板。说干就干，电焊工们抓紧焊接加固了管道，项目建设团队又攻破了一关。

就这样，整个盾构施工阶段，技术人员每天与泥水、油水、汗水打交道，天天像泥猴一样在隧道里面"打滚"。千方百计，把出入泥浆的管道疏通好，不管是"石头"还是"泥饼"都阻塞不住，使盾构机上的"血管"循环起来，源源不断送上强劲的活力。

两台地下钢铁巨龙一路勇往直前，高歌猛进……

三

河底"钢板之谜"

古往今来，天上人间，会有多少世人不曾知晓、不曾发现的秘密啊？就在我们这部作品紧锣密鼓写作之时，我偶尔会打开电视机看看新闻或者体育比赛，放松一下。这天，突然看到央视新闻节目播出一条新闻：深海考古大发现！揭开南海西北陆坡沉船神秘面纱。

太好了！这些年来，我曾经深耕海洋文化领域，十分关注国家文物部门利用载人潜水器，下到海底去探求古代沉船奥秘，专门研究写作过"南海1号"宋代沉船的来龙去脉。如今他们乘坐"深海勇士"号潜水器深入南海，有了新成果，自然十分高兴了！

由此，联想到黄河隧道施工中，也发现过深藏在泥层中的物体，至今经各路专家学者鉴识，还无法确定它的来历及其背后的秘密。

这是怎么回事呢？容我慢慢道来——

《中华人民共和国文物保护法》第二十九条规定：进行大型基本建设工程，建设单位应当事先报请省、自治区、直辖市人民政府文物行政部门组织从事考古发掘的单位，在工程范围内有可能埋藏文物的地方进行考古调查、勘探。

第三十一条还特别针对考古经费问题做出规定：凡因进行基本建设和生产建设需要的考古调查、勘探、发掘，所需费用由建设单位列入建设工程预算。

根据上述政策条文：在进行工程建设前，要对可能存在文物的地方进行考古勘查，没有发现考古价值的古墓、古建筑遗址等，方可施工。如果施工过程中，发现文物踪迹和线索，立即停工并上报文物管理部门，等待处置。当时，进行穿黄隧道立项时，经过有关部门论证，认为黄河下游绝大部分都是冲积型平原，没有古建筑物和古墓葬群，以及古迹文献记载，便顺利通过施工许可办理。

万万没想到：2020年8月10日，东线"泰山号"盾构机推进到938环，已经来到了黄河底下，隧道埋深达到了33米深处，其中黄河水深3米，突然，在P2.1出浆泵前面的软管，不知道被什么东西割破了，"哗"地一下，涌出了不少泥浆。

现场目睹的机工大声喊道："漏浆了！软管破了！"

有人及时通知了操作室的机长："泥水区不能循环了，停机！"

随后，维修人员立即跑过去打开P2.1泵，不禁倒抽一口中凉气：乖乖！这是个什么东西啊？原来，他们在这个位置发现了一块钢板，长度两米，宽度25厘米。

这个家伙是哪来的，怎么被卷到泵里的？

幸运的是刀盘的刀头没碰到它，不然可能会将刀盘上的牙齿——刀头"咯"断了。在盾构机设计时已经考虑到前边土体中可能有石头、花岗岩什么的，刀头上都有开口率，就是为了防止前方遇到硬物的。这一次，钢板正好从那开口上过来，通过前闸门吸到泵里，卡在泵前面了。

现场工作人员把这块钢板清洗了一下，请历朋林、贺小宾、杜昌言等项目领导一同查看，还把济南城市建设集团的业主代表、上海监理公司的总监理师等人请来研究。这些在工程上能够"叱咤风云"的干将们，面对着这块来历不明的钢板，都只有摇头的份儿了，谁也看不出个所以然来。

就在纳闷之际，几天后——2020年8月28日，西线的"黄河号"推进到566环，深度38米的时候，发现出浆泵吸口压力过低，反复冲洗前仓无明显改善。一番调查，原来在盾构机前面刀盘位置，不知被什么东西堵住了，排浆不畅。

机长只得赶紧停机，维修班立即前来检查，因为是在掌子面上，双回路排石和"空气炮"都不管用，只能选择派人带压进仓去查看，到底是个什么东西。

经过详尽准备，一位大胆心细的机工通过机头顶上的"人仓"，钻进了掌子面，发现吸口石块及黏土堆积严重，需及时清理。他扒开一些土块，不由地惊叫了一声："啊？这是什么？"

原来，在刀盘下面又发现了一块钢板，长度近两米，宽度也有30厘米，足有两厘米厚，很长很沉，堵在盘口底下。一个人是搬不出来的，只好又进去一个人，两人用力才从上面抬了出来。

这是黄河底下发现的第二块钢板了，大小厚薄都差不多，可能作用功能也大体相似。从材质上看，年代不会太久，因为清朝末年还是少有钢材的，而这里是黄河啊，不是工厂商铺，也没有高大建筑物，哪来的钢板呢？它们是做什么用的呢？

一个不解之谜，黄河底下之谜！

在不影响施工的前提下，项目部分别打电话向文物部门、黄河河务局、市政建设等部门询问，拍照发过去请人家鉴定。一时间，都是一头雾水，说不

　　　　　　　　　　　　　　　　黄河"潜龙" ｜

出所以然来。唯一能够确定的是：这不是文物，而是近代的物品，因为如此工艺的钢材，只能出现在清末民初时期。

为了弄清情况，项目工程部部长王超利用业余时间，带人推着这两块钢板到黄河边上的鹊山村、梅花山社区等地，挨家挨户地去问那些八九十岁的老人："大爷，过去咱们这个地方有过什么大事吗？你知道这是做什么用的吗？"

"啊？"一般上了年纪的长者，耳朵大都不太灵了，提问者需要扯着嗓子大声喊，他才能听明白一二："哦，你说这个钢材啊，不知道，不知道……"

问来问去，没有人能给出一个合理的解释，都不知道这是个什么东西，甚至出现了各种各样的猜测。是不是黄河底下有沉船？当年八路军游击队把小鬼子的炮艇打沉了？是不是有运输建筑材料的船队发生了倾斜，将钢板掉到河里？众说纷纭，莫衷一是。

其中最靠谱的分析：可能是当年德国人建设黄河铁路大桥时，遗留下来的钢板。但是，那座曾经有名的清末民初大铁桥，当时并没有建在此地啊！难道他们曾经设想在这里建桥，进行过勘测或者试验打桩？

这又是一个历史之谜。

说来话长：历史上，黄河的决口、泛滥和摆尾，对下游平原地区的地理面貌和经济社会生活影响巨大。自清咸丰五年（1855年）以来，黄河在河南铜瓦厢突然改道，之后河水北徙，分几股斜穿过山东腹地。当时清政府忙于对付太平天国运动，无力堵塞豁口，于是造成黄河夺大清河入海的局面。

这一来，结束了长达七百多年的黄河南流夺淮入海景象，开始了现行河道的发育过程。决口后的二十余年里，黄河在铜瓦厢和张秋之间南北迁徙摆动，后来清廷从光绪元年（1875年）开始筑堤，至光绪十年（1884年）两岸大堤建成，大体形成了现在的黄河河道。此后由于频繁决口，堵口、修堤时有变迁，河床不断抬高，黄河下游一带逐渐演变成"地上河"。

一河之隔，使北中国的重要城市——山东省会济南向北发展步履维艰，尤其清末民初修筑连接华夏南北的大通道——津浦铁路（天津至浦口），南段和北段均已通车了，唯独因为黄河阻拦，只能各自运行，不能实现直线通车，因此急需修建黄河铁路大桥。然而，百年之前，在"天堑"之上建造千米跨河铁桥，可不是一件容易之事。它成为整条津浦铁路最困难、最重大的工程。

1899年5月，《津浦铁路借款草合同》签订，德国孟阿恩桥梁公司负责建造黄河铁路大桥。为选合适的跨越黄河桥址，自1901年起，他们派出工程师在济南附近黄河上、下游90公里的范围内，进行了历时3年的勘测、比选，认定泺口镇河道平缓、河面相对不宽，较为适宜建桥。瞧，这与我们今天选择在这一段上下建造黄河公路大桥和穿黄隧道，异曲同工。

1908年8月12日，德国公司与津浦铁路北段总局正式签订了建造黄河桥合同。即将开工之际，山东省道员丁达意考虑到建桥后桥墩阻水，易引起河防险患，要求德国方面加大桥孔跨度、减少桥墩，可对方一时难以接受，经多次磋商无结果。

这年底，清廷邮传部派顾问、中国铁路工程专家、（北）京张（家口）铁路局会办兼总工程师詹天佑一行来济南协调。他们先到泺口勘察，详细了解险情和历年水文变化情况，与各方多次商讨，并考虑到当时的经济能力，决定采用"减少桥墩、扩大桥孔、加固堤身"的方法来统一两方意见。之后，又修改桥式达5次之多。1909年下半年确定：全桥12孔；梁下留有充分的通航空间，一般水势时水面距桥下桁梁10米，较大水势时为7米。

桥上铺设单线线路，留有铺设双线的余地，但铺设时桁架需另行加固，载重为E-35级，按7度地震烈度设防。河道北部漫滩较宽阔，建有8孔跨度91.5米简支钢桁梁；河道南部漫滩较狭窄，建有1孔跨度91.5米简支钢桁梁，主河槽之上为3孔钢桁梁；左右两孔为跨度128.1米的锚臂梁，并越过桥墩各向中间一孔延伸27.45米形成伸臂，伸臂与109.8米的悬梁以摆柱式活动铰联结，构成跨度164.7米的一孔。钢桁梁总重8625吨。

全桥基础以上的墩身、台身均用混凝土浇筑，表层以料石镶面。1912年

黄河"潜龙" ｜

11月，大桥完工。总造价为1165.8893万德国马克，折合当时库平银454.56万两。11月28日，由津浦铁路北段总局负责验收，经对轨道及桥梁各部位检测，均符合设计标准。检测大桥载重能力时，采用了较原始的"划痕法"和"冯次乐夫氏测量器"，各孔均能满足设计要求，正式交付。至此，津浦铁路全线贯通，结束了以黄河为界分南北两段通车的局面。

一桥连接两个时代，从清朝跨入了民国。然而，在那军阀混战兵荒马乱的年月里，黄河铁桥难以独善其身，如同一位饱经沧桑的历史老人一样，经受了许多无妄之灾。

1928年5月，南京政府国民革命军北伐势如破竹。据守山东的奉系军阀张宗昌溃逃时，竟派军队炸坏大桥，第8号墩顶部被炸去约3.8米，第8孔梁及第9孔的端横梁坠落在桥墩上。一年后，才由南京裕庆公司花费修复。

1930年，国民党军阀中原大战爆发，端午节前后，蒋介石部与阎锡山、冯玉祥部在黄河一带隔河炮战，击伤钢梁多处，只得停止通车。直到1931年，由津浦铁路管理局大修加固，共耗资2.67万元。

1937年11月，日本侵略军南犯济南，山东省政府主席、第五战区副司令长官韩复榘率部溃退时，组织铁路工程队将大桥炸毁。第9、10号桥墩水面以上全部被炸飞，3孔悬臂梁断裂坠入河中，第3、4、5、6、7、8各孔钢梁均一端坠地，钢梁杆件被炸伤87处之多。

日军占领济南后，为满足其侵略军事需要，于1938年1月由日本黄河桥工程事务所施工，7月修复通车，用钢材4000余吨。但因架梁时急需运兵，未待铆合，即强行通车，致使第10孔孔梁下挠240毫米，给大桥留下隐患。

1949年2月，人民解放军摧枯拉朽，横扫千军如卷席，国民党反动派不甘心失败，派飞机轰炸泺口黄河铁桥，炸伤悬臂梁。济南解放后，由解放区铁道部门进行了焊修。1959年又进行大修加固。

由此可见，这座黄河铁路大桥，历经百年沧桑，命运多舛，直到新中国成立之后，终于迎来了新生。如今，它已被列为第七批全国文物保护单位，仍在正常使用中。闲暇之余，市民游客站在黄河南岸，远眺铁桥和鹊华秋色，抚今追昔，感慨万千。

那么，这两块河底钢板的来历似乎有了答案：大概率与百年前修筑黄河铁路大桥有关，或者是勘察寻找合适桥址时打桩遗留，或者是建桥运送材料时不慎落入河中，抑或是被炮火击中时散落水下的钢板，后经不断淤泥堆积埋没了，直到修建穿黄隧道才得以重见天日。

我们所倾情描写的新世纪交通工程——黄河底下的公轨合建隧道，不仅仅只是了解一项穿河奇迹，而是通过它看待社会变迁、人世沧桑，对当今的幸福生活倍加珍惜，对美好而强大的祖国无比自豪，从而激发更加努力奋斗、奉献青春热血的豪情壮志。

如今，这两块钢板如同"出河文物"，静静地躺在隧道智慧指挥中心大展厅，成为一个展览品和历史见证，无声地诉说着过往的风云烟雨。有机会来到这里的人们都会仔细看看、听听黄河底下发生的故事……

第六章

万里黄河第一隧

一

驾驭"潜龙"的人们

一条长长的宽宽的高高的隧道，灯光明亮，机声隆隆，一层层构架、一道道管线井然有序地分布在上下左右洞壁上。各个工位，分别戴着红色、蓝色、黄色安全帽和身穿不同颜色工作服的人们，按照自己的职责有条不紊地忙碌着。

中间是一台台承载着钢筋水泥管片的拼装机，时而听从指挥缓缓移动着，时而将管片举起来拼装在管道顶部。两边洞壁上分别写着"心无旁骛　精准操控　一丝不苟""安全第一　质量至上　有序推进"的红底白字标语。

两旁安有一层层钢制脚手架，供施工人员上上下下巡视检查。最前方，则是类似万吨轮船的驾驶台抑或高速列车前舱一样，设有仪表电键密如蛛网的操作室，外面则布满了各种各样的管线、铁架和把手等，"万里黄河第一隧"的标语高高悬挂在上方。

嗬！不用说，这正是中铁十四局"穿黄隧道"工程，上面所描绘的，恰恰是大直径盾构机推进后的隧道情景。

"黄河号"和"泰山号"，两台盾构机一东一西，一前一后，宛如两条巨大的地下长龙，在按部就班、从容不迫地向前掘进。至于它们具体是如何工作的，虽说前边涉猎到一些，可能一般读者还是不太明白，这里我们再用深入浅出的语言说明一下，会加深对盾构机和"盾构人"的了解和理解。

盾构机主要由9大部分组成，分别是盾体、刀盘、刀盘驱动、双室气闸、管片拼装机、排土机构、后配套装置、电气系统和辅助设备。盾构机的大小、长度并不固定。集光、机、电、液、传感、信息技术于一体，具有开挖切削土体、输送土碴、拼装隧道衬砌、测量导向纠偏等功能，涉及地质、土木、机械、力学、液压等多门学科技术，而且要按照不同的地质进行"量体裁衣"式的设计制造。

"啪！"当机长按照统一指令启动开关，机器的液压马达驱动刀盘旋转，同时开启盾构机推进油缸，向前推进。随着推进油缸的步步紧逼，刀盘持续旋转，同时在盾构开挖面的密封隔仓内注入泥水，通过泥水加压和外部压力平衡，以保证开挖面土体的稳定。盾构推进时开挖下来的土进入盾构前部的泥水室，经搅拌装置进行搅拌，搅拌后的高浓度泥水用泥水泵送到地面，泥水在地面经过分离，然后进入地下盾构的泥水室，不断地排渣净化使用。

与此同时，盾构机掘进一两环距离后，紧随其后的拼装机操作手行动起来，操作拼装机亦步亦趋跟进，将预制好的钢筋水泥管片托举起来，严丝合缝拼装在洞壁四周，单层衬砌管片，紧接注浆，使隧道一次成型。

老实说，我头戴安全帽第一次走进盾构机开挖的隧道，参观了解其中的工作程序和原理时，是完全看不到这台庞大而先进的机器外形的。在陪同工作人员的介绍下，才知道已经来到它的身体内部里。

此时，我蓦然想起了意大利作家卡洛·科洛迪创作的童话《木偶奇遇记》，文中讲述有位老木匠把一块木头雕成能说会笑的木偶，取名匹诺曹，一说谎鼻子就会拉长。有次乘船时落进一条鲸鱼肚子里，看见它的骨架和吞噬的东西，种种历险，终于使这个顽皮的木偶孩子渐渐成熟起来。

好啊，眼前隧道就如同盾构机的腹腔，但宽敞明亮安全多了，走在其间十分壮观和舒畅。真是感觉它就像潜行地底下的巨龙一样，"张牙舞爪"——

尽管此词不太雅致，却生动形象地再现了盾构机掘进的情景：液压油缸伸爪，锋利刀头啃咬，一头扎进地层深处开疆拓土、一往无前。

那么，如果按照神话传说中的描写来看，能够驾驭这条"潜龙"的人，一定是些神通广大、叱咤风云的"金身罗汉"。实际情况呢？让我们来听听他们的自述，你会认识到都是一些普通而又不普通的工作人员，在平凡的岗位上爱岗敬业、辛勤劳作——

白坤（济南黄河济泺路隧道项目执行经理）：

我叫白坤，老家在山东济宁，从黄河隧道一开工就来到这个工地，一晃将近6个年头了，一直担任这个项目的执行经理。记得刚来到工地现场的时候，正好是秋冬交替的季节，第一印象就是这个地方很荒凉很冷，场地很大。我们是中铁十四局的员工，也是济南黄河隧道工程的总包单位，能为咱们山东省会城市干工程，心里还是挺高兴的。

2006年，我大学毕业就进入了这个行业，参与了大大小小十几个项目的建设，除了黄河隧道，还有南京长江隧道、扬州瘦西湖隧道、苏通GIL综合管廊，这4个隧道应该说是我干的时间比较长的，也是印象比较深的项目。第一个参加的是南京长江隧道，在那个地方一干就是4年，直到工程通车。那么到这边同样也是干了4、5年，干到了后期收尾阶段。我觉得济南黄河隧道有几个不同点：首先这是我干过的最大的，同时也是最难的一个项目。

最大的感触就是：黄河确实是让人敬畏的一条河。干到现在，我们能在黄河底下第一次打通两条这么大直径的隧道，确实不容易。那年我们刚刚始发不久，快到春节了，机器遇到了漏油故障，突然又说有疫情了，人心惶惶。当时有留守解决问题的，有放假回家过年的，都还是想着工作为主。留守的人在现场坚守，回家的人想尽各种办法赶回来，希望把盾构机尽快给推动起来。

鉴于黄河隧道施工的高风险，多方综合考虑后，选择了进口设备，合同上写明遇到故障厂家要负责处理的，开始厂家工程师以各种措辞推迟不来，后来由于疫情的影响，进出的国际航班受到限制，想来也困难了。最后在济南市政府、业主等多方协调下，克服疫情影响，才来了几位。当然最终设备故障也不是他们动手解决的，无非是作为一个设备制造商见证而已。真正解决问题的还是靠我们中国人。虽然掘进停了一段时间，但我认为这对中国大盾构施工技术也是一个提升。原来都是原装进口，对外保密，那么这一次相当于我们对设备进行全面的解剖，对其进行全方面的研究和消化。而且我们是在地下三四十米的地方去处理这个事情，那一段时间，除了吃饭睡觉以外，大家都统一在一个办公室集中办公，包括我们的专家和领导，随时去制定去优化方案，最终非常顺利地把这个故障解决了。

黄河地层有一个特点，它是全断面的粉质黏土，并且里面夹杂着好多的钙质结核，我们俗话讲那叫浆石。在隧道推进过程中经常会堵塞盾构机，泥水平衡盾构机是通过进浆和出浆的循环，把挖出来的渣土排到隧道外的泥水分流场去。如何处理钙质结核和黏土块呢，我们技术人员在一起交流的时候，经常讲，盾构机它是一个系统工程，就跟一个人一样，刀盘在前面挖土，相当于人的嘴巴在吃饭，而后要经过胃肠消化，形成一个营养的吸收和排泄。如果卡石头堵管了，相当于是人的消化系统出了毛病，那么怎么办？我们就查查原因，看看怎么改进。现场作业的这些人，都很年轻。遇到了问题，大家就一起讨论一起解决。最终通过各种的小发明、小革新、小创造，把消化不良的问题，也就是说排渣不畅的问题解决了。我认为，这又是一个了不起的成果。

按照济南的规划，下一步还有多条穿黄隧道，地层肯定有很大的类似之处，应该说我们首条提供了非常好的经验，也储备了一批有经验的技术人员。你看我们南北两岸的盾构始发和盾构接收井，它的规模和施工难度在华北地区是首屈一指的。这种临河基坑的施工安全和质量控制，以及对周边的环境影响，从项目一开始都是作为科研立项的，作为一个重大的攻关方向去进行突破。

我为什么说对黄河充满了敬畏呢？因为我们现在穿越了黄河这一段，是有地球以来或者是有人类活动史以来，从没有去扰动过的地方。虽然现在有了非常先进的地勘手段，但是你不可能把每一米、每一分、每一厘、每一毫都看得那么的详细。这个时候就要看前期如何去定制盾构机、如何考虑施工方案、怎样做准备了。所以，我们从一开始进行的时候，就把泥水处理的浆化设备，考虑得相对来讲比较充分，后期我们又增加了几台，我认为这个也是一个调整的方式。

这群年轻人，我觉得首先他们很吃苦。从我们一开始干盾构，大家开玩笑似的说是"地下工作者"，成天见不到太阳。虽然说是大直径的盾构机，相对来讲，里边作业环境还比较艰苦，高分贝的噪音、高温高湿等，可他们都坚持下来了。其次他们很用心，这体现在两个方面：一个是用心学习，第二个是用心去干。济南黄河隧道这个项目，我们经常讲一句话，在这里干是经历历史，或者再往高的方面来讲，我们也是在创造历史。所以说这是非常好的一个平台、一个历练自己学本领的平台。另外，这帮年轻人也很团结，很阳光。别看他们在工地一身泥一身水，遇到情况该上的上，但他们在休假的时候，我看拍得那些照片都很快乐，应该说是会生活的一群年轻人。我觉得他们确实是在把大盾构工程、把干黄河隧道当成自己的一件乐事。

我原来想过隧道通车的时候，可能会哭，因为既高兴又想到太不容易了。但现在我最大的感觉就是平静。你说自豪骄傲，这个肯定有，我现在的感受是将来有一天再回来，在隧道里走一走，好好看一看黄河的南北两岸，那些杨树林，田野会变成一个现代化的城区。那时候骄傲感可能会比现在更强，就跟我十几年前在南京长江隧道干活的时候一样，在那个项目一直干到通车。离开以后，我印象中是在三年后第一次回去，小区、企业、商场全都起来了，心中还惊讶地想，这真是我当年干过的工地吗？现在来看，黄河首条隧道意义十分重大，将来这片地方肯定也是大不一样。我们能为家乡的变化出一份力，自然感到十分荣耀了……

王超（济南黄河济泺路隧道项目工程部部长）：

我老家是山东聊城的，大学毕业后我进入中铁十四局隧道公司，一开始是工地技术员，很苦，我们当时是暗挖，不是盾构，就是传统施工。人工拿洛阳铲往前面去掏，然后打炮眼。在北京干地铁时地层还比较软，不需要打炮眼，直接人工就能挖得动，因为都是沙层。技术人员在里面一待就是一天，下班出来的时候，鼻子里面这样一掏全是黑的。

在北京干了两年的暗挖，然后从2015年六七月份就到了常州，开始做两站区间的梅花车站，当时也是跟着历总干的，在常州待了一年，16年正好在苏州中了一个地铁标，让我过去在里面干技术主管。两年的时间把车站还有地铁都盖完了。2017年年底黄河隧道中标，我在苏州那个项目上已是工程部部长，也基本结尾了，正好这边缺工程部部长，公司就把我调过来了。

来后没几天就进行开挖工作井的验收会。我为什么对这个时间对这个事情记忆深呢，因为之前都是在做维护结构，现在准备开挖了，就由工程部主要负责方案的编制，专家评审，然后还有现场技术交底工作等。这些主要是配合杜总去做，工程部的职责相当于一场战役的参谋部一样，给首长提供各方面的具体资料。现场有什么问题，第一时间反馈工程部，然后由工程部来协调各方，该找设计的找设计，该找业主的找业主，该找监理的找监理，去共同解决存在的一系列问题。

我们基坑做得还是比较顺利的，一共做了大概有一年多的时间，虽说有些问题，也抢过险，但很快都解决了。因为15.76米的盾构机，在当时国内算是尺寸较大的一个盾构机，各行各业的专家都在盯着，所以说我们一心想着要把这个项目干好，干成一个标杆项目。

这么大直径盾构机第一次穿黄河，大家心里有很多未知数。这里面曾出现一个小插曲：根据设计院提供的地勘报告，在隧道底部有一个基岩线，往下就是强度比较高的岩层，盾构机需要砍去四五十厘米的基岩线，但原来配的刀盘没配备滚刀，只有常规的刮刀，不具备切削岩石的能力。我们当时比较担心，请了各方面的专家敲定了一个方案：就是要对这一段基岩凸起的地段进行补勘，最后经过一系列的工作，发现基岩凸起没有侵入到隧道，不用再配滚刀了，大家心里的石头落了地。

还有，管片的拼装要依托于盾构机自有的设备，就是管片拼装机，这是早就设计制造好的。而在后续箱涵拼装过程中，我们为了提高施工效率、提升机械化施工水平，设计出了箱涵拼装台车。实际一块箱涵纵向长度两米、宽度在5.6米左右，重量达到27吨。当时杜总工带领我们反复研究，设计出了箱涵拼装台车，算是业界内大重量的箱涵基层第一个台车，还申请了国家专利。

你看，黄河隧道是一条公轨合建的盾构隧道，上层跑汽车，下层跑地铁。地铁行车空间是由高5.42米、宽6米、长2米的一节一节"π"形预制箱涵拼成的。列车与箱涵内壁之间，两侧只留有各15厘米的间隙，这就要求箱涵拼装精准，一旦拼歪了，列车就通不过去。盾构机上原来自带一个拼箱涵的工装，但只能把箱涵抓起来放在那里，拼装精度达不到要求。

这是一个大问题，杜昌言经理当时是总工程师，成天在盾构机里转悠，冥思苦想。有一天，他看到管片拼装结构，突然想到一个主意：管片每拼装一环，就有盾构机的28组推进油缸"蹬"它一下，盾构机以此向前走，另外，管片之间也密实了。箱涵能否这样，每拼一节也挤压一下呢？

就这样，箱涵精调台车的概念在他脑中成形了：做一个钢结构，踩在管片上，塞入"π"形箱涵内部，能把箱涵举起来，用油缸控制，"背着"箱涵可以左右、前后、上下移动。同时，有个类似传送带的东西带着箱涵往后移动，每拼一节，让它挤到后一节上，挤严实，缩小接缝。他把我和工程部另一名同事找来，告诉构思，让我们细化图纸，每画一步都给他看一下，一起研究、计算、修改，10天就拿出了图纸。厂家根据图纸，40天就做出了台车。从此以后，拼装箱涵就"开挂"了，一块箱涵27吨重，20多分钟就可拼完，拼接精度由厘米级提高到了毫米级。

另外，管片拼好、箱涵摆好之后，管片内侧自下而上，要浇筑一层15厘米厚、6米高的混凝土"弧形内衬",一直浇筑到上层行车道以上87厘米,以保护管片不受车辆撞击。这么高的不规则结构,以往需要人工支模、模板外人工支护、分三次浇筑、人工振捣,又慢又危险。杜总带领我们工程部发明了一架"弧形内衬台车",用液压控制,机械自动支模、撑挂、振捣、拆模,无须支护,且一次浇筑成型,工作效率提高了1.5倍,用人减少了一半,追上了掘进进度,还提高了内衬浇筑质量。

像这样的发明创新,我们整个项目部还有很多,除了前面说得几项以外,还开展了"废弃泥浆环保处理及资源化""高黏粒地层防结泥饼技术"等12项科研课题攻关,发明了隧道自动布线器、管片预制抹面机器人等装备,后来申请了数项专利。有人评价说:济南黄河隧道成了一条"科研隧道"。

周赞(济南黄河济泺路隧道项目东线负责人):

我是江苏徐州人,2010年毕业于石家庄铁道学院土木工程专业,毕业以后就来中铁十四局隧道公司了,在北京地铁6号线干了将近一年,当机长助理,而后干地铁8号线,那时就是机长了。后来,我跟随公司南下,南京、苏州、常州,都是干地铁工程。直到2016年8月份,我被划分到大盾构公司。

这个项目中标时,我还没过来,因为开始建的时候不需要盾构作业人员,2019年开始挖工作井,我是那年来的,一直负责穿黄隧道东线。东线干完之后,因为中间北延那个项目有一段停工的时间,我又去长沙干湘雅路过江隧道,这是湖南省最大直径盾构隧道,有15米。2023年4月20日,这边北延工程开始了,负责人比较少,历总就打电话让我继续过来干,还是负责第二台盾构机推进工作。

从2010年毕业到现在也是干了13年了,我经历了10个项目,在年轻人中间算是比较多的。因为我确实闲不住,可能领导也觉得我盾构施工经验相对丰富,哪里有活就让我去。在来穿黄之前,我一直干的都是地铁项目,大都是土压平衡盾构机,直径较小。十几米的大直径,它可能就有三四层地质层,比较复杂，大都用泥水平衡盾构机。

刚来时，虽说有了8年的工作经验，但毕竟接触一个新鲜的设备，一开始不太熟悉，也有一些担忧。总感觉万一干不好，会辜负领导的信任。所以，从盾构机组装开始就边干边学，每个过程都有方案，我从头跟着方案走。相当于不光要熟悉盾构机，作为东线的负责人，还要熟悉包括这些地面的设备污水厂、砂浆站，还有龙门吊、运输双头车，所有的设备都要了解，压力比较大。

那时天天就在工地待着，在井子里面，上下看，大概搞了两个月，盾构机组装调试差不多了，因为我有基础，所以学得比较快。大小盾构有不少方面差不多，比如说管片的拼装选型，盾构机参数和姿态的控制等等，基本原理都是相通的，但要说是熟练掌握，还是要在施工中继续学习了。在学校里没有盾构课程，完全是毕业以后在工作中学的这个东西。那时买谁的机器，厂家就负责带教使用。现在咱们国家盾构行业发展很快，外国人再也不能进行技术垄断了。

"泰山号"始发进去的时候，因为它有洞门密封，水从洞门冒出来的很少，密封圈包着盾构机往前顶，相对来讲还比较顺利，没有出现什么问题。我们这个技术都比较成熟了，安全措施比较多。进去之后按部就班的开始工作了。往前推两米叫一环，两米左右。机器转几百圈才能推一环，一天大概是6环，10米到12米速度。这在国内掘进中算是正常速度。

我们很少追求高速度，其他单位有的项目就是因为推得太快了，出现一系列的安全风险。现在我们更多的讲究安全和质量，不是快速推进，是持续的平稳推进。只有平稳安全，才能高效。

杨青林（济南黄河济泺路隧道项目机电部部长、穿黄北延隧道盾构经理）：
我是山东临沭人，2015年毕业于哈尔滨理工大学机电专业，最开始的时候就是干机修班机电领班，在苏通GIL综合管廊项目干机电领班，后来当了机电班长。设备的点检、维修，还有技术交底什么的都是我这边负责。我原先现场干得多，后来到部门担任部长，一边学一边干。等到始发的时候，这些机电设备都正常运转了，就比较有成就感。

掘进中出现最大的问题，就是机械漏油故障，原来那块是免维护的，没想到这里出问题。它这个东西是全自动的，专门有一个柜子把它锁起来的，我们的人都是无法操作的。然后干着干着那个东西忽然漏油了，我们机电部当然都上去了，售后厂家的人员也在场，然后又给厂家的总部那边发邮件，他们说没啥问题，还让我们干，又动了几环感觉不行，公司领导决定不能硬干，果断停下来，想办法解决。这个事折腾了挺长时间，我记得开始来回发邮件，根据厂家的意见去进行检查，再试验。疫情稍有缓解后，他们派专家过来了，到盾构机上去看了看，也确定这个东西不行了，但需要到国外修，因为国内的都没干过这个活。它是一个带压的比较复杂的活，说要去请他们公司的潜水员去修这个东西。最后我们就找了国内的打捞局，经过各种培训，制定方案，培训他们的专业人员，进去以后怎么干，细化到每一个动作。我们机电部和厂家技术部门联合，定工艺、拿方案，一起去确定怎么去干。

那一段时间，天天干到十一二点、两三点，机电部就是负责做好配合，做方案，培训打捞局的人。打捞局的潜水员会潜水，但不一定会干这个活。所以说要把各种工艺融到一起，我们要干的活让潜水员在陆地上学习培训。和一般潜水不一样，里面有空气压力，没有水，得穿上防静电服，相当于空气潜水。原先在厂家是一个圆盘安装的，到了盾构机上是竖着放的，所以说就是要把它们还原，更换了实际的一个技术指标。我们要在外面判断到底这个活能不能干，怎么干，还得不断论证，弄成一个可实施性的具体方案，再去交给打捞局。他们进去以后只能干半个小时左右就得换人，十几拨人轮着，困难的是工序上的一个交接——我拧完螺丝拧了一圈，另一个人还得进去再接着去拧，那就导致这一个流程的工作，面临着十几个不同的人，不停地去轮换。时间长了、压力受不了，还得减压。每天交接好多次，我们在外面要全程指导和配合他们。

那段时间，家里是一点也顾不上了。干这个项目之前，我刚结了婚，我和我对象是高中的校友，不是说特别了解，她是我们隔壁班的，上高中的时候还不认识。后来工作以后算是同学介绍的，是一个学校的就挺亲切，不过在学校的时候不熟。她是山东财经学院毕业的，毕业考了教师证，回老家临沭当了老师。谈恋爱的时候，一两个月能见一次面，平常就是靠电话，现在都有微信，有视频。我结完婚，在苏通GIL综合管廊项目待了不到一星期就来到这里了，对象怀孕的时候我没法照顾，那会儿也比较忙，因为盾构机刚刚始发，我也刚当机电部长，所有的东西都要熟悉，天天忙到挺晚。

和我们工作性质不同，我媳妇儿工作的好处就是她有寒暑假，可以到项目长住一段时间。刚开始她不太理解我的工作，后来慢慢深入了解了，就慢慢转变了。家务都是她做，她还要上课教学，所以比较辛苦，有了闺女也多是她和老人照顾。我很感激我的家人。我闺女比较黏人，能走路了以后，我媳妇儿有时候就带着她周六周天来一趟。女儿马上就快4岁了，时常跟邻居家的小孩玩，说人家的爸爸天天都能回家，你为什么不能回家？现在每天都视频，天天跟我唠叨，快回来领我出去玩，见了我就不想走，很黏。父母我日常也照顾得不多，反倒是他们照顾我们，想想心里还是挺不好受的。

现在我那些兄弟，只要没有结婚的说回家相亲的，我们都照顾他们，让他们回去赶快把这个终身大事解决了。现在人家一听干这个"地下工作"，就不愿意往下谈了。如果能谈下来的话，跟着到工地上看看，深入了解我们这个行业，基本上差不多了能成。我感觉兄弟们都问题不大的，这是早晚的事。因为咱们中铁十四局是中央企业，项目部现在管理都很人性化，员工家里有事尽量协调工作安排。

值得一提的是，我们项目部管理标准是非常高的。公司积极推动现场管理5S标准化，工作中SOP这种具体操作清单都是比较规范，在国内同行业算是比较先进的，可以代表一个先进的管理水平。各方面有来参观的，业主基本上都是领到我们这边来看。

党建引领也很重要，有事了，党员干部都冲在前面。我还不是党员，努力争取吧。我们贺书记经常牵头组织搞一些活动，因为咱们这比较枯燥，离着城里又远。过去刚来时，我们过河去济南市城区，只能走浮桥，现在我们干北延，去南岸天天走自己干的黄河隧道，这是最自豪的，方便了大家也方便了自己。

此前，这边就是一片大荒地，像农村都是水塘子、杂树林什么的。我们来了建线建家，宿舍食堂、办公室，也修了篮球场、健身室，那边还有党员活动室。我从黄河隧道贯通了以后，中间2021年4月去杭州干了一个项目，然后又去江阴工作了一段时间。做北延的时候又回来了。你看周赞他们也是一样的。"泰山号"接收了以后，被运输到杭州干了一个项目，"黄河号"就在这里持续保养，这两台机器是比较好的机器，整体还行，接着就干北延工程了……

田兆平（济南黄河济泺路隧道项目盾构工区副经理）：

我叫田兆平，山东淄博人，当时是济南黄河济泺路隧道项目盾构工区副经理。平时主要是对我们黄河隧道的西线，做一些施工过程的管理，具体每日的进度、质量，还有隧道施工过程中的安全，对这些现场做一些把控管理，包括对领导安排的任务，做一些对下对上的交流总结。

我是2008年毕业参与这行的，一直在中铁十四局，到现在已经十几年了。2018年3月份来到黄河隧道，第一印象就是刚开始时，我们还没建设这个项目驻地，于是在村里边租的房子，周边环境感觉非常的荒凉空旷。我们工地基坑还没有开挖，生活办公区刚刚开始搭建，基本上处在项目部的临建阶段。

现在，我们接手的全国这些跨江过河的大直径隧道越来越多，盾构施工队伍各个岗位具体干活的工人，都是一些老同志、一些叔叔辈的，但像我们这些管理者更趋向年轻化，越来越年轻，还有井下的机长、机电领班和地面上这些带班的，很多是刚毕业一两年。包括我们项目部甚至是我们公司，都是一个很年轻的团队集体。

当年我实习就在南京长江隧道，下井跟着机修班干。南京长江隧道是2009年贯通，完了之后我就去了哈尔滨地铁一号线，那边冬天是非常冷的，大概待了有一年，然后去了无锡地铁一号线，一个小盾构。虽然是土压平衡小直径盾构机，可风险施工难度还是很大的，在市中心，覆土都比较浅，刚始发急转弯这些都是很困难的。无锡地铁结束之后，又去长沙长株潭城际铁路，我们当时是三个区间，我是在一工区，还是井下机电领班，主要负责保证机器的正常运转。长沙这边隧道项目贯通之后又去了北京——京沈高铁望京隧道，那是作为一个盾构工区的主管，与另外同事两个人一人负责一条线。那边还没有贯通，我就被调到济南黄河隧道来了。

从土建施工开始接触，盾构机的采购一些前期准备，一直到现在。我真正认识盾构机是在南京长江隧道的时候，当时还没有毕业去实习，接我们的项目部办公室人员，第二天就带我们去工地上参观。盾构机正在组装，从上面往下一看，这么一个庞然大物，是非常震惊的，超乎想象的，心里边就想一定要在这好好学，好好干。那时候手机没有这么强大的功能，大家都是拿个小本本装在口袋里边，随时学习记笔记。那时候工地上老外特别多，我们都是围在旁边，在看他们怎么修，怎么处理一些故障，都很积极的。

真正说喜欢上盾构，应该是在无锡，我参与的第二个盾构项目。那时项目刚开始，定购的盾构机还没生产出来，项目领导安排我去工厂监造，从盾构机工厂组装的图纸就开始接触。刚开始还是两个人，到后期都是我一个人了，白天去工厂，晚上在宾馆里翻译图纸，大部分都是英文的，自己英文还不太好，就一点一点查单词，对盾构机才有了深入的了解。包括后期运输到工地之后，组装吊装，都是我在负责这一块。那时候，就真心感觉自己融入这项事业了。

干了这么多年，现在是第一次在我们老家干，本身济南就是我们山东省的省会，我也是山东人。首先在饮食上更习惯了，吃到北方老家的饭菜，这是开始时最切身的体会。后来慢慢随着施工的进展，感觉能有这个机会，在自己

黄河"潜龙" |

家门口做点贡献，还是挺自豪挺欣慰的。

黄河这个项目，开始时没意识到困难这么多，前期地质勘探的时候，感觉地层比较好，就是说可劲往下推就行了。心理上的准备没有这么充分，以为是很好推的一个项目，但实际上完全是超乎我们的想象，掘进的时候看到有很多钙质结核，实际推出来最大的有70多厘米。而我们盾构机设计首先是地质基础，用的软土刀盘，没有设计滚刀，包括开口率、搅拌器，均没涉及碎石。后期是我们自己加了格栅并对格栅进行改造，彻底解决好了。遇到问题首先不害怕，沉下心来，我们在集团公司、公司领导和各方专家的指导下，一步一步克服了这么多的困难，终于实现了贯通。

这次在济南干工程，离家近，回家方便一点。现在我上有老下有小，工作忙起来也没有时间回家。妻子怀孕之后，那段时间就是她自己在家里，特别是到怀孕后期几个月，她也是很难受的，晚上睡不好觉，睡得很零碎。没办法，这个只能是这样，慢慢熬过来就好了。妻子是比较支持的，当然有时候也有怨言，我就回去时多干点家务活，算是补偿了。

我家是农村的，父母这么多年在家里种地，把孩子养大成人，都很不容易。出来工作有十几年了，我一直不在父母他们身边，他们也比较体谅我，有时候家里有什么事都是相互瞒着，你好好工作就行了。随着自己年龄的成长，心智也慢慢地成熟，以前我在家跟父母经常吵架，现在回家力所能及的家务活，帮着他们干一点。现在年纪越来越大了，也想带他们出去旅游一下。我父亲老早就想去北京看看，但因为我比较忙，一直没时间陪着去。明年春天暖和不忙了，争取实现这个心愿，反正是希望他们都好好的。包括我媳妇也是一样。我结婚比较晚，有孩子更晚，希望她在家好好地带孩子，我在外好好地工作。两个人相互理解多包容，一起成长，幸福生活……

孙警（济南黄河济泺路隧道项目"黄河号"盾构机机长）：
我是山东菏泽曹县人，2015年在山东交通学院毕业，学的就是交通机械。

毕业当年8月份来到中铁十四局厦门地铁二号线，当了盾构机的机长助理。在那边干了两年半，2017年12月就来到黄河这个项目了，我很高兴，因为回到家乡来干活了。

起先盾构机还没盾构机还没运到项目，我就在工程部当技术员，干了一年前期筹建工作井的工作。2019年，"黄河号"始发，我当了首任机长，感觉担子挺重。因为它是黄河上在建最大的盾构隧道，而且还是地上悬河，黄河水位逐年抬高河床，它比天桥区的地面要高个6到8米，相当于顶着个大水缸干活一样，这也是我们隧道的一个特点。

此外，就是侧穿济南市区二环高架桥的时候，大家心情比较紧张，生怕掘进中有什么异常，参数有什么变化，包括地面沉降。当时二环高架桥的桥墩在这儿，盾构机就这样侧穿过去。中间只有5.3米，万一有偏差或者说你有超挖了，它这个桥墩就可能会发生位移。这是比较危险的。

因而我们很谨慎，采取了一些有针对性的措施。地面和地下加强协调，统一施工，就是随时监测，做好联动。按照设计线路不能偏移一点，机长要精准掌握盾构姿态，保持平稳推进，快速通过。然后加强同步注浆的质量，加强地面巡视及沉降监测，地面桥墩上安排人日夜值班，注意看有什么变化。还好，都在可控范围，平安通过了。

还有一个困扰比较大的问题，就是上次咱们说的粘泥堵塞。它粘在一块，不光是在隧道里，在泥石场也粘过，你看这个泥巴这么大一片，反正还有很多，它就直接把分配器堵死了。

刀头上的那叫结泥饼，盾构机在设计的时候有所考虑，但没想到这么粘，我们在现场发现了这个情况，搞了大量的创新才解决了。

机长大部分时间在操作室里，监测仪器和数据，还有隧道的质量，包括上下的调度、拼装管片等等，都要管。每干两小时，掘进两米左右就得停下来，拼装管片。大概有40分钟，两个小时停40分钟。一般都是这么干的。现在公司也在研发一个同步推拼技术，就是说一边推着一边拼，它是有双护盾双体的。

真正始发的时候有些紧张，现场一堆人在那边看着，四周都要安排人观察，还有专人在前面看着刀盘到底钻进去贴住洞门了嘛。一旦正常工作起来就比较顺利了，前100环进200米，是一个试点掘进段，测量参数都准确了，并固定下来，后续再掘进。这是个关键节点，叫作"百环验收"。

再说管片安装，直径15米多的隧道每掘进一环，管片就接着上去。都是那种圆弧形的，便于分散压力。两个管片会直接插上，一片它有58根斜螺杆，直接硬固定住了，用人工把它拧紧，这都是叫硬连接，中间缝隙用胶黏剂把它弥合一下。直接螺杆把混凝土和管片就连接成为一体了，就是拼装成环。

管片上有一个小洞，就是放螺栓的这个东西叫手孔。在预制厂设计好的模具就有了。一个螺杆70多厘米，一根管子上就是58根。一环拼10片，很重，一个人举不起来，就拼装机才能把它弄上去。一片16吨，一环是157吨，通过机械拼装。这盾构机是大块头，都是有计算的，能够稳定承受这些上面压力。管片制作也是由中铁十四局的专业化公司——房桥公司负责，就地供应管片材料……

丁翔（济南黄河济泺路隧道项目政工部部长兼团支部书记）：

我叫丁翔，山东潍坊人，曾经担任济南黄河隧道项目部政工部部长兼团支部书记。日常就是项目部的党建、宣传、纪检、团支部的工作。此外做得较多的是采写、编排信息稿件，还有一些项目材料和接待等方面的事情。

大盾构是一个行业的趋势，它的机械化程度比较高。我们中铁十四局大盾构还是中国铁建的"十大品牌"，有比较好的行业前景。再一个，大盾构的工程都是一些标杆工程，比较有意义，所以说能进入中铁十四局大盾构公司，能干济南黄河隧道工程，还是比较幸运的，也是很有意义的。

我在大学里学得是中文专业，当时参加招聘来单位以后，就是做项目办公室偏行政的一些工作。具体实施工程，是盾构和土建人员来干，我们为他们做好服务，锦上添花，及时宣传好的事迹、总结上报，鼓舞斗志。我是2014年毕业，进入中铁十四局，先去的云贵铁路工程，在邓小平同志百色起义的那个地方修建了一条铁路，从南宁到昆明。后来又到了深圳、广东修建了一条城际铁路，再后来就来到了济南黄河隧道。这也是我经历的第三个工程，第一次干大盾构工程。从2018年年初来的，当时项目进场快两个月了，待到尾声，接近三四年，我也算老人了。

济南黄河济泺路隧道工程，它在十四局的"家门口"，形象化标准化都比较高，面对政府、媒体、社会各界等，受关注度从立项、进场开始就比较高。再一个，它是人类历史上第一次穿越地上悬河，被誉为"万里黄河第一隧"，是一条公轨合建的工程。它的工程的难度和意义，我觉得是能写入当代济南历史的。我做的是政工和办公室工作，在我们李书记和贺经理领导下，加上宣传和一个后勤服务部门，党政工团样样都接触。我们这边党员比较多，目前有32名党员，工作量不小，经常加班完成一些紧急事务。

项目上大多数是山东人，也有外省的同事，有一部分家就在济南，感觉我们相处的都是挺融洽的。大家来自五湖四海，全力以赴，高质量建设济南黄河隧道，为家乡人民奉献一座代表大盾构最高水平的工程。我自己参与组织过山东省职工劳动竞赛，济南黄河隧道盾构始发和济南黄河隧道东线贯通等仪式，还有双线贯通，以及通车，这些大的节点都比较有意义，感觉对个人是一个历练和提升。

比如说在2020新冠疫情期间，黄河隧道复工复产是比较早的，2月18日我们恢复盾构掘进，上了央视新闻联播，当时的好多地方都没有开工。看到后我是比较激动的，因为里面有的画面是我航拍的。再一个就是2020年9月30日"直播黄河"节目，习总书记提出黄河战略一周年，央视在济南选了一个点，就是咱们济南黄河隧道工程，是以"万里黄河第一隧"助力济南携河北跨为题，播了大约有6分钟，前后组织用了一个月左右的时间。临近直播的一个星期，记者、制片、主持人等在现场，多的时候接近20个人，需要为他们协调各个方面，提供素材、协调人员，最后获得了圆满成功，能上央视一个五六分钟的直播，我和同事全程参与做好配合，心

黄河"潜龙" |

里感到十分欣慰。

济南为了城市空间的拓展，决心向北跨，叫作"携河北跨"，桥隧工程的修建是必须的。当时济南黄河以南和黄河以北，整个城市的面貌差距是挺大的，特别迫切。加快新旧动能转换，交通要先行。突破天堑发展就快了，将来黄河会变成济南一条内河，就像上海的浦东新区一样，黄河以北就是济南的黄北新区了，现在过黄河就是几座大桥，随着城市的发展和车流量人流量的增加，远远超过它的承载能力。今年来说的话，济南还要开两隧一桥，东边的航天大道穿黄隧道，西边的黄岗路隧道，还有济南湾大桥复线，这都要在黄河上建的。

再一个，黄河隧道北延工程，就是穿越水库的这么个隧道。相对南京、杭州这些城市来说，济南迎来了大基建时代，有一种厚积薄发和知耻而后勇的一个城市发展，加快携河北跨。建隧道有比较大的优势，地上不需要拆迁房屋，不用建桥墩，对黄河水文地质环境没有影响。24小时全天候，也不受雨雪等天气的影响，应该说黄河建隧道是一个趋势。我们大盾构精神是敢为人先，勇往直前，善为善成，黄河团队也是体现了这么一种精神，不到最后胜利通车，我们决不罢休！这也是为济南人民交上一份完美的答卷……

董冰（济南黄河济泺路隧道项目东线盾构机维保、掘进负责人）：

我叫董冰，来自黑龙江省齐齐哈尔市，在济南黄河隧道项目，主要负责东线盾构机，具体来讲就是日常维修保养，还有正常的掘进工作。我参与了盾构机监造，等到盾构机发到了我们公司工地之后，还负责了两台盾构机的组装、调试，然后就是始发掘进。

在正常的掘进过程当中，哪里出现问题了，我们就及时进行维修处置，还有人员调配、物资调运等等。每天上班第一件事，我先从隧道口开始走，巡查里边的泥浆管、水气表、水气管等。隧道里面的箱涵就是我们运输的路，有没有影响安全，哪里有钢筋头可能会扎破车胎，或者说有没有漏气的漏水的，都要检查一遍。最后到了盾构机，就从5号台车、4号台车、3号台车，2号台车桥架一直到1号台车和盾体那个位置，看有什么问题或者没有保养到的，我就跟机电领班、机修工，还有掘进班的工人强调一下，哪里要注意，哪里要处理。

在在建的隧道里走，有一种不一样的感受。因为跟在地面上走不太一样，夏天不晒，冬天无风，只是空气有点闷，看着管片一环一环往前铺，也不觉得枯燥。你看走了多少环，我就知道走了多少米。看泥浆管的架子跟泥浆管有没有震动磨的地方，有的地方有点渗泥浆了，就是说可能要磨漏了，赶快组织人员维修。每天我们隧道都在变化，每天都在往前面延伸，都在朝贯通方向努力，距离接收井越来越近，心里非常兴奋，这种感觉挺好的。

我是在黄河隧道项目结的婚，在家里办的婚礼。本来在苏通GIL综合管廊工地的时候我和爱人已经认识了，她是医生在医院工作。刚开始谈朋友的时候，她还是不太理解盾构行业这种"地下工作"的。我们以前是同学的同学，后来相约一起爬泰山等，慢慢就处了下去。有时候想想感到挺对不起她和家里人的，她现在一个人在宁波，我爸妈、她爸妈都不在那里，身边没有家人，朋友也很有限，因我们都是后到宁波的，生活上遇到了困难我就没有办法帮她。有一天晚上，她半夜给我打视频哭了，碰见了很大的蟑螂，害怕，家里灯泡不亮了也不会换，很委屈。我听了也很难受，只能安慰，说说工作的重要性，让她理解。她现在挺支持我的，只是我心里有时为了不能照顾家人，感到有点内疚。

有了家里的支持，在工作上我就少了很多后顾之忧。

那次东线盾构机始发不久，注浆管堵了，可能值班员也没有经验，就在疏通注浆管的时候把球阀给拆掉了，注浆管开始往外漏浆，因没了球阀，堵不住也封不住，一直哗哗地在往下流浆。我们得想办法把这个球阀装上去，当时我和几个人带着浆冲上去，最后好不容易做好了，我们几个人全湿透了，脸上身上都是泥浆。

还有因为地层的原因，隧道掘进过程对管路磨损很严重，经常有磨穿的时候。最难忘的是一天我巡查的时候，发现有个地方渗浆，管子马上就磨穿了，必须抓紧去处理一下，又看见其他有两处也有这种情况，就想在支架的地方给它垫钢板，把泥浆管托起来。在这个过程当中又发现了4处漏浆的。一下前后一共发现了7个地方，得赶快补上。那天我们整整干了一天，确定7个地方都补好了，才放心。

整个隧道掘进时，心一直提到嗓子眼上，直到贯通了，突然感觉松了一口气，不用每天提心吊胆泥浆管出问题了，不用担心设备会有解决不了的问题了。我想以后通车的时候，开着车带着家人在里面走，会是一件很自豪的事，走到哪个位置——比如说640环，我会告诉家人这是最低点，当时我们在这里装了两台泵，还装了一台污水泵，这个事情我觉得可以跟他们"吹牛"。不像苏通GIL综合管廊那样，因为安装了高压线缆，建成以后我们没法再进去了。这里我们可以走一遍，感觉挺高兴、挺好的。

最艰难的时候就是遇到地层不好，里面经常有钙质结核，大石块卡住我们的泥浆泵。最多的一次在21环，把泥浆泵拆开取石头，我们取了58次，基本上就是循环一会儿就要拆一次，一共推一环两米推了20多个小时，非常艰难。什么是盾构精神呢？我理解的是不管白天晚上什么时候有了问题，第一时间要去解决它。不管身上有多脏多累，都要顶上去干。哪怕脏一点、苦一点、累一点，能把问题解决掉，工作就会减少风险。

我干起活来的时候还是比较投入的，有一天觉得手臂特别痒，我就抓了一下，晚上一看掉了一层皮，但在白天的时候都没感觉。我办事认真，但也有不好的时候，可能觉得这个事情没按照要求干，没有达到效果，就很着急，有时候还把坏脾气带给了身边的人，事后感到很懊悔。隧道贯通了，我感觉自己也成长了，收获很大……

付超（济南黄河济泺路隧道项目测量班测量员）：

我叫付超，老家是山东枣庄滕州。2020年7月份来到济南黄河隧道项目部，现在在测量班担任一名测量员的工作，平时就是去隧道里测一些数据，回来整理上报监理，或者做一些资料。平常人手不够的时候，也下去帮他们一起工作。

每天早上起来，整理一下前一天的数据什么的，把它规整一下，等到再放点的时候，可能它会有变动，需要重新测量一下，如果没有浮动的话，就可以继续用点位。尤其是在盾构机出动的时候，我们要对怎么还点位进行复核，给灯光机调导向、调姿态，确保它的顺利出动，后面再调一下盾构机接收机座的点位，让机器能正常地到达接收机座上面。

咱们盾构机是一环一环往前推进，感觉这个速度不快，但克服了地下很多困难，得来真是不易。自己有幸能够参加黄河隧道的后一半工程，心里边还是很高兴的。刚来的时候只知道盾构机的刀盘是15.76米，没有见过真正的刀头是什么样子，去上面工作也只能在中间那一层，没有具体看见整个的圆盘那种大的直径，等到顺利出洞的时候，站在下面往上面看，感觉很高很大，十分震撼。

我是退伍兵，那一年正好有个政策，咱们中铁十四局对山东省退伍士兵定向培养上大专，我就去进行了面试，很荣幸被应聘上了，毕业之后就来到这里了。有人觉得干工程又苦又累，我倒没觉得，工作强度还没有当兵时强度高，以前在部队那种体能、战备训练要搞得更猛，所以完全适应。咱们中铁十四局当年就是铁道兵，都是当兵的，我感觉精神是一样的，现在要传承好铁道兵精神。

这是一种什么精神呢？我认为就是勤劳肯干，无私奉献，就是守护好自己的岗位，做好自己的本职工作，做到更好，做到极致。我是做测量的，经常是背着仪器直接往前面走，一走很长时间，大都是徒步的，没有车辆等交通工具。每隔10米、20米这种，要去踩一个点位，走多了也就习惯了，没有感觉太累或怎么的，相当于在部队上一个负重跑，越野5公里那种的。

盾构机一环一环地往前掘进，今天走到这个点，过一段时间走到另外一个点，一直往前走。看到隧道快通了，还是很开心的。比如有一天下班的时候，我去操作室看了一下，已经推过了黄河南大堤了，我就问值班的领导还有多久可以推通，他说按现在速度，差不多再干一个多月就行了，感觉上就很骄傲。我从最初的不了解盾构机，不了解建筑行业，慢慢地有所认识，从不懂到熟悉，喜欢上了这一行，我认为这是给我最大的收获，也有了一个奋斗目标。即使遇到过风险，也没有退缩。

有一次上夜班，盾构机主驱动后边的软管，被小石头磨出了一条口子，机修班换管的时候，正在紧螺栓调整程序，突然从管子里喷出了泥浆，呼呼直冒。我第一次碰到，看到泥沙往外喷，也是有点担心。后来知道怎么回事了，大家一齐上去很快处理好了，就一点也不害怕了。现在有的年轻人干工地或者什么的，觉得特别辛苦，坚持不下去。其实与我们在部队比，轻松多了。有时候下了班还可以和朋友约着一起吃个饭，有自己的时间，能够正常歇班。我很知足。

在项目上也学到了很多东西，一是技术，二是为人处世。本来我在大专是学机电专业的，现在的工作就是放点、换站，可能点位比较多，数据比较多，做资料的时候就很多，一遍一遍复核，有时也感到简单枯燥。其实，各个岗位都是这样工作的，工程部门该打混凝土的打混凝土，该绑钢筋的绑钢筋；还有开盾构机的，做泥水处理的，搞机修的，每天大家都在重复一样的工作，都是为了安全施工。多出一份力，做好工程让人民群众过上更好的生活，这样想想，就觉得我们的工作很有意义、很有价值……

刘文林（济南黄河济泺路隧道项目工程部现场技术员）：

我叫刘文林，山东烟台人，现在在项目工程部担任现场技术员。主要就是负责现场的施工调度，还有给队伍上传下达这样一个工作。比如说不同的工区，不同的阶段，搞一个临建，或者一些机械安排等等。本来我是学地质工程的，最初毕业的时候没想到做盾构工程，只是想找一个和自己专业对口一点的。中铁十四局来我们学校校招，听了介绍，我填报志愿就来到了大盾构公司。

刚来的时候，我并不在工程部，是在测量班，各个地方都会去一下。第一次去井下，是与所有的学员一起去的，有老同志带着，带我们各种参观。刚到盾构机现场的时候，看到的只是一个很小的驾驶舱，并没有感觉到盾构机它能有多大，虽然有个15.76米的数字，真正感觉到很大很宏伟，就是在看到它整体出洞那个时候。

说到黄河隧道，最早我对它感触并不是很深，因为我家住在烟台，离这边比较远，对黄河下游整体情况都不是很了解。自从来了之后，认识到这个黄河隧道的作用，你就会发现并不只是在黄河底下打一条隧道、能够通车那么简单，而是对于济南来说意义相当大。从这个地图上来看，受黄河限制，城市没有办法向西北发展。有了黄河隧道之后，发展前景一下就铺开了。当然一条肯定是不够用的，但可以在这个地方搞一些大型的隧道工程，带动当地的经济大发展。就是说，它可以起到很好的带头作用。

举行贯通仪式的时候，我手头上有事没抽开身，很遗憾没有看到盾构刀盘出洞的场面。后来在拆机的时候，我正好有一天闲下来了，就骑着自己的小电动车，从东线隧道下面走到盾构机头上，在那个地方从底下往上看，那么一片很大的井口，我们的盾构机就是从这个洞口穿出去，那种穿越江海的力量令人震撼，心情还是比较激动的，再苦再累也值得。

记得有一次我值班，同事们都在忙其他的事情，当时只有我一个人在那里盯控。一连搞了三天左右，没有出现任何问题，整个场地的进程都在稳步前进。想到这些是我做的，这么伟大的工程我参与了，感到很自豪。我的梦想就是早日成为一个合格的工程师……

二

工地"浪漫曲"

记得很久以前，曾经看过一部苏联拍摄的彩色电影，名叫《战地浪漫曲》。影片讲述了苏联卫国战争期间，一名普通的苏军士兵在即将奔赴血火前线时，爱上了聪慧漂亮的战地女护士，演绎了一段曲折凄美的火线爱情故事……

一晃许多年过去了，具体的情节细节大都忘却了，但那个电影名字却始终记忆犹新。如今我来到黄河隧道工地上，通过体验建设者的工作生活，采访了解其间的酸甜苦辣、悲欢离合。除了风云际会的掘进施工之外，他们的爱情、家庭、业余文化生活方面，也体现了当代中国人的烟火人生和奉献精神。

一个名称油然而生——工地"浪漫曲"。

高腾达和邹龙风，两个因黄河隧道相识、相知、相恋的年轻人，在这个热火朝天的工程项目中，执子之手，与子偕老，描绘了一幅温馨美好的青春画图。犹如给轰隆作响的盾构钢铁交响曲中，平添了一些悠扬婉转的旋律。

他们两个都是1992年出生的，2018年前后来到了济南黄河济泺路隧道项目。高腾达毕业于临沂大学，当时做项目部技术部副部长，成天写方案、跑工地，忙得不亦乐乎。而邹龙凤是在资料室做资料员，大多是坐办公室。两人不在一个部门，平时难得聚在一起，但毕竟同在一个项目部，抬头不见低头见，而且年轻人有共同语言，天长日久自然就熟悉起来。

说真的，从铁道兵时代到如今的中国铁建，筑路人如同"吉普赛部落"，建好一个工程就换一个地方，远离家乡，到处漂泊，青年职工找对象成了"老大难"问题。许多人像前面提到的历朋林指挥长那样，依靠亲朋好友介绍，一年难得见上一面。所以，工地上的女青年就是绿叶中的红花，成为"窈窕淑女，君子好逑"的心仪目标。

"好马配好鞍，好船配好帆。"古往今来，好女自然喜欢好男儿，此乃人之常情。从这对年轻人的名字上也可以看得出来：父母期盼儿子将来飞黄腾达。宛如古人的"洞房花烛夜，金榜题名时"，又似建国初期女大学生爱慕战斗英雄、劳动模范一样，不管什么时代，大家都是喜欢刻苦努力、奋发有为的青年人。

起初来到黄河项目时，邹龙凤时年25岁，生得眉清目秀，秀外慧中，还是单身一人。父母亲朋十分着急，纷纷托人给她介绍对象，隔三岔五地联系出来见面。

然而，小邹却不这样想，一是工地上很忙，一时没有闲心考虑个人问题。二是她有"老主意"——一定要选一个自己喜欢、互相了解的男朋友。

这就像著名表演艺术家新凤霞主演评剧《刘巧儿》唱得一样："……但愿那个年轻的人呐，他也把我爱呀。过了门他劳动我生产，又织布纺棉花，我们学文化。他帮助我我帮助他，争一对模范夫妻立业成家呀！"

自然，这样的好姑娘也会收到工地上未婚小伙们的爱慕和追求。只是做工程的人脚踏实地干活是好手，谈起感情就如同暖水瓶，内心是热的却拙于表达，一时半会儿难以成功。不过，有一个年轻人还是引起了小邹的注意：他就是高腾达。

本职是管工程技术的，小高几乎一天到晚泡在工地上，没日没夜地下基坑、进隧道，对待工作非常认真负责。尤其是他们逐渐熟悉起来了，互相加了微信。邹龙风到他每天微信步数大都在两万步左右，就知道他大多时间是在跑工地，感觉到这是一个办事认真、工作踏实的人，虽说又黑又瘦的，但内在素质不错，顿生好感。

有天下班之后，小邹与一位大姐散步聊天，话题谈到了项目，不知是有意介绍，还是随意漫谈，这位大姐突然说道："咱们这帮年轻大学生，我看那个小高挺用功的，让人佩服。有天晚上都一、两点了，他还在办公室看图纸呢！"

"是吗？你怎么知道？"

"那天我值夜班，看到他屋里一直亮着灯，就过去看了看。"

"哦，那真不错。"邹龙风赞许地点了点头。

一来二去，好学向上的小高给她留下了深刻的印象。加之他为人处事也很善良细致，早就对青春靓丽的小邹十分心仪，时常看似无意实则有心地送个小礼品、忙里抽闲邀请她到黄河畔散散步，渐渐地从一众追求者中崭露头角，两个年轻人越走越近。

可是，当小邹的父母知道后，开始并不同意，妈妈来看望女儿就劝道：不是说小高不好，你看他天天那么忙，都是半夜才回来，这日子怎么过？还是别找项目上的了。

俗话说：儿大不由娘，邹龙风看准了这个朴实能干的小伙子，谁说也没用。

毕竟是在"穿黄隧道"工地上，距离济南城中心比较遥远，那时隧道还没有通车，去一趟城区要么绕道公路大桥，要么乘坐摆渡船或走浮桥，十分不便。并且，工期紧张难有闲暇时间，他们不像城中情侣那样花前月下的浪漫，甚至难得一起去看场电影或逛逛公园，恋爱的场地多是工地周边，炽热的情话离不开"今天又推进了几环"等等。

那一天，高腾达下班回来，如约与邹龙风一起吃晚饭。心细的小邹忽然发现他走路有些不对劲，一瘸一拐的，有时还"忽"地皱皱眉头，忙问："怎么啦？你的脚？"

"没……没什么，鞋子有点磨。"小高回答。

"快脱下来，我看看。"

"别别，怪脏的，一会儿洗洗再说吧。"

小邹是个爽快的姑娘，不由分说，按他坐下脱掉了鞋，一看才知道：由于小高天天穿着劳保鞋在工地上跑，有时出了汗进了水也来不及换，竟然把脚后跟磨掉了一层皮，鲜血淋漓。心疼得她眼泪掉了下来："磨得这么厉害，你咋不说呢？走，快去医务室包扎一下……"

真爱的人息息相通，心心相印。由此，更加坚定了两个年轻人的"工地爱情"。

2019年冬天，两台盾构机迅猛前进之时，他们的恋爱之旅也修成了正果。双双回到老家举办了婚礼，返回工地后，又给项目领导和同事们发了喜糖。时任项目书记的李高春，代表项目部和工友们给小两口赠送了礼物，送上了祝福。

接下来，正是工程日益繁忙、不断克服种种困难的时期，高腾达与同伴们更加紧张忙碌了，恋爱时期仅有的一点"卿卿我我"少之又少。就连邹龙凤怀孕待产时，小高也难以留在身边照顾，只得把岳母请来帮忙。同单位双职工的小邹十分理解，完全支持爱人的工作。

好在高腾达也是个有心人，尽量抽出时间来陪陪爱人。尤其小邹怀孕之后，他工作之余就带她出来溜达溜达，说说话活动活动。有一天晚饭后出来一看，路上一个人都没有，只有黄河的风在唱着动人的歌谣。两人就围着项目部转了一圈又一圈。

冬天到了，黄河北岸无遮无挡，特别寒冷。有一次，邹龙凤蜷在被窝里想多睡一会儿，懒得去食堂吃早饭。小高心疼媳妇，冒着风雪跑到大坝上给她买喜欢吃的甜沫小笼包。这些难忘之事挺多挺多的，至今想起来，小邹还感到甜蜜而又温暖。

爱是不能忘记的，爱也是相互的。有一天夜深了，高腾达还没有下班回来，对于干工程的而言，这已是家常便饭似的常事。小邹先睡下了，直到半夜，忽然被一阵响动惊醒——小高回来了。只见他一身泥水，疲惫不堪。原来是工作面上遇到了点问题，在白经理和杜总工带领下，经过奋力抢险终于转危为安了。

"哎，快脱下湿衣服，我给你煮碗面条。"

"不啦，媳妇，你怀着小宝宝，别起来了。"

邹龙风哪里听得进去，立即起身倒热水，帮他擦身换上一件干净衣服，又打开电热炉精心下了一碗荷包鸡蛋面……

2020年12月24日，就在黄河隧道全线贯通，即将通车之时，他们的宝贝女儿诞生了。可以说是双喜临门。小高小邹夫妻俩为孩子起名叫"高嘉忆"，寓意这段工地"嘉年华"是美好的记忆。恰逢她是平安夜出生，有平安果之意，小名就叫"果果"——也是纪念穿黄隧道的成果和爱情的果实。

早在20世纪五六十年代，铁路大军也有夫妇在工地上生儿育女的，往往以工程项目取名做纪念。记得著名作家杜鹏程有篇名作《夜走灵官峡》，写的就是一个工人家庭的孩子生在成都到重庆铁路修筑的过程中，便取名叫"成渝"，另一个孩子生在宝鸡至成都铁路工程上，取名叫"宝成"。瞧，新时期的工地夫妇"青出于蓝而胜于蓝"，考虑取名更加浪漫和理想了。

有了孩子就有了责任。邹龙风的老家在聊城，女儿一岁前后，为了不影响上班，就把孩子放在娘家由母亲照顾。即将通车，高腾达工作更忙了，虽说十分想念"贴身小棉袄"，可没有时间多管管她。只有妻子利用轮休时间，开车赶回老家看望，在家待个一两天又回来了，心里挂念不已，有时想孩子想的睡不着觉。

项目指挥长历朋林，还有后任的杜经理、贺书记等领导都十分理解员工甘苦，破例允许邹龙风这样的双职工带来孩子，以及照顾外孙女的老母亲一起到项目部来，安排板房供她们居住。如此，小果果就成了在工地上成长起来的孩子。

一晃三年多过去了，济南济洛路黄河隧道早已通车了，高腾达由于表现出色，提拔到另一个穿黄隧道——航天大道项目任总工程师。正如大家所说：老实人不会吃亏，只要你好好工作，领导和群众是会看见的，人才自有用武之地。而邹龙风继续在"济泺路穿黄北延项目"上工作，他们的小女儿一天天长大，有时被妈妈带到办公室去，受到大家的喜爱和欢迎，时常把她逗得开心大笑。

只是与爸爸见面的机会更少了。他在另一个工地上担负更大的责任，一天到晚闲不下来，十天半月回不来一次。小果果想爸爸，天天吵着让妈妈打开视频对话："爸爸、爸爸，你在哪儿？果果想你了……"

那边的高总工同样想女儿，只是还在加班，便忙里抽闲地看一眼说两句："果果，好孩子，等我忙完了这一块，就回去带你去公园玩好吧！"

"爸爸，我不想去公园，我就想让你抱一抱……"

"哦，哦，好孩子，好果果……"对面年轻的父亲眼圈红了。

是啊，为了干出一个个精品工程，我们的大盾构人连同他们家庭付出了多少心血汗水和精神情感啊！

曾经有一部描写苏联卫国战争的长篇纪实文学《战争中没有女性》，还有一部描写我国南疆自卫反击战的中篇小说《战争让女人走开》，讲的都是在战火纷飞的战场上，是没有性别差异的，女人也与男人一样流血牺牲。

可以想象，在"万里黄河第一隧"穿黄工程上，女员工同样做出了辛勤而无私的奉献。从这个角度上说，工地也是"没有"女性的，她们与男同事一样，夜以继日默默奋战在工程项目上。正因为还有母亲、妻子、女儿的身份，可能会使她们的付出更为特殊、更为辛劳一些。

项目财务部副部长李静，是一位工作多年的老财会人员了，业务纯熟，经验丰富，家在济南，孩子还小。黄河隧道项目一开工，她就与同事们过来建家建线，条件十分艰苦。那年冬天，济南特别寒冷，临时建的板房透着一条条缝，风吹进来呼呼的。

如同开荒，一无所有。大白天的时候，连个人影都见不着，你想问个路，想找个什么东西，根本不行。早晚开车来回挺危险的，当时这边没有路灯，天黑树密还容易起雾，顺着坝上路走，能见度很低。偶尔会车十分困难，只能一会摁两下喇叭，开着双闪慢慢通过。住处也很不便，中午休息就在车里趴一会儿。

为了能够照顾孩子，她需要每天开车来回奔波，前面说过当时没有过河隧道，只能绕道公路桥或走浮桥，而为了防汛，浮桥还时常拆除。上下班就跟长征一样，奔袭十七八公里。一般早上天不亮就出来了，七点半到项目部，晚上七点左右才返回，两头打卡，整整一个对时。

那时李静的孩子上小学四年级，回去后还要陪着孩子写作业。课程多且孩子写得比较慢，她就一直陪着写到10点多，再收拾一下，能在夜里12点睡觉都算早的，一晚上顶多休息四五个小时，早晨起来还得给孩子做饭上学。年复一年，天天如此。

事实上，做项目上的女性的确十分不易，工作上的事务不能耽误，家庭的责任照样担着。心系孩子，跑得再辛苦也得回。一个女人出来工作是为了什么？大道理是为了国家建设，小道理也是为了照顾好孩子家庭，如果连孩子都不管，那就没有意义了。当然，搞工程的男员工事业心更强一些，也更加辛苦一些，万一工地上有事情，必须第一时间联系到场。

从某种角度上说，这位部门员工，代表了工地上中年女性的艰辛与付出。她现在唯一的心愿：闯过工期紧张阶段，能够正常上下班，有时间在家给孩子好好做顿饭……

另一位项目部会计柴欣，也是位女员工，2006年毕业于山东经济管理干部学院财务专业。父亲曾是铁四师的一名战士，跟随部队去新疆、到内蒙，上青藏线，转制后一直在中铁十四局工作。她也是一位地道的"铁二代"。

或许是从小见识到了父亲一辈人的辛勤劳作，柴欣比一般人更能理解工程人的生活，大学毕业后就痛快地选择进入中铁十四局工作。在家庭的支持下，她找的对象也是一位干工程的，只不过是在其他单位，但成天到处跑的性质一脉相承。她生第一个孩子时，丈夫忙得不可开交，只得自己留在家带孩子。

一带就是五年，直到孩子上小学了，黄河项目上马，就在济南家门口，她请求回来上班。中铁十四局大盾构公司领导对员工是关爱有加的，批准类似她们这种情况（包括前面讲到的李静）的员工复职，可以每天回家照看孩子。她们当然更加感恩企业，努力工作。

疫情紧张期间，严防死守，如果工地出现疫情，那就只能停机休整，工期会被严重耽误。为此，项目部规定四个月封闭管理，只进不出。而柴欣恰巧怀孕"二宝"了，同样被封在项目部，生活极其不便，"快递小哥"也进不来，想点个喜欢的"外卖"都办不了。

她深明大义，咬紧牙关坚持着。直到需要产检时，在各级领导关怀下，经过一遍遍签字手续，这才走出去。

由此可见，对于女员工——特别是成家的女员工来说，确实是多一份家庭责任，尤其离不开孩子，换句话说，孩子在做母亲的心目中是第一位的。其实，这也是为男方解除后顾之忧，让他们可以心无旁骛、聚精会神地去工作、去奉献。

为此，亲爱的读者朋友，让我们为她们——工地上的女员工点一个大大的赞吧！正如那首歌唱到的一样：军功章啊，有我的一半也有你的一半。向她们鞠躬致敬！

三

"党建做实了就是生产力"

春天到了，春天是四季中最有生机与活力的季节。大地开始苏醒，草木开始变绿，各种花卉竞相开放，给人们带来了极大的视觉享受。同时，各种鸟儿也开始忙碌起来，在天空中飞翔，寻找食物和伴侣，构成了一幅幅美丽的生态画卷。

2021年3月27日，在济南黄河北岸大堤之畔，济南黄河济泺路隧道项目驻地里，一场庄严而充满激情的活动正在举行。一队队朝气蓬勃的员工、各个部门的负责人整齐肃立，醒目的背景板上写着一行大字：黄河桥隧建新功，党建引领争先锋。这里要举办党建主题活动启动仪式。

这一年，是我们伟大的中国共产党诞生100周年的年份。

这一年，也是"万里黄河第一隧"迎来全线竣工通车的年份。

为了进一步发挥党建引领作用，建设一流济南黄河桥隧工程，用实际行动践行北跨桥隧工程"决战决胜2021"动员会要求，全力冲锋济南北跨桥隧工程建设攻坚战，确保项目建设有序推进，以优异成绩庆祝建党100周年，济南城市建设集团、中铁十四局等各方共同商定，决定开展以"黄河桥隧建新功，党建引领争先锋"为主题的"党建+"活动。

主持人走上前台，开始主持启动仪式：

"各位领导，同志们：大家上午好！

阳春三月，春暖大地。在即将迎来党的百年华诞之际，在吹响'决战决胜2021'攻坚号角的关键时刻，我们相聚在母亲河畔，举行'黄河桥隧建新功 党建引领争先锋'党建主题活动，具有极为重要的政治意义和现实意义。首先，对各位领导、同志的到来表示热烈的欢迎。

参加此次活动的同志有：济南城市建设集团党委委员、副总经理许为民同志，工程三部、桥隧工程项目负责人以及各参建单位全体党员。此次启动仪式共有五项议程：

一是由建设集团工程三部党支部书记赵世超同志宣读《"黄河桥隧建新功党建引领争先锋"党建主题活动"党建+"方案》及《成立济南黄河桥隧工程党员先锋队的决定》；二是向参建各项目单位授党员先锋队旗帜；三是建设集团党委委员、副总经理许为民发言。四是全体党员重温入党誓词。五是党员合影留念。现在进行第一项议程……"

随后，城建集团工程三部党支部书记赵世超，手拿稿纸走到话筒前，慷慨激昂地宣读了活动方案，重点强调了《成立济南黄河桥隧工程党员先锋队的决定》。他说：

"按照中铁十四局党委提出的'积极推进党建工作与业务工作深度融合'的要求，切实发挥共产党员走在前、做表率的先锋模范作用，本着'就近划分、全员覆盖'的原则，决定成立党员先锋队，分别为：济泺路穿黄隧道'党员先锋队'、北延隧道项目'党员先锋队'……

队员均为城建集团工程三部，及穿黄隧道等各参建单位的党员。"

紧接着，有关方面负责人向参建各项目单位授党员先锋队旗帜；济南黄河济泺路穿黄隧道项目部、北延隧道项目部党支部书记贺小宾等人接过鲜红的印有"党员先锋队"字样的旗帜，用力挥舞着，在春日的明媚阳光照耀下，将周围的一切映得通红。

本来，中国共产党就是中国工人阶级的先锋队，中国人民和中华民族的先锋队，中国特色社会主义事业的领导核心。现在将"党员先锋队"直接命名在工程项目中，就是要求充分发挥党员先锋模范作用，建功济南黄河桥隧工程建设，亮身份、树形象，无私奉献、冲锋在前、团结一心，共同打造"红色工程""精品工程""放心工程""廉洁工程"，为高质量完成济南黄河桥隧工程建设任务提供坚强的政治保证、组织保证和纪律保证，献礼党的百年华诞。

接下来，济南"北跨"战略的重大桥隧工程的业主代表，济南城市建设集团党委委员、副总经理许为民同志作了主旨讲话。他说：

"同志们：今天，我们相聚在母亲河畔，举行'黄河桥隧建新功　党建引领争先锋'党建主题活动。首先，对参与建设北跨桥隧工程的同志表示衷心的感谢。

2021年是中国共产党成立百年华诞，是济泺路穿黄隧道工程、凤凰大桥工程、齐鲁大桥工程通车之年，同时也是北跨'三隧一桥'工程、黄河风貌带提升项目开工之年，形势严峻，任务艰巨，责任重大。刚才我们宣读了成立党员先锋突击队的决定，进行了庄严的授旗，接下来我们还要重温入党誓词，就是要全体党员增强"四个意识"，坚定'四个自信'，做到'两个维护'，充分发挥党建引领，决战决胜2021。

正确处理好安全与发展的关系。安全第一，生命至上。各参建单位要聚焦安全重点，坚守安全底线，确保施工安全。按照'提前想到'的安全防控思想，从生产工艺、设备设施、作业环境、人员行为和管理措施等方面，深入开展现场危害辨识和风险评估。

正确处理好党建与中心工作的关系。坚持以高质量党建引领建设一流黄河桥隧工程，通过开展'发挥党建引领，筑牢质量根基'等活动，进一步营造'党建+'氛围，避免党建与中心工作'两张皮'。正确处理好施工与科研的关系。各桥隧参建单位通过实施课题研究，充分发挥党员在技术攻关中的先锋模范作用，加快新旧动能转换，助力携河北跨。

同志们，我们要以‘黄河桥隧建新功 党建引领争先锋’党建主题活动为契机，充分发挥党支部战斗堡垒和各参建单位党员先锋模范作用，拿出孺子牛、拓荒牛、老黄牛的牛劲，严把安全关、质量关、环保关，保安全、抢时间、抓节点、争进度，确保节点目标雷打不动，期到必成，切实为济南人民奉献一座座北跨携河发展的精品工程，以优异成绩向中国共产党成立百年华诞献礼！谢谢大家！"

掌声如雷，预示着党员打先锋、"决战决胜"通车年的攻坚战打响了……

实际上，中铁十四局大盾构公司自成立以来，始终把党建工作放在重要位置上，强化以党建责任制考核为主线，从"三基建设"入手，按照"抓党建从工作出发、抓工作从党建入手"理念，全面推进基层党组织建设全面进步、全面过硬。

纲举目张，党建工作抓好了，做工程、干项目就有了"精气神"。如此，大盾构不管掘进到哪里，都会朝着"争先进、拿第一"的目标前进。

越过高山、越过平原，跨过奔腾的黄河长江。黄河隧道项目部就是这样，从开挖基坑、吊装盾构机，到顺利始发、大战黄河地质复杂关，一路走来，各个工序、各个阶段、各个班组，都让鲜红的党旗"飘扬"在一线。

那条让人眼睛一亮的标语，醒目地悬挂在隧道工地上，高屋建瓴，振聋发聩，实打实地起到了促进工程质量和工期的作用。那就是：党建工作做实了就是生产力，做强了就是竞争力，做细了就是凝聚力。

千真万确。

无数铁的事实证明：从红军时期确定的"支部建在连上""党指挥枪"的原则，是我们攻无不克、战无不胜的法宝，党的建设就是一支队伍、一个团体的"灵魂"。战争年代是这样，和平时期同样如此。党旗飘扬在工地，党建工作直通掌子面。

项目部在每个工作区域设立了红旗责任区、党员先锋岗，共产党员佩戴党徽上岗，定期开展上党课，过主题党日活动；成立了青年突击队、工人先锋号，在施工中，"干"在当头，按照工程整体施工节点，组织青年"五小成果"攻关、"党建+安全"试点。

尤为值得称道的是，他们成立了以优秀党员、盾构副经理李海振名字命名的"李海振创新工作室"，在隧道掘进中立下了汗马功劳。

别看李海振年纪不是很大，却已在盾构行业摸爬滚打了十几年的了。他是2008年南京长江隧道建设的一员，先后又参与了南京地铁10号线、武汉地铁8号线两次穿越长江的任务，技术扎实，经验丰富，入党之后更是严格要求自己，努力发挥模范带头作用。

来到黄河隧道项目上，他主管盾构施工和维护，带领一班年轻人天天忙碌在工地上，发现施工中时常会碰上一些操作规范上没讲到的问题，有人就不知怎么干了，只得停在那儿等待"能人"来处理。

一次过党日、上党课时，大家对此展开了讨论，结合业主党委提出的"支部建在工地"、促进生产力的号召，得出共识：成立一个以共产党员、盾构负责人李海振名字命名的工作室，以创新为核心，以解决实际问题为出发点，培养技术人才，多出创新成果。

2019年3月20日，"李海振创新工作室"正式成立了，鼓励大家开动脑筋，积极开展小发明、小科研等生产技术创新活动，让本来很辛苦、很困难、需要诀窍的工作，变成简单的、任何人都可以做好的工作。并在实践中培养入党积极分子，从而进一步提升效率、成本、品质、安全等指标。

起初，工区主要工作是进行管道除锈。人工用钢丝绳绑在钢筋上，一点一点地清理打磨，效率很低，劳动强度大，一天干不了几条。这可不行啊！李海振带领大家来到现场，一边干一边讨论，看看用什么办法可以解决呢？

"哎，我们能不能做一个电动除锈器，代替手工，那样不就提高效率又节省人力吗？"一个毕业不久的小伙子王龙鑫快言快语。

工区负责维保的董冰一拍脑瓜接着说："对，我们可以使用气动或者电动扳手，利用扳手链接的套筒将钢筋和前端的钢丝刷焊接在一起，作为除锈工具使用。"

"可能不行吧？"有人提出异议："那这样的话，工装这么重，施工的角度也不一样，举着那么个电动设备，工人还是挺累的。"

七嘴八舌，有人支持，有人担心。李海振思考了一会说："不错，思路打开了，我看可以制作一个托架，将扳手固定在上面，按照水气管的高度，在上面干，能够省不少力气。"

大家一致表示认同，确定由董冰牵头按照方案制作工装。等到办好了安装上一试，嘿，真灵！马上对工人进行交底创新操作，一个简单的结构工装提高了效率，节省了成本。

另外，在盾构隧道施工时，箱涵前方临空面比较大，高度接近6米，原来无可靠的防护措施。工人们在此工作时，小心翼翼，缩手缩脚，生怕一不注意会出现失足、磕碰等事故。

"应该想个办法，加强防护措施，保证作业人员的安全。"井下盾构机长房玉杰，找到盾构副经理李海振说。

"是的，我也在琢磨这个问题。"李海振深有同感，立即带领"创新工作室"成员来到现场，就地研究，提出解决方案。

"我觉得在边上装了护栏，能够起到防护作用。"

"好是好，可台车是不断前行的，护栏怎么跟上去呢？"

"那我们在这个临边护栏装上轮子，和盾构机台车连在一起，不就可以同步了。"

技术专家宾锡午是位"高手"，观察思考中听完了大家的议论，心中有数了，说："这个工装我有思路了，可以彻底解决问题。但制作起来会很麻烦，费材料，安装也不容易。"

李海振一语定音："行，还是你老宾有办法。这样，我负责打报告要材料，你带人抓紧干吧！"

于是，宾锡午连夜把思路转换到图纸上。经过大家再次讨论、优化，确定了护栏的形式和材料。而后就地展开加工、安装，一举成功解决了临边防护的难题。这个防护装置不仅使工人没有了后顾之忧，还可自行移动，不用浪费其他人力来拆装它，一举多得。

同时，项目部十分重视员工的思想工作，切实帮助解决员工诸如家庭、婚恋等实际问题。这在前面"工地浪漫曲"章节中均有所介绍，此处不再赘述。大家没有了后顾之忧，更加积极踊跃、义无反顾地投入到工作中去了。

灿烂的思想政治之花，必将结出丰硕的经济之果。

2019年3月29日，山东省"当好主力军、聚力新动能、建功新时代"劳动竞赛暨新增省级示范性重点工程启动仪式在项目施工现场举行，鼓舞了大家的士气。2019年6月12日，"黄河号"首块盾体吊装下井，2019年6月27日"黄河号"刀盘吊装下井，2019年8月12日"黄河号"完成盾构组装、9月12日盾构机完成始发……

由此，项目部社会关注度高，接待参观人数28000余人次，多次被中央、省级各大媒体报道。中央电视台《直播黄河》节目直播中铁十四局承建的"万里黄河第一隧"——济南市济泺路穿黄隧道工程，并以"'万里黄河第一隧'助力济南携河北跨"为题，聚焦济南拥河发展重大举措，持续关注该团队建设的济黄隧道工程。从而令各方面刮目相看、赞不绝口，他们还相继荣获"全国工人先锋号"、山东省"干事创业好团队"、山东省"工人先锋号"、济南市"工人先锋号"、中国铁建"十大楷模"等荣誉称号。

瞧，党建工作绝不只是说在口头上、写在墙报上，而是切实激发建设者们的开拓创新、努力工作的积极性和主动性，落实在具体解决问题、战胜困难、高效安全地"穿黄"盾构掘进上面。

黄河隧道项目部各个岗位上，都有许多"李海振创新工作室"这样出色的党建促生产的事例，以党建引领力给"黄河号""泰山号"加满油、充足电，大刀阔斧劲头十足地冲向地层深处……

四

车过黄河四分钟

秋高气爽，丹桂飘香。

中原郑州，黄河国家地质公园临河广场，习近平总书记于2019年9月的一天来到这里，凭栏远眺。在他眼前，黄河落天走东海，万里写入胸怀间……

黄河，如一条昂首巨龙，劈开青藏山川，穿过高原峡谷，跃壶口、出龙门、闯三门峡，九曲十八弯，奔腾入海。千百年来，她滋养着流域内亿万人民。

眼前的黄河，天高水阔，林草丰茂。虽然没有了昔日"百里不见炊烟起，唯有黄沙扑空城"的悲惨景象，但黄河水裹挟着泥沙滚滚东流，对水患丝毫不能放松警惕。

习近平总书记目光深邃："治理黄河，重在保护，要在治理。要坚持山水林田湖草综合治理、系统治理、源头治理，统筹推进各项工作，加强协同配合，推动黄河流域高质量发展，创作好新时代的黄河大合唱！"

为了更好地治理黄河，保护生态，党中央决定于2019年9月18日上午，在河南郑州召开"黄河流域生态保护和高质量发展座谈会"。从上游到下游，从地方到中央，沿黄9省区负责同志来了，十几位中央和国家机关有关部门负责同志也来了。大家共商黄河流域生态保护和高质量发展大计，谈认识、讲体会、摆问题、提建议，开门见山、直抒胸臆。

"国庆前夕大家都很忙。再忙，黄河问题还是要安排时间认真研究一下，党中央对这个问题高度重视。"主持会议的习近平总书记开宗明义，"我们都把黄河称为母亲河，保护黄河是事关中华民族伟大复兴和永续发展的千秋大计。"

为了开好这次座谈会，习近平总书记事前要求有关部门进行了深入的调查研究和科学论证。座谈会前一天，他走进黄河博物馆，前往黄河国家地质公园临河广场，深入了解中华民族治黄的历史，实地察看黄河的生态保护和堤防建设情况。

会上，他特别强调："要坚持绿水青山就是金山银山的理念，坚持生态优先、绿色发展，以水而定、量水而行，因地制宜、分类施策，上下游、干支流、左右岸统筹谋划，共同抓好大保护，协同推进大治理，着力加强生态保护治理、保障黄河长治久安、促进全流域高质量发展、改善人民群众生活、保护传承弘扬黄河文化，让黄河成为造福人民的幸福河。"

当这次会议的报道和总书记的号召，通过电波迅疾传到黄河隧道工地时，大家欢欣鼓舞，喜不自胜，因为他们正在做的从河底"穿越黄河"工程，就是坚持绿水青山和生态优先的理念，就是用实际行动支持济南携河发展、让黄河成为造福人民的幸福河啊！

两天之后——2019年9月20日，西线"黄河号"盾构机成功始发，破土前进。

两个月之后——2019年11月23日，东线"泰山号"盾构机成功始发，双龙并进。

整整一年之后——2020年10月30日，克服了重重困难，战胜了道道险情，"泰山号"率先冲出重围，巨大的刀盘如同威武的巨龙，从离地35米的接收井中探出头来，宣告黄河隧道东线贯通。请看国家级媒体央广网的专题报道：

"万里黄河第一隧"济南黄河隧道工程东线隧道贯通

2020-10-30　15:32:00

央广网济南10月30日消息（记者桂园）今天（30日）上午9时许，济南泺口浮桥渡口旁，随着"泰山号"盾构机的巨大刀盘破土而出，"万里黄河第一隧"济南黄河隧道工程的东线隧道率先贯通，穿越地上"悬河"。穿黄隧道计划于2021年10月通车，届时开车4分钟即可穿越黄河。

济南黄河隧道工程由中铁十四局集团承建，位于济南城市天桥区，南接济泺路，北连新旧动能转换先行区。隧道全长4760米，其中盾构段长2519米，双管双层设计，公路与轨道交通合建，上层为双向六车道公路，下层为轨道交通。隧道管片外径15.2米，是目前黄河上最大的隧道，被称为"万里黄河第一隧"。

该隧道穿越的黄河段是名副其实的地上悬河，河床高出南岸天桥区地面5米，最大洪水位高出11.62米，隧道最低点位于河床下54米，最大水土压力6.5巴（相当于一个人手掌大小的面积上承受两个成年男子的重量），施工风险高。中铁十四局项目部盾构经理董冰介绍，掘进过程中遇到的最大难题是河底长距离钙质结核层。有1000米的区间为钙质结核"密集区"，最硬岩石强度达到45兆帕，相当于高铁桥墩钢筋混凝土的强度。最难的一次，26个小时只掘进了2米，取出58块坚硬的石头。

中铁十四局集团充分发挥在水下大盾构施工领域核心技术优势，在院士专家团队指导下，依托大数据、BIM和物联网技术，对隧道遇到的复杂难题进行了专项科研攻关。项目建设过程中，已形成科研成果18项，报审实用专利13项，进一步提升了我国盾构隧道建造能力和技术水平。

据悉，西线隧道目前正按计划顺利掘进，预计2021年春节前实现贯通，穿黄隧道计划于2021年10月建成通车。届时，开车通行隧道最快4分钟即可穿越黄河，比绕道济南黄河大桥节约近一个小时，有效助力携河北跨……

　　　　　　　　　　　　　　　　黄河"潜龙"　|

历经九九八十一难，终于取得了"真经"。然而，就在接近胜利的时刻，黄河隧道项目部又遇到了一场严峻的考验。

本来，最初设计是水中接收"洞通"的盾构机方案。因在富水沙层或者周边环境复杂时，接收井内外存在压力差，盾构机出洞时，可能会发生漏水涌砂事故，采用接收井回填水或泥浆的方式，使内外水土压力保持平衡，防止出现洞门漏水涌砂现象发生。

黄河因是地上悬河，两岸土层中富含水分，必须考虑到地下水涌进来。所以需要在盾构机到达之前先把洞门冷冻，再把洞门和维护结构破掉，回填土方再往里面灌满水。这样就使盾构机出来的时候，达到一个内外压力平衡状态。

然而，黄河隧道南岸建设接收井时，遇到了一个严重问题：出洞口所对应的标准段，上面有一道110千伏的高压线。为了避开此线，就把做接收井的笼子分成几段，不用那么高，一节一节往下推，这样慢一点，但能够节省几千万元成本。东线接收井很快做完，可相邻段需要开挖做结构，同样拆解笼子避开高压线，工期就拖下来了。

又是一个难题：如果东线盾构机使用水接收方案，这边灌满了水，那边一开挖，水就会倒灌过去，影响施工。如果等到相邻段结构做完再进行接收，至少需要6个月，合同工期等不得的。如果这边接收完了再做相邻段结构，那么它也会延误几个月时间。思来想去，似乎难以解决了。

山重水复疑无路，柳暗花明又一村。

业主方、施工方、监理方等各路精英紧急开会，研究解决方案。见多识广的袁鹏总监提出一个想法："可以尝试一下干接收，这样不用往接收井灌水了，两边都会节省不少时间。"

"干接收当然好了，可咱们很少这样做，也不知道这里地质情况允不允许，万一漏水涌沙就麻烦了。"有人表示了担心。

"真是两难了，水接收安全，可没有工期了。干接收，又担心有风险。目前没有更好的方案，我看可以试一试，遇到问题再想办法嘛！"

经过一次次专家论证可行性，又把地质资料反复研判，最后确定了实施方案：干接收！会后，袁总监把杜昌言叫到办公室，将电脑上的照片放给他看，说那是他收集的有关资料，可以参考一下，打开思路。

一般来说，盾构机干接收最怕水，如果一漏水就不是干接收，而是有地层坍塌风险了。他们反复分析水来的方向，盾构机出洞时，如果有水要么从后面来，要么从侧方或者地下来，只有这三个方面可能带进去水。从侧方和地下进来，用混凝土浇筑接收井，做好加固体即可。如果后方来水呢，采取在管片上增加注浆口，用浆液把周边的土体压实压密，也能防止洞里的水过来。这是干接收的原则。如果有水涌出，压力增大，而外边没有水压平衡，洞口有可能坍塌。

这样通过在洞门上打孔实验，效果不错，顶上之后基本上没有流水过来。9月初，"泰山号"即将贯通之前，又出现了一个难题：水接收时因为有压力，同步注浆也有压力很快凝固。但采用干接收方法，盾构机出来和管片之间有一个缝隙，注浆没有压力就会往外流淌，封不住缝隙。

杜昌言带着项目团队苦思冥想，借鉴了其他同行的一些做法，结合本身实际情况，创新了一种叫作气囊干接收的技术：盾构机外壳是15.76米左右，机头长度15米，在洞门圈设计安上一个钢槽，槽里面有一圈橡胶气囊，先不充气。因为盾构机刀盘一点点旋转着出来，如果充气就把气囊切割掉了。等到刀盘过去，后面就是一个圆圆的筒状机身，这时候充气，气囊凸出来正好裹住盾构机，再迅速注浆就不外流了。

现在，这套气囊干接收方法获得了省级发明奖。

一波未平，一波又起，本来在验证时感觉到万无一失，可真正接收的时候，发现把水里面的吸氧物一降低，他们赶到盾构机前仓里面看止水效果，结果一天过去了，水位一直降不下去，还一个劲儿地缓慢向上涨！这可把他们可急坏了："这水哪里来的，难道干接收不行吗？"

辛辛苦苦挖了1年多，最后出不去怎么办？再改成水中接收，已经不具备施工条件了！作为项目技术负责人，时任总工的杜昌言压力很大，心悬到了嗓子眼。同事们也都急成了热锅上的蚂蚁。你看看我，我看看你，越想越纳闷：不对呀，前几天我们在地连墙上打了十几个探孔，孔里并没有多少水，只是在滴水；降水井里面的出水量也不大呀，这么多的水是哪来的呢？

不行，要彻底排查，对所有可能来水的地方一一排查！他们分两组，地下查盾构机，地面上查降水井和洞门。杜昌言则回到办公室，苦思冥想补救办法。最后，他想到了技术尖子宾锡午——此时他已调到公司盾构技术中心去了。杜昌言立即找到他说明情况，问道："宾工啊，你有没有好办法啊？"

"这个……"宾锡午沉思良久，眼睛一亮说："前面做过验证，不像是外来的水。是不是灌浆阀门用了2000多米，有磨损，把原来里面的水带进来了。"

"哦，有道理。"杜昌言大受启发。

他们回去后拆掉旧阀门，换了一个新的，并关闭了进浆管，再一看，液面没有变化。"加强观察，随时通报情况。"杜昌言叮嘱完值班员回了宿舍，已经几天几夜连续奋战，他实在太累了。

"液面稳定了！"这天晚上10点多，现场值班人员在微信群里发出一条微信。杜昌言看到后，回了一个"竖拇指"的图标，长长地出了一口气，倒头睡了个好觉。

第二天早晨一上班，同事们经过一晚上的观察，液面还是没再涨，再没有水沙进来，证明干接收方案是成功有效的。杜昌言欣喜地通知现场施工员："可以破了！"

"咚咚咚……"风镐启动，工人们开始打眼，一点一点地凿开洞门，迎接"潜龙"一样的"泰山号"盾构机破壳出洞、展现雄姿。

这一天，黄河南岸济泺路北端，钢筋水泥造就的深深的接收井披上了节日盛装，红旗招展，标语映天，身穿蓝色、橘红色工装的建设者围在两旁，挥舞着一面面旗帜，兴高采烈。时间一到，直径15.76米的、圆圆的盾构机刀盘，带着满身泥土，旋转着呼啸而出……

双龙并进，双喜临门；萧规曹随，一通百通。

两个多月后，济南黄河济洛路隧道西线的"黄河号"盾构机，同样轰鸣着穿越驶来。前面有了"泰山号"的成功接收，紧随其后的"黄河号"畅通无阻，于2021年1月23日平安贯通出洞了。

不用说，同样受到了热烈欢迎，彩旗飘扬，欢声震天。

有朋友可能会问："黄河号"先行始发开进，怎么落在后边了？实际上只要你仔细阅读各个章节，就会发现其中的奥秘。因了处理机械故障和地质情况的差异，等于前者为后者提供了经验教训，"泰山号"反而少走弯路，后来居上了。最后冲刺阶段，它又为前者铺平了道路。两个盾构兄弟，互帮互助，交替前进。

至此，国内在建最大公轨合建盾构隧道"万里黄河第一隧"，全线贯通了，抓紧后续配套工程，建设指挥服务管理中心，竣工通车指日可待。

中央电视台新闻直播间、央广网、新华网等各大网站媒体率先报道。第二天，《人民日报》在头版刊登要闻：

济南黄河隧道全线贯通

1月23日，山东省济南市天桥区泺口浮桥渡口旁，"黄河号"盾构机巨大刀盘破土而出，这意味着"万里黄河第一隧"济南黄河隧道工程全线贯通。按照计划，今年10月份隧道建成通车，届时，开车最快4分钟、乘坐地铁2.5分钟可穿越黄河，比绕道济南黄河大桥节约近1小时车程。

据介绍，济南黄河隧道工程线路全长4760米。隧道设计为双管双层，管片外径15.2米，上层为双向六车道公路，下层为轨道交通，使用两台超大直径泥水平衡盾构机施工，刀盘开挖直径15.76米，是目前国内在建最大公轨合建盾构隧道。

隧道自2019年9月盾构掘进以来，先后克服了大断面、长距离、浅覆土、深基坑、高水压、钙质结核和粉质黏土不规则分布等技术难题，两条隧道相继贯通，有效掘进期间平均每天掘进10.8米。隧道采用市政道路和轨道交通合建盾构隧道的方案，实现了空间利用的优化以及对黄河生态的保护。

《人民日报》(2021年1月24日第01版)

　　由此可见，北国江南、大河上下的人们是多么关注这条隧道啊！可以说，大家正在见证着这一项千百年来的人间奇迹的诞生。

　　"洞通"只是整个隧道打通了，如果想要正常运营行车，还有许多设施和工作要做。首要的任务，就是建设"黄河隧道的大脑"——北跨桥隧指挥中心。其次是安装调试灯光、通讯、消防、通风等隧道配套设备。

　　当时，即将迎来中国共产党成立100周年，各级主管部门提出一个目标：定于2021年7月1日全线通车，向建党百年献礼！

　　工程施工，设计先行。总承包设计单位——铁四院，早就忙碌起来了。此时的副总设计师张亮亮常驻一线，承担起总设计的职责，如同过去一样，立即全身心地投入进去，组织相关人员分别设计土建、内部管理、机电系统等设施。

　　值得一提的是，此时的张亮亮刚刚大病初愈，从死神手里挣脱出来，又义无反顾地与十四局和业主、监理兄弟们并肩战斗了——

　　那是在2020年6月17日，一个令他终生难忘的日子。晚饭后，爱好运动的张亮亮来到篮球场上，前攻后防地打起了篮球。突然，他觉得左胸一阵绞痛，还闷闷得喘不上气来，像压了一块大石头，只得蹲在地上大口喘气。

　　"怎么啦？张工，哪里不舒服？"同伴连忙围拢过来。

　　他怕扫了大家的兴致，摆着手说："没事、没……事，可能这段太累了，休息一会儿就好了。"

　　实际上，情况远比他想象的糟糕。由于项目工作紧张，张亮亮只是吃了点对症药了事，直到这年9月回武汉探亲时，才顺便到医院去做检查。医生一看心脏冠脉CT报告单，直接就说你赶紧住院吧！原来检查结果显示，他有两根心血管严重堵塞，其中左前降支堵了95%，妥妥的冠心病，应当马上支架或搭桥手术。

啊？！他当场蒙了，觉得自己才40岁，怎么可能得这个病呢？其实由于工作压力大，时常熬夜，加之饮食不注意，冠心病不再是老年人的"专利"，已经年轻化了。没说的，妻子家人心疼，领导朋友关心，抓紧治病吧！半个月后，张亮亮在武大人民医院请专家做了手术，一下子在冠状动脉血管上放了两个支架。

按理说应该好好休养一下，单位还准备给他换一个工作留在武汉机关，不用再跑工地了。可张工是个有理想有情怀的人，觉得自己参与了黄河隧道设计，希望看到它圆满成功。他仅仅休息了十几天，听说东线即将贯通，就再也躺不住了，于10月下旬跑回到济南项目上。

大家得知了他的情况，十分感动，纷纷问候表示祝福。当举行东线贯通仪式时，彼此相熟并结下友情的业主代表许为民副总经理，拍着他的肩膀开玩笑说："嗬，你是有'架子'的人，做的事就是有价值！"

其实那是表扬他和他的团队，在隧道设计上立下了汗马功劳。

现在，张亮亮带领设计师们打响了另一场攻坚战，为正式全面通车奠定坚实的基础。2021年，就是机电通车年，一边加紧建设运营管理中心，一边完善隧道"风水电"配套系统。他们夜以继日地描画图纸，计算数据，有时甚至通宵达旦。

暮春时节，图纸全部出完，一共110册图纸，厚厚的一大摞，将近一人高。经过专家和业主审核予以通过，济南市住建局颁发了合格证书，达到了一个关键节点，下一步即是紧急配合施工。

有时，设计师们晚上细化施工图，翌日一大早就被施工单位拿去干活了；有时干脆就等在设计室门口，等着出图纸、出采购材料联系单。

黄河"潜龙" ⎪

一个月里，张亮亮出了40多份联系单，平均每天要出两份。几乎忘记了自己曾患过冠心病，还装了两个支架，但他看到中铁十四局济南黄河济泺路隧道项目——历朋林指挥长、白坤经理、杜昌言总工等人，都是这样拼命地工作，再辛苦也不觉得累了。这年他才41岁，头发已经开始发白……

距离"七一"越来越近了，各工序需要抢工，项目部几乎每天都开调度会。大家都感到太紧张了，担心"萝卜快了不洗泥"，认为还是实事求是，不要把献礼工程搞成了"献雷"工程。于是，最后有关领导部门决策：时间服从质量，可以延期两个月通车。

这样一来就从容多了，他们从设计、施工到清理，从收费站、指挥中心到隧道供电、供水、供气等又重新梳理了一遍，为隧道内通风除湿，描绘洞壁上的荷花图案，美化净化隧道内部，扎扎实实地做好了通车准备。

与此同时，黄河上第一条穿河大直径隧道，创造了多项新技术、新方案，甚至在国际上都处于领先位置，赢得了许多专家学者的高度评价。2021年7月5日，由济南城市建设集团联合中铁十四局召开了"济南黄河隧道工程关键技术总结暨北延隧道建设方案专家咨询会"，国家最高科学技术奖获得者、中国工程院院士钱七虎担任组长。

国家地下工程领域的权威人物：钱七虎院士、李术才院士，北京交通大学袁大军教授、长安大学陈建勋教授、济南大学刘俊岩教授、山东大学李利平教授组成的专家组通过实地查看、观看宣传片、听取汇报，对济南黄河隧道工程关键技术、北延隧道项目建设方案进行深入了解，答疑解惑。

时任济南城市建设集团副总经理许为民，时任中铁十四局总经理周长进、副总经理薛峰，科技创新部部长、大盾构研究院院长王华伟，大盾构公司执行董事张哲、党委书记史庆涛、总经理陈鹏以及相关单位负责人都参加了会议。

应该说，无论是黄河隧道项目，还是中铁十四局大盾构事业，钱七虎的名字都在上面闪烁着光彩，倾注着他老人家的大量心血——

1937年深秋，在江苏昆山一户钱姓普通人家，一个男孩呱呱坠地。长辈们对他寄予了深厚的期望，以"七虎"为名，寓意能够如猛虎般勇往直前。

果然，钱七虎不仅承载了家族的希望，更在日后成为中国科技领域的佼佼者。童年经历的日寇侵华使山河破碎的惨状，让他小小年纪就立下了保家卫国的远大志向。新中国成立后，他刻苦学习实践，成为著名的防护工程专家，中国工程院院士，国家最高科学技术奖获得者，曾经主持和参加了中国多条地铁工程、城市水下隧道和海底隧道工程的设计方案审查工作。

如今，耄耋之年的钱七虎早已从领导岗位退了下来，但他比以前更忙碌：作为多个国家重大工程的专家组成员，他积极为决策部门出谋划策；以顾问的名义，他经常受邀到工程一线指导项目建设，协助完成了以南京长江隧道为代表的一系列隧道工程，对南水北调工程、西气东输工程等提出了切实可行的建议，并多次赴现场考察，制定关键性的解决难题的方案。

2023年，钱七虎荣获"感动中国2022年度人物"，颁奖辞写道："什么才是安全，不是深藏地下，构筑掩体，是有人默默把胸膛挡在前面。什么才是成就，不是移山跨海，轰天钻地，是奋斗一甲子，铸盾六十年，是了却家国天下事，一头白发终不悔。"

从中铁十四局决心做好大盾构事业那一天起，就与钱七虎院士结下了不解之缘。在南京长江公路隧道、武汉地铁8号线越江隧道、扬州瘦西湖隧道、苏通GIL综合管廊等项目上，他老人家都是不辞辛劳，亲力亲为当好顾问和审核者，成为隧道建设的"定海神针"。"万里黄河第一隧"上马后，钱院士更是大家的主心骨，从地勘、工可、初设到始发、施工和监理，有时等他点头签了字，大家才放心大胆地去做。

2021年通车在即，80岁高龄的钱院士坚持冒着酷暑再次前来济南，带领专家组研讨评审，总结提高。经过一番严谨细致的论证，专家组一致认为：济南黄河隧道，是国内首次在黄河中下游地区，采用超大直径盾构穿越地上悬河的成功案例。施工单位精心施工，科技研发有力支撑，攻克了多项世界级技术难题，工程管理和工程质量总体上达到国内领先水平。

头发花白却精神矍铄的钱七虎院士，斩钉截铁地指出：

"参建团队通过一系列科技创新，攻克黏土质、钙质结核等困难，在短时间内完成首个穿越悬河的大断面工程，这是一条以科技创新为支撑的高质量隧道。接下来的济泺路穿黄北延隧道的建设，要加强地质勘探，借鉴成功穿越黏土地层、运营高铁等已有经验，以'如履薄冰、如临深渊、如坐针毡'的心态，高质量推进北延隧道工程建设，确保隧道成功穿越。"

济南城市建设集团许为民副总经理代表业主，向钱七虎院士为组长的专家们为济南黄河隧道的建设提供强大的智力支持和技术指导表示由衷的感谢。他说：

"第一条穿黄隧道胜利在望，我们相信在院士专家的关怀指导下，各参建单位团结协作，一定能再续辉煌，把济南穿黄北延隧道工程建设成为世界一流、安全可靠、质量优良的大盾构隧道工程，为推进'携河北跨'、建设'大强美富通'现代化国际大都市作出新的更大贡献。"

如今已经升任中铁十四局党委书记、董事长的周长进，也在致辞中表达了对专家们和参建团队的感谢之情，认为济南黄河隧道工程，向着建设世界一流大盾构标杆项目方向努力，也为人类穿越黄河储备了人才、积累了经验。他说：

"中铁十四局将以更加昂扬向上的姿态，严格过程控制、提升管理水平，切实将北延隧道工程打造成安全工程、绿色工程、民心工程、精品工程，当好济南携河发展排头兵，为推动强省会战略落地落实和济南新旧动能转换起步区建设贡献积极力量。"

会场上掌声不断，象征着人们信心满怀、胜利在望。

"风樯动，龟蛇静，起宏图。一桥飞架南北，天堑变通途。"这是当年一代伟人毛泽东主席写作的诗句，讴歌了武汉长江大桥的伟岸雄姿。如今，在济南城北的母亲河黄河上，可以说是"一条隧道通南北，千年天险变通途"了。

2021年9月28日上午，在新中国成立72周年即将到来之际，备受瞩目的"万里黄河第一隧"——济南黄河济泺路隧道胜利建成通车了。

历时45个月1350余天，克服了一个个艰难险阻，这条承载着济南"北起"梦想的超级工程如期竣工。潮起大河畔，龙由地下飞，它将为济南从"北跨"到"北起"，贯彻落实黄河重大国家战略和建设新旧动能转换起步区注入强劲动力。

这是济南人、山东人，也是华夏儿女的大喜日子，锣鼓喧天，鞭炮齐鸣，宛如过节一般，由此人们过黄河也可以从河底穿行了。这是神话吗？不，这是摆在面前的活生生的现实。

在省会济南的城市中轴线上，在联通南北的经二路再越过天桥直达济泺路的最北端，赫然出现了两个硕大的洞孔，好似一双深邃的眼睛凝望着南天，上方雕塑着一行大字：济南黄河济泺路隧道。那是我国古代著名书画家赵孟頫的笔体。

同时，装修时还在洞口特别设计装修了一个夜景点，即灯光秀——隧道出口棚子上面是有灯光的，每到傍晚就定时变幻五颜六色，十分漂亮。如果你站到南岸旁边酒店大楼上面，会看得更加清楚，成了一个所谓的网红打卡地。

在隧道内端口一带，他们专门邀请山东艺术学院的工艺美术师生，帮助做了景观集成改造，顶部像星空一样设置彩灯，一闪一闪的，叫作星空顶；路旁墙壁贴了个红杉图案，叫作幸福树。两端一百多米都在黄河隧道里边，赏心悦目。

外边，将出风塔（类似烟囱功能便于排放汽车尾气）变成一个艺术品景观：南岸是一个黄色的龙山文化陶器造型，北岸也是一种陶器，4面印有4种不同的"水"字汉字字体，体现泉城的水文化。出口同样做了灯光秀，洞顶上是鸟状飞翔的样子，给人一种凤凰展翅的感觉。包括两端的管理中心，汲取了民族建筑的特色，设计建设成斜坡"大屋顶"——像古代寺庙一样，体现了华夏传统的建筑美学。

收费站出口是两个大棚，叫作膜结构，顶棚涂料选用天蓝色水性涂料喷涂，通过灯光的照射，让人仿佛感觉在大海中遨游，与穿黄遥相呼应，而且蓝色提神醒脑，便于缓解司机驾驶时的视觉疲劳。

隧道侧墙钢钙板安装采用明框施工工艺，分上下三段式横向排版，板材颜色划分由上到下分别为钛白色、国际橘色、钛白色，侧墙钢钙板总高3.05米。隧道内沥青路面分上下两层，上面层是4厘米玛蹄脂沥青混凝土，下面层是6厘米SBS改性沥青混凝土，设计速度主线为60公里/小时，匝道为40公里/小时。

尽管在水下这么深的位置，还是公路和地铁轨道合建，倘若遇到突发事件，已做好了相应的解决方案。隧道内设置了很多消火栓、水喷雾、灭火器、广播、紧急电话、视频监控、设备监控等完备的防灾救援设施，通过中央计算机进行一体控制，可实现上层道路6分钟完成疏散，下层地铁区间30分钟完成疏散。安全高效、畅通无阻。

为了做到万无一失，百分之百的保证安全。建成通车之前，隧道管理部门专门做了一个防灾疏散演练。他们联系学校组织了将近100多名学生，来到隧道里边，模拟突遇火灾，要求在3分钟之内安全疏散完毕。因为一辆满载汽油的小汽车，在没有爆炸的情况下，起火得不到及时灭火，一般在三分钟内就烧没了。

开始没有经验，一声"失火了，快跑！"

100多名学生根本听不清指挥，乱跑一气，互相挤踏，七、八分钟甚至十几分钟才能疏散干净。这可不行！本来设计75米有一个疏散口，连接到救援通道去。可是一到危急时刻，人们往往乱了方寸，没头苍蝇一样胡跑瞎撞，结果都挤到一个口子去了。

第二次有了经验教训，首先让大家不要乱，听指挥行动，分别从不同的疏散口出去，大家有秩序地撤离，一两分钟就分别疏散干净了。这就充分证明了：穿黄隧道是安全可靠的。

此外，隧道内如果发生火灾，得不到及时扑救，烟熏火烧，后果是相当严重的。这种极端例子屡有发生，给人们的生命财产造成重大损失。济南黄河济泺路隧道高度重视消防工作，采取了三种防范监控措施：烟雾感应，温度感应和燃气感应。

一旦隧道出现上述现象，立时可通过一些设备传感器感觉出来。如果有三个报警点报警，自动喷淋系统立即启动，直接对着火源就过去了，喷水至少半小时，这些都是智能的，自动消防联动。为此，他们做了很多实验和消防演练，黄河隧道完全可以达到这种效果。

一切准备停当，通车典礼如期举行。

记得当年南京长江大桥竣工通车时，时任南京军区司令员的许世友将军特意调来一百辆坦克，从桥面上驶过，用来证明大桥的稳固性和重大意义。而今，穿黄隧道不需要那么验证了，一辆辆大小汽车鱼贯而行，双向双洞六车道，标线清楚，路面平整，灯光明亮。

尤其隧道两侧墙壁上，别出心裁地绘上了富有泉城特色的水纹、花束，顶部更是装饰着多彩的照明灯，宛如满天璀璨的星斗，闪烁发光。行车于此，如同在银河里驶过。过去从济南去黄河北，需要绕路公路大桥，或者是走泺口浮桥，最快也要一两个小时。现在，眨眼间，四分钟就过了黄河……

第七章

一路潜向北

一

北延：斗罢艰险再出发

你挑着担，我牵着马，
迎来日出，送走晚霞。
踏平坎坷，成大道，
斗罢艰险又出发，又出发。

一番番春秋冬夏，
一场场酸甜苦辣。
敢问路在何方，
路在脚下……

铿锵激昂的旋律，雄壮有力的歌词，把人们带进了一个神奇励志的情景。对了，这就是电视连续剧《西游记》中的主题歌曲，讲述了唐僧师徒克服种种艰险曲折、历经九九八十一难、"不忘初心，方得始终"取到真经的故事。

如今，济南黄河济泺路隧道一炮打响、胜利通车，创造了人类首次超大直径盾构穿越地上悬河的奇迹，将古人只能在神话传说中的幻想变成了现实。然而，光荣的中铁十四局大盾构人并没有停下脚步，甚至都没有抖一抖身上的征尘，而是把庆功会开成了誓师会，马不停蹄地踏上了新征程。

正像那首主题歌唱道的一样：踏平坎坷成大道，斗罢艰险又出发。

细心的读者会发现，前面章节里不断提到一个词语：北延。诸如北延工程设计通过审核、专家认为北延工程势在必行、高质量推进北延隧道工程建设等。

事实上，早在济泺路穿黄隧道建设中，随着新旧动能转换起步区的启动发展，省市有关方面已经认识到：隧道只通过黄河还是不够的，应该继续向北延伸，方可起到更大的作用。

于是，一边是济泺路穿黄隧道夜以继日地推进，一边是北延工程加紧设计审核。双管齐下，压茬进行——

工程全称"济南黄河济泺路北延隧道工程"，起自济南黄河济泺路隧道北出入口敞开段，向北延伸，接入原S101省道，穿越邯济铁路、鹊山水库，以明挖暗埋方式下穿石济客专及邯胶联络线，过科学城南边界路后出地面，继续向北直至308国道。

全长约4.4公里，隧道长约3.2公里，采用双管双层盾构形式，盾构段长约2公里。盾构机刀盘开挖直径15.76米，约5层楼高，管片外径15.2米。工程设计为公轨合建超大直径盾构隧道，上层为双向六车道公路，下层为轨道交通空间预留。

建成通车后，它将与济南英雄山路、纬二路、济泺路和起步区规划路，共同构筑起连接主城区和起步区核心区域的南北主轴线。

"一年立框架、三年出形象、五年创示范。"

这是山东省会济南城市建设的宏伟愿景。计划到2025年，基本建成示范区主体框架，与主城区之间的跨河通道达到5处，内部道路约90公里，总部经济区及都市阳台东组团、中组团城市形象基本形成，鹊山生态文化区（一期）

省博园达到开园条件，城市服务功能趋于完善，与起步区"五年成形"的第一个五年建设目标基本一致。

北延工程，意义重大。

2020年8月14日，济南黄河隧道北延工程发布招标公告：工程规划定位为城市道路与市域铁路共用的跨河隧道，是联系大桥与主城中心区的重要交通走廊，承担着均衡中心区过河交通客流与车流、完善城市道路网与轨道网、支撑新旧动能转换起步区发展的功能，并具体公布了投标要求。

作为济南新一轮规划发展及新旧动能转换的标志性工程，这条隧道是连通济南市主城区和新旧动能转换起步区的重要纽带，更是贯彻落实国家黄河生态保护和高质量发展，以及山东省委、省政府"强省会战略"三大战略部署的具体展现。

这项北延工程的如期竣工，将进一步优化黄河两岸交通布局，有力服务城市空间拓展，完善城市道路和公共交通体系，推动济南"携河北跨"战略的实施。未来，市民从济南城市副中心到主城区，驾车10分钟左右便可到达。

这个重担又落在了中铁十四局大盾构人肩上了。

经过前项穿黄隧道工程的建设，业主、监理均已充分认识到了这支"大盾构铁军""穿黄先锋"的智慧与力量，将再次携手并肩接续战斗下去。这就像某剧组拍出一部叫好又叫座的电视连续剧一样，赢得投资方和制片人高度信任，要求"原班人马"再接再厉，再创辉煌，拍出"更上层楼""精彩绝伦"的续集。

"好啊，我们还真没干够呢！不用重新建家建线，就地转入新战场。既节省了不少成本，又可稳定队伍再立新功。真是太好了！"

"是啊，前有车后有辙，从胜利走向胜利。'黄河号'和'泰山号'可以再显身手、再立新功啦！"

还是那支队伍，还是那片阵地——在济泺路黄河隧道中立下汗马功劳的大盾构公司副总经理历朋林，仍然担任指挥长，原项目总工程师杜昌言接任项目负责人、原副经理贺小宾接任党支部书记，原工程部长王超接任总工程师，原机电部部长杨青林、东线盾构机长周赞接任北延双线盾构经理……

还有一些经过穿黄工程锻炼与磨砺的工程技术人员，积累了经验、增长了才干，分别调到其他项目部担任要职。比如前面提到的白坤、宾锡午、高腾达、田兆平等人。黄河隧道，简直就是十四局大盾构"方面军"的又一"黄埔军校"，新一批批年轻有为的人才脱颖而出。

实际上，业主继续把北延项目交给他们，也是一个非常正确和明智的选择。几年来，这个项目总承包单位——中铁十四局、铁四院，已经十分熟悉这里的地质情况以及工程特点，对两台盾构机也相当熟悉，并且不用迁移，就地即可展开工作。

加之他们与济南城市建设集团、上海监理公司等方面配合到位，省去了许多磨合时间和精力，立即能够驾轻就熟地投入新的战场。

从某种角度上可以说：济泺路穿黄北延隧道工程是"万里黄河第一隧"交响乐的第二章节，是贯通主城区和起步区核心区南北主轴线的关键节点。

同时，它还是国内目前首次以浅埋明挖基坑方式，穿越运营高铁桥桩，控制了隧道规模；隧道采用超大直径盾构机施工，设计为公轨合建，节约了穿黄廊道资源；道路与轨道交通机电系统独立设置，提升了道路与轨道交通的运营安全和养护效率；采取加强盾构机的配置、管片壁后注浆等措施，降低了对地层渗流场影响。

按说，北延项目是济南黄河济泺路隧道的延伸——两座隧道直径、建设方案基本一致，穿越地层均为粉质黏土，局部夹杂钙质结核，前面已经解决了难关，等于铺平了道路，做起来应该会更顺畅一些。其实不然，一是北延盾构机需要以56度角斜穿运营中的邯济铁路，对维护路基沉降有严格要求。二是盾构机下穿鹊山水库，对保护民用水源地要求更高……

当然，还有起初对钙质结核地层考虑不足，导致首条穿黄隧道在盾构机掘进时，受到了强有力的阻碍。吃一堑长一智，同样的问题不能再发生。

杜昌言在办公会上说："钙质结核不可小看，经过亿万年的沉淀沉积，质地特别坚硬，进入出浆管道会产生浆液滞留、卡管卡泵等问题，严重时还会使管道磨损、设备停机。大家一定要重视这个问题。"

"对！工欲善其事，必先利其器。我看咱们可以改进一下盾构刀盘，有了一口尖牙利齿，再硬的石头也能啃得动。"

为此，技术团队成员，你一言我一语地展开了讨论。有人也提出了担忧："还是慎重点好。咱们这两台'钻地龙'是外国机器，万一改装砸了锅，再找人家，他们可是不认账啊！"

"老外没什么了不起的，前两次故障，还不是依靠咱们自己力量排除的！地下情况难以预料，就得不断改进创新才行。"

说来说去，开工前整修设备、提档升级成为大家的共识。

为了确保有效掘进，使隧道顺利通过复杂地质区，穿越铁路、水库、管线等地面构筑物，项目团队决定对"黄河号""泰山号"盾构机进行针对性改造和适应性配置。怎么改、如何改？杜昌言带领项目团队制定详细的"工作清单"，先后召开30余次会议，最终敲定盾构机"升级"方案。

其中重点，当然是让它们的"牙齿"更锋利——

在原来基础上，维修人员又增加了38把焊接式先行刀，并且提高了刀具高度，使其更加有效应对当前穿越地层。

其次，是设法让盾构机的"血管"更通畅——

盾构机增加了联通管路螺旋防堵系统，有效防止仓内联通管因底部堆积造成的压力不稳定，并能保证联通管始终处于通路，进而使掌子面保持稳定。

实践证明，升级后的两台盾构机，有效适应了黄河特有的粉质黏土层、局部夹杂钙质结核，工效提升了百分之二十。

磨刀不误砍柴工。就在济南黄河济泺路隧道全面通车之后，已经转为

黄河"潜龙" |

"北延工程项目部"的团队，基本是无缝衔接，开始了新的征战。下面让我们看一下这项工程启动的时间表和路线图，即可一目了然：

2021年7月5日，济泺路穿黄北延隧道工程建设方案专家咨询会在济南举行，中国工程院钱七虎院士、李术才院士等6位专家组成的专家组认为，工程总体建设方案可行。

2022年2月—5月，"黄河号""泰山号"准备再战北延。

2022年8月20日，济南济泺路穿黄北延隧道项目水库南岸工作井及始发段主体结构，做好了最后一块顶板混凝土浇筑，顺利完成主体结构封顶，为盾构始发打下了坚实基础。

2022年10月27日早上9点9分，济泺路穿黄北延隧道项目轨道交通段盾构机"起步号"（一台直径较小的盾构机）胜利始发掘进，标志着连接黄河隧道与穿黄北延隧道的地铁轨道交通建设，全面进入盾构施工阶段。

2022年11月8日，济泺路穿黄北延隧道项目召开盾构下穿鹊山水库以及两岸大堤安全专项施工方案专家论证会，为"黄河号"盾构机顺利始发并成功穿越鹊山水库把关谋策。钱七虎院士、李术才院士等专家参会并提出相应建议。

2022年11月26日，济泺路穿黄北延隧道工程西线盾构机"黄河号"，胜利始发掘进。

2023年3月4日，地铁轨道交通盾构隧道首线贯通。

2023年3月20日，济泺路穿黄北延隧道项目水库北岸接收井首幅地连墙钢筋笼，顺利完成吊装，标志着穿黄北延隧道接收井进入实质性施工阶段。

2023年5月9日，历经近一个月的组装调试，东线盾构机"泰山号"胜利始发掘进。

2023年5月19日，济泺路穿黄北延隧道工程"起步号"盾构机，为连接有关地铁轨道交通二次始发……

二

斜穿铁路线

北延工程的第一个难关是：地下斜穿邯济铁路联络线。

由于北延隧道不是与黄河隧道同期规划设计、同步施工建设的，走向和出口均未曾考虑下一步遇到的铁路情况。现在继续向北延伸隧道工程，不可避免地需要穿越地上原有的铁路线。

按规定，为了增加稳固性，保证列车安全行驶，地下工程一般需要正面十字形交叉，并且上层覆盖土层应与隧洞直径成正比，也就是说：直径十五米级的盾构机，至少保证十五米厚度。

然而，受到黄河隧道北出口的方向和深度所限，北延隧道恰恰与上述要求不太符合。一是无法正交，斜度大约在130度左右。二是北延入口始发井距离铁路线较近，只有60米，下挖坡度不能太大，埋深在12米左右。

首次方案报出来之后，铁路部门把头摇成了"拨浪鼓"："不行不行。这两条差得太远了，拿回去重新改！"

"哎，前面马上通车了，总不能将延伸线改个方向吧。

"说得好听，行车出事，我们谁也负不了这个责任。少啰唆，不改方案不能动工！"

老实说，人家按规定办事，有理有据。可北延工程也不能耽搁啊！工程项目联合体再想办法吧。铁四院以张亮亮为主的设计团队，一遍一遍地测算、地勘，在电脑上反复构想、画图，计算数据。结论是在现有条件下，做好防护措施，只能将隧道与铁路斜交扭转到60度左右，难以达到90度正交目标。而埋深实在是不能再增加了，总不能让汽车进了隧道，立即下沉，就像是跌进了大坑一样。

修改方案再次上报，还是卡住了，埋深不够的话，铁路部门担心下面大盾构机发力推进，影响地面铁路线，"人家不可能为了你的工程影响我铁路交通"。他们宁可不放行这个工程，也要保证铁路运营安全，硬邦邦地扔出来两个字："不行！"

哎哟哟，这可麻烦了！施工方强调工程的重要性和条件所限，铁路方面坚持按规章办事，甚而严肃表态：万一盾构机在地下施工，造成上面铁路移位甚至沉降的安全隐患，那就"吃不了兜着走"了。就这样，为了如何安全穿越铁路线，项目部和业主与铁路部门反复对接，来回折腾了将近半年时间。

最后，为了重点工程大局，又要保证铁路安全，双方互相理解，共同研究解决办法，一直到2021年2月初，终于确定下来实施方案：项目联合体保证精心设计、精细施工、严密监测，并且依据铁路保护技术，做了一个"地形垫梁"——在铁路下面路基建短桥，增加稳固性，尽量达到铁路部门的要求。

另一方面，铁路部门在反复研讨之后，同意了斜穿路径。主要是在盾构机下穿的时候，做好观察应对预案，偏移不超过一厘米，他们可以通过人工保养，将其修正过来。简言之，双方都采取了很多保护措施，可以说"武装到牙齿"，工程如期动工了。

尽管把该想到的该做的，都想到做到了，可真正启动盾构机掘进时，项目部上上下下还是捏着一把冷汗。生怕哪一点上考虑不周，酿成不可挽回的损失。

那些天里，历朋林、杜昌言一边指挥各部门本着"三如精神"，小心翼翼地推进，一边增加了一个临时措施：派专人轮流二十四小时站在铁路线上，几乎不眨眼睛地观察地面情况，哪怕稍微有一点异常现象，立刻上报，停机处置。

有惊无险。

项目前期准备工作细之又细，安排妥当，措施有力。两台盾构机一天一夜之间，就顺利穿过了邯济铁路联络线，而且没有给铁路设施造成任何不利影响。

"不打无准备之仗，不打无把握之仗，每战都应力求有准备，力求在敌我条件对比上有胜利的把握。"这句毛泽东主席的军事理论名言，不仅战争时期起到重大作用，在和平年代的工程建设中，也是"克敌制胜"的法宝。

是的，施工如同作战一样，攻克了一个山头，渡过了一道险关，前面还会遇到新的敌情、新的战场。相比穿越铁路线，难在双方交涉、制定施工方案上面，实操起来并未出现险情来说，接下来的难题却让项目部步履维艰、夜不能寐了。

因为如果说在黄河下游的"悬河"下面打隧道，潜藏着冒顶漏水、坍塌淹洞的巨大隐患，那么在北延线路上，这个难点和风险并没有完全消除。整个盾构团队需要穿越一个水面更长、更需要保护的重要地段——"鹊山水库"。

这也就意味着困难更大、责任更重……

三

鹊华秋色今又是

秋日的济南，山高气爽，湖清泉旺，风光迷人，不是江南胜似江南。尤其城北有两座山峰相对而立，一名鹊山，顶部漫圆，一名华山，巍峨高耸，树木繁茂，大气古远。山下湖水荡漾，渔舟出没，水村房舍叶绿花红，美如一幅山水画徐徐展开……

嗬，这正是元代著名书画家赵孟頫的大作《鹊华秋色图》。而他倾心描绘的就是当今济南城北秋天的风景——隔河相望的鹊山和华山。只不过当年黄河还没有改道由此入海，而是两山之间有一泓碧波荡漾的鹊山湖，以及由此滋生的林草葱茏的湿地沃土。

值得一提的是：作者并非济南人，此画也并非在济南所作，其间珍藏着一个思念故乡的感人故事。

赵孟頫（1254—1322年），字子昂，浙江吴兴人，至元二十九年（1292年）夏六月被元世祖任命为"同知济南路总管府事，兼管本路诸军奥鲁，总管缺官"，在济南一待就是三年。公务之余，他深入民间采风，体察风情世俗，并常到趵突泉、大明湖等处游览，留下了许多赞颂济南山水的诗词。1295年，刚过不惑之年的赵孟頫由京城辞官回到家乡，在这里结交了众多文人墨客。

其中一位名叫周密（1232—1298年），字公谨，祖籍济南华不注山下，号称华不注山人。宋靖康元年（1126年），金兵南下使北宋灭亡，周家离开祖籍济南迁至吴兴。周密出生在江南，从未踏上过济南的土地，但一生怀念故乡。他也工书画、通音律、能诗善对，在《齐东野语》中说："余世为齐人，居历山下，或居华不注之阳……"饱含着浓浓的乡恋情结。

有一天，两人和几位好友喝酒作诗，大家谈笑风生，说起曾经游历过的名山大川，赵孟頫盛赞济南山水之胜。谈及鹊山和华不注山，一个浑圆敦厚，一个高耸入云，两座山峰形态迥异，穷尽山之俊美巍峨，使在场的人为之神往。

闻听这番描述，周密对济南更加眷恋，遂央求道："吾本齐人，却从未见过如此美景，可否请孟頫老弟作幅画，以补未曾涉足故土之憾。"

"这有何难，只要吾兄喜欢，弟当成人之美，拿纸笔来。"当下，赵孟頫凭着记忆描画起济南华不注山和附近鹊山的秋天景色，一边画，一边还给大家介绍济南的山水、民俗风情。

画毕，他在上边专门写了一段题跋："公谨父齐人也，余通守齐州，罢官归来，为公谨说齐之山川，独华不注最知名，见于左氏，而其状又峻峭特立，有足奇者，乃为作此图，其东则鹊山也。命之曰鹊华秋色。"

这一国宝级的书画，就这样诞生了，流传于世。现在济南大明湖超然楼顶层的展厅里，有一幅复制放大的电子山水画《鹊华秋色图》，其中人物、车马，可以"活动"起来。

"萧瑟秋风今又是，换了人间。"

一晃近千年过去了，如今的济南北部，尽管自清代黄河穿城而过且日渐成为"悬河"，但高耸入云的鹊山和华山依然相对屹立着，隔河而望，而在北岸原来一片大湖的地方，建起了一个堪称济南人命脉的鹊山水库。从黄河引来的河水经过沉淀，成为一泓碧波，清澈见底，岸边草木丰茂，景色依然美丽。

别看济南是泰山南北、长城内外有名的泉城，具有"天下第一泉"的趵突泉就出自这里，泉是济南的"市魂"，构成济南独特的城市风貌和历史人文景观。但随着城市规模的不断扩大，人口增多，经济社会事业高速发展，城市用水激增。

加之地下水严重开采，造成地下水持续下降，供水不能满足需要，严重制约了济南经济发展及人民生活水平的提高，影响了城市环境和旅游事业。甚而到了干旱年份，就连喷涌了千百年的名泉也会断流。

泉城，成了一座干渴的城。

为了提高城市供水能力，满足城市发展要求，减少地下水开采，恢复泉城景观，20世纪90年代，国家有关部门当机立断，决定在济南市天桥区黄河北岸济南段北展区末端、鹊山脚下一片洼地里，建设一座平原调蓄水库，通过引入黄河水解决省城缺水问题。

1998年10月5日奠基开工，工程设计由大王庙引黄闸取水，经一号泵站提水送入沉沙条渠，再经地下输水涵洞至2号泵站提水或自流入库。1999年12月建成蓄水，2000年4月24日正式向济南市区供水。

鹊山水库占地7.4平方公里，库围坝长11.6公里，总库容量4600万立方米，库水经3号泵站提水，通过10余公里的内径1.8米的输水管道，送至黄河南岸的沙王庄水厂，每日可生产40万立方米自来水，全年供水16060万立方米，供水保证率97％，含沙量小于0.5千克每立方米。

目前，这座水库是济南市最大的城市供水基础设施，水质经检测达到地表水国家二级以上标准，完全符合饮用标准，承担着全市40％的居民用水，没有替代性水源。它是济南人不可或缺的重要水源地。

翻开济泺路穿黄北延隧道工程路线图，可以清晰地看到，两台盾构机要先后下穿鹊山水库，穿行水域长达1550米。这比首条黄河隧道水面要长出近千米，而且不能有一点儿污染、渗漏，更不能泻水，因为那将牵连到千百万济南人吃水、用水的大事。

命运攸关，不可小视。

应该说，在盾构机穿越鹊山水库时，如何严防死守渗露、冒浆等问题，保护水质不受任何污染、泄露，水源地平安无事，是整个项目部的重中之重。

事实正是如此，北延工程的难度要比"穿黄"大。因为从水库下面打隧道，既要保证工程安全掘进，千万不能把水库打穿了。又要保证水质清洁、供水不受任何影响。两边大堤相距1.7公里，堤内水面宽度1.5公里左右，而黄河水面只有几百米。如此长距离大水面穿越一级水源地，当时国内还没有先例。

十几年前，在某水下隧道施工中，就曾发生过一次因外籍技术人员失误操作，造成了击穿江底的冒顶事故，后果相当严重。那是在穿越长江左线时遇到的一次重大险情。

同类的事故，如果发生在穿黄北延工程鹊山水库地段上，将是不堪设想的灾难。水库如果产生塌陷冒浆，会造成大面积污染，严重影响济南几百万人口的生活用水。那就可能会带来人心动荡，社会不稳定的严重后果。

所以，即使现在技术工艺大有提升，人们斗志更高，会舍生忘死地堵住坍塌的决口，穿越这个关系到省城民生的一级水源地，也不能允许有丝毫的泥浆泄露。

"如履薄冰、如临深渊、如坐针毡"的"三如"精神，在这里体现得淋漓尽致。本来，在规划设计时，一级水源保护地是不允许做地勘的——因为地勘需要钻孔，万一冒出泥浆就会造成污染。水务部门坚决反对，说这个风险太大，济南人一半饮用水在这里，如果出问题，谁也负不起责任来。

可是，没有地勘就无法报批施工许可证。经过省市一番协调，终于在有一定保护措施的情况下，获批在水库1.7公里的范围内进行地勘，从而确定了隧道的穿越深度。

为此，项目部专门召开了好几次咨询会、座谈会、评审会。分别邀请了钱七虎院士、李术才院士、袁大军教授等国内一流专家，反复研讨、论证，直到所有可能出现的问题都有针对性解决措施，几乎"万无一失"，才确定了方案。

鹊山水库修建之前，原始地貌为村庄和田地，经过多方了解，项目团队确定水库可能存在村用机井，但是时间久远，具体位置并不能明确。而盾构机掘进过程中，一旦有未知水井出现在断面内时，就可能引起盾构机前仓与水库连通，造成库水渗漏和环境污染。

项目部随即组织了"蛙人"——潜水员下水摸排，用了差不多半个月的时间，对掘进线路上的水域进行了细致搜检，确定了一些机井位置。同时成立以总工程师王超为主的"王超创新工作室"，联合山东大学围绕"超大直径泥水盾构长距离穿越大型水库"开展课题研究。

他们采用理论分析、数值计算、室内模型试验等手段，分析水库区域复杂渗流场对盾构施工安全的影响，研究应用新型盾构泥水处理系统和同步注浆材料、配置技术。

盾构推进时，项目团队特别担心两个问题：一个是冒浆，一个是塌陷。尤其原来为了防止水库压力大往外溢渗，水库管理部门在里边打了一些机井，时间一长有的废弃了，却为下面隧道施工带来了隐患。

项目部只好组织人员沿着隧道走向，一点一点检查，在25米范围之内发现机井孔，立即用水泥混凝土封死。等到安全通过之后，再把需要用的机井设法恢复。

尽管如此小心翼翼，还是遇到了一个大难题：那是在盾构机推到水库前大坝时，有一段八九米的浅覆土，对于十五米直径的盾构隧道来说，属于离地面较近的距离了。

一天晚上，已是北延盾构经理的周赞值班，照例在上面沿线巡视，走到一个地段，突然发现前面有异常情况：泥水冒浆了。

不一会儿，几位项目负责人，包括总工程师王超都跑到这里来，同时找来水库相关人员分析：原来此地也有打过的机井，只不过早已不用，天长日久，井口被土埋掉了，巡查时看不出来。可是下面并没有封堵住，当盾构推进时产生压力，一下子将井口顶开，泥浆就喷涌上来。

很快，周围变成了一片泥潭，坝土泡软了，开始出现小面积的塌坑。情况十分紧急，项目部几位负责人都盯在现场，商量抢险办法。最后得出一个结论："下面工作不能停，立即向前推进到结实地段，后边抓紧安装管片，防止坍塌。上面赶快用挖掘机找到暗井，及时封堵。"

事实证明，这个方案是正确的。

因为如果停在那里，万一上面塌陷到下面去，整个机器就可能被填埋了。只有赶快通过此地段，再用管片固定住，才能保住隧道。同时，上面调集了三台挖掘机，及时挖到了井口，迅速组织人员把它封填上。本就有很多领导职工守在现场，可作为指挥长的历朋林还是不放心，始终冲在第一线，拿着对讲机，红肿着眼睛，嗓子都喊哑了。

上下配合，双管齐下。盾构机往前又走了十几米，压力减轻了，稳定了，上边慢慢不再喷浆。并且，工人抓紧时间把那个坑里的泥浆抽走，再用十几辆载重卡车拉土覆盖填埋。整整忙活了一个晚上，终于控制住了冒浆。

事后想想都感到后怕：冒浆幸亏发生在大坝上，如果进入到水库里边，那就将水源给污染了，会给济南人生活用水带来严重问题。祸福所依，辩证法认为在一定条件下，坏事可以变成好事。这次事件也给项目部提了醒，一定要仔细排查暗井情况。

于是，他们聘请了专业潜水员，潜到水库底部，看看有没有隐患；此外还租用了民船，沿着水面反复观察。甚至找到当地村民询问："你们还打过类似的机井吗，都在哪些地段啊？"

"这个……"年头久了，村民们也弄不清楚："可能是五年前打的，也有的十来年了。地段嘛，说不准。"

一切还是要靠自己。

施工进入水库了，负责观察水面的人员全天候、全线路监测，驾着一条小船，佩戴望远镜，俨然走向水雷区的战舰观测兵一样，缓慢而细心地穿梭行驶。一旦发现某个位置有冒泡现象，立即打电话通知项目部，火速联络隧道工地，处理完毕后方可重新掘进。

"想要保持水库底部土体稳定，必须保持上下承受的压力相同。"采用充满水的"水囊"给水库底部补充压力的想法，闪过总工王超的脑海。随后，他们采用模型试验、现场监测和数值仿真等手段，模拟盾构机穿越水库堤坝、水域等关键区域的环境，总结出扰动机理和规律，并在施工中得到应用。

"水囊"不仅能够随着盾构机前行，给水库底增加一个"保护套"，使用后还可以回收，从根本上保护水质。同时做了一些隔水帷幕，一旦出现异常现象，比如地表沉降、冒浆渗漏，可以直接将隔水帷幕拉过去，把这一片围起来，防止浆液外流污染水源。

这些措施都是他们创造性的发明，围绕着此课题，已经形成了6篇论文和8项发明专利。

穿黄北延隧道长距离下穿大型水库，最浅覆土仅12米，并且穿越水库段水面高出地面6米多。在高风险下实现稳定掘进，智慧掘进系统发挥着重要作用。

在项目部智慧管控中心，与正在建设的实体隧道相对应，一座数字孪生的"云上隧道"也在同步"掘进"。"每掘进一环，云上数据就更新一环，在

'数字盾构'中，点击具体模块，就可以查阅相应参数。"

曾经有过排险经历的盾构经理周赞介绍说：看，这些信息实时传输到600公里外的南京，位于大盾构公司总部的盾构智慧管控中心，进行自动化分析。当参数出现异常时，相关预警信息就会分级发送给对应人员，使隧道建设"尽在掌控"之中。

2023年6月下旬，正在值班的盾构机长，接收到内网上传来盾构智慧管控中心的"三级预警信息"："请注意，济泺路穿黄北延隧道项目东线，盾构掘进过程中气垫仓与P2.1泵吸口压力值升高。"

"收到，马上处理。"他一边回复，一边检查处置。

与此同时，项目负责人、盾构经理、总机械师也都收到了此信息。随后，他们重新计算出最精确的切口水压和参数，对注浆质量、泥浆性能等进行了优化调整，确保水下穿越稳定高效。

"如果发出二级风险预警，信息将被推送至总部掘进中心，进行跟踪调度，而一级信息则推送至公司分管和主管领导。现在我们有了主动权！"周赞欣慰地说。据统计，济泺路穿黄北延隧道掘进期间，系统共发送预警1100余次，为项目团队及时发现隐患、解决问题提供了重要信息。

此外，假如盾构施工现场有紧急情况，大盾构公司南京总部随时可以为盾构机"把脉问诊"，甚至接管操控。在智能化、自动化、可视化管理下，隧道盾构施工最高日进尺18米，最高月进尺332米，创造了超大直径盾构长距离穿越水库的掘进纪录，进一步擦亮了大盾构品牌……

2024年1月6日，随着"黄河号"盾构机刀盘破洞而出，顺利抵达接收工作井，由济南城市建设集团投资建设、中铁十四局施工的济南黄河济泺路北延工程西线隧道贯通，标志着济南新旧动能转换起步区交通主动脉建设取得了重要进展，为超大直径盾构隧道穿越大中型水库积累了宝贵经验。

这一天，与首条穿黄隧道"洞出"一样，全国许多媒体网站报道了上述新闻。沾满泥土的盾构机刀盘出土形象，身穿蓝色工装、头戴红、蓝、黄安全帽的施工人员挥舞着党员先锋队、青年突击队、工人先锋号等旗帜的画面，占据了各大版面显著位置。

在庆祝仪式上，已升任济南城市建设集团总经理的许为民宣布隧道贯通。时任中铁十四局总经理周长进，副总经理石宗涛，还有济南新旧动能转换起步区管委会、市自然资源和规划局、市交通运输局、市行政审批服务局分管负责同志，以及相关参建单位代表共同见证贯通时刻。

周长进致辞表示："中铁十四局始终把高质量建设、高标准履约、高效率推进作为首要目标，将济南黄河济泺路北延隧道打造成为科技创新、现场管理、绿色环保的样板工程，以零渗透、零污染、零沉降的优异成绩，向济南市人民交出一份满意的答卷。"

是啊，2021年"万里黄河第一隧"济南黄河济泺路隧道通车，结束了"浮桥过河时代"，给黄河两岸交通带来了重大变革。然而，大路如果要向起步区腹地延伸，邯济铁路、鹊山水库横亘路前，延长隧道，势在必行！

全长4383米的济泺路穿黄北延隧道项目，是又一条国内在建最大直径公轨合建隧道工程，与穿黄隧道串联构成交通大动脉。隧道起自黄河北岸，终点至国道308线，以盾构隧道方式下穿邯济铁路、鹊山水库，盾构段长达2045米，盾构机刀盘开挖直径15.76米。这些数字后面，凝结着建设者的无数心血汗水。

作为国内首次盾构穿越大中型水库，暂无相关施工先例，盾构水域长达1550米，盾构机顶部距离水库底部，最薄仅有12米！难度堪比在鸡蛋壳上雕花，所以中铁十四局屡出奇招，盾构机针对性升级精准控制掘进参数，结合穿黄隧道施工经验，进行适应性配置，又一次干出了奇效。

同时，项目团队通过严格控制掘进参数，平稳推进，最大限度减少地质扰动，保障水库稳定、水源安全。施工建设者，像保护眼睛一样保护水源地，打造环境保护的样板。尤其鹊山水库原为村居，隧道穿越断面内情况复杂，盾构机在水下掘进中，极易对水库下方产生扰动，影响水质环境，工程环保要求极高。

"超大直径盾构穿越中大型水库，这在国内尚无先例，尤其是长距离穿越，更对施工提出了超高挑战。我们在总结济泺路黄河隧道施工经验的基础上，结合粉质黏土、局部钙质结核等地质特点，对盾构机刀盘、冲刷系统等进行了针对性升级和优化，工效大有提高，最高月进尺332米，成型隧道不渗不漏，内实外美。"

面对记者的采访，一脸疲惫却充满自豪的杜昌言经理欣喜地说："今天西线隧道'黄河号'盾构机顺利出洞，东线隧道'泰山号'盾构机也安全穿越了鹊山水库等建构筑物，地面沉降控制在1厘米以内，远高于行业2厘米沉降控制标准，不久就会全线贯通！"

亲爱的朋友，如果你有机会登上鹊山眺望，山下湖清山秀，风光迷人。你可能会联想到七百多年前，元代书画名家赵孟頫的《鹊华秋色图》，将眼前秀美景色流芳百世。

然而，你可能想不到的是，在这幅绝美风光之下，悄然诞生了一条超级隧道，同样美轮美奂，堪称一幅集科技创新、生产管理、绿色环保的"新鹊华秋色图"……

四

从"大明湖时代"迈向"黄河时代"

黄河之水天上来，奔流到海不复回。

从青藏高原出发，穿高山、越峡谷、汇百川、纳千流，黄河在神州大地奔腾5400余公里，哺育了千千万万的华夏儿女、滋养了辉煌灿烂的中华文明。

习近平总书记牵挂着这条中华民族的母亲河，党的十八大以来，他踏遍黄河上中下游9省区，目光所及、驻足所思，尽是对母亲河未来的深谋远虑。他曾经言之殷殷、情之切切地说道："让黄河成为造福人民的幸福河。"

远的不去多讲了，仅以近几年为例，2019年9月下旬，习近平总书记在河南郑州参观了黄河博物馆"千秋治河"展厅、黄河国家地质公园，主持召开了黄河流域生态保护和高质量发展座谈会，提出一个重大国家战略：黄河流域生态保护和高质量发展。

时间仅仅过去三年——2021年10月20日，习近平总书记来到山东东营黄河入海口。码头风高浪急，总书记伸手帮助扶着晃动的展板，仔细察看，不时插话提问。当听到黄河秋汛虽然"有惊有险"，但没有出现重大损失和人员伤亡。总书记点头肯定，并说"今天来到这里，黄河上中下游就都走到了，我心里也踏实了。"

两天后在济南召开的座谈会上，总书记再向负责治黄的同志们谈及大河之治的初心使命，把黄河的事情办好：

"这也是毛主席当年的夙愿，如今我们接着做起来了。"

"我们不能满足于已经取得的成绩，要坚持问题导向，再接再厉，坚定不移做好各项工作。"

山东省会济南，作为黄河下游中心城市，责无旁贷。

多年以来，由于城区南依泰山山脉环抱，北有黄河天堑相隔，拥有1000多处天然泉水，"七十二名泉"尤以趵突泉最负盛名并被誉为"天下第一泉"的济南，确实是像清代作家刘鹗在《老残游记》中所说"家家泉水，户户垂杨"。

我的母亲老家就在济南趵突泉公园附近，老城区的西南角西门外的狮子口街——已在20世纪末旧城改造拆迁了，小时候我常在寒暑假去住姥娘家，跟随着大几岁的舅舅们疯玩。从东流水到五龙潭，跑在小胡同街道里，就听见淙淙地泉水流淌，扳开青石板一看，一道清澈的溪流亮在眼前。

如果不是童年的我亲眼所见，一定会认为"吹牛不上税"。当然，此等景致现已风光不再，只能从早期的图画照片和电影纪录片里寻找了。可当时我还有疑问："它们天天奔流，都跑到哪里去了呢？咋没见闹水灾呢？"

年龄渐长之后，方才知晓，每天涌出的泉水，沿着街道下面的暗渠，在五龙潭公园汇流而出，穿周公祠街，经于家桥、少年路等一路向北，由玉带河北流经百花洲汇入了大明湖，进而流入工商河、小清河东去。如果没有沿途的楼房庭院遮挡，简直是与江南一样的小桥流水人家。

哦，大明湖！如同母亲一般敞开温暖的胸怀，拥抱了万千泉水和泉水边的人们。一湖烟水，绿树蔽空，公园内亭台楼榭，曲径回廊，文人墨迹，错落其间，其中清人刘凤诰"四面荷花三面柳，一城山色半城湖"的对联，尤为人们所称颂。湖南有稼轩祠、遐园、明湖居，湖北有铁公祠、小沧浪，湖中有历下亭、汇泉堂等名胜古迹。

盛唐年间，诗圣杜甫曾在朋友陪同下游览大明湖，留下了"海右此亭古，济南名士多"的诗句。如今位于湖心岛的历下亭，上悬清高宗乾隆御书"历下亭"匾额，亭前楹联就书写了杜甫的名言，为历代文人会集场所。

后来，"明湖泛舟""佛山倒影""鹊华烟雨"等成为著名的济南八景。明代守将铁玄誓死不降的傲骨，乾隆微服游览巧遇夏雨荷的传说，马可·波罗在《中国游记》中的感叹："园林美丽，堪悦心目，湖光山色，应接不暇"，均是发生在这里的奇美故事。

台湾作家琼瑶还以乾隆游湖为素材，编剧拍摄了电视连续剧《还珠格格》：在大明湖的一角，荷花翠盖，荷塘青青，中间有一个美女塑像，那便是夏雨荷，是《还珠格格》里夏紫薇的母亲。这个济南名媛，貌如荷花，颈如菡萏，人如芙蓉，玉颜奇绝，为乾隆所爱慕。可惜她红颜薄命，因病故去，乾隆遂塑其琼体玉颜于大明湖中，让荷花与其相伴。

如此可见，大明湖已经成为济南一张亮丽的城市名片，不仅风景秀丽、物产丰饶，还是人文荟萃、物华天宝之地。应该说，济南城依大明湖而建，从泉城路到泺源大街到经四路大观园，济南陆续发展为了当今的城市格局。所以人们说，济南正处在"大明湖时代"。

随着改革开放新时期的到来，作为山东省会的泉城与大河上下的诸多城市一样，日新月异、高歌猛进，经济社会进入了高速发展的快车道，一如既往地活跃在"大明湖时代"已经远远不够了。

就像一个越长越大、越长越快的大小伙子，只围绕着"趵突泉、千佛山、大明湖"三大景致打转转，伸不开拳脚，拉不开山膀了。

正如前面章节所说，2003年山东省委常委扩大会议上，原则通过的省会济南新的总体框架规划（2003—2020），确定了"东拓、西进、南控、北跨、中疏"的十字发展战略，拉开了新济南的城市空间框架。

东拓是向东沿"胶济产业带"，形成未来城市的主要产业发展带；西进是开发建设西部新城，并继而向西跳过玉符河隔离带，建设发展西部片区；南控要保护城市的绿肺和泉水的命脉，严格控制城市向南部发展；北跨需要选择时机跨黄河向北发展；中疏则是疏解主城区职能和压力，增加开阔空间，恢复泉城历史风貌。

事实上，济南的东拓西进比北跨更快，黄河一度是济南城市发展的天堑，而长长的经十路，逐渐成环的二环快速和高快一体路网，既见证着济南东拓西进的步伐，也支撑了城市的东西延伸。

城东的高新区进入飞速发展期，当年进行旧村改造的北胡村旁，现在已经矗立起汉峪金谷，众多金融机构区域总部入驻，人工智能大厦灯火辉煌，夜色降临，这里已成为经十路沿线亮眼的风景。

以2009年举行全运会为契机，济南向东拓展建设了奥体中心、全运村、省博物馆，历下区东边，奥体中路、奥体西路等建成通车，市中心的概念不再是二环东路以西。而济南的西进，则与京沪高铁的开通、2013第十届中国艺术节的举办密不可分。

2011年7月1日，国内首条高速铁路、全长1318公里的京沪高铁正式开通，济南铁路局管内的济南西站成为京沪高铁的五大始发终到站之一，济南也成了国内首批拥有高铁车站的城市。进入"高铁时代"，西客站带来了西城的开发。省会文化艺术中心大剧院、济南市图书馆新馆、济南市群众艺术馆、世博山东馆、国际医学科学中心等建成。使得西部城区的配套设施大为提升。

东拓西进拉开的城市框架，很快便被一个个项目填得更满。东边奥体中路奥体西路沿线，众多楼盘已经入住，绕城高速两侧，唐冶片区、雪山片区住宅楼鳞次栉比，奥特莱斯商城开业。新东站片区已有恒大城、万象新天等楼盘。西边宜家、麦德龙、西部会展中心这些高规格的城市配套拔地而起，吸引了大量人气。

2016年12月，章丘撤市设区。2018年9月，济阳撤县设区。2018年12月26日，国务院批复同意山东省调整济南市莱芜市行政区划，撤销莱芜市，将其所辖区域划归济南市管辖；设立济南市莱芜区、钢城区。济南形成了目前的10区2县行政区划，总面积已达到7998平方公里，市区面积3303平方公里。

东拓、西进把济南拉长，济南主城区地形成为一个东西97公里、南北12公里的狭长低凹地带，被形容为"一根油条在油锅里炸"。主城区东西过于狭长，南北空间过于短促，对城市的人流物流和交通商业等经济社会发展的各方面形成较大制约。

北跨黄河，势在必行！

这就如同前面章节所描绘的那样，北跨，驶上了快车道。

2016年12月8日至9日，济南市召开全市工作务虚会，会上提出，"从长远来看，城市建设不可能无限拉伸延长，未来的发展必须瞄准和实施北跨。""要跨过黄河去、'解放'全济南，让济南从'大明湖时代'走向'黄河时代'"。

2017年4月，担任现职均未满一个月的山东省委书记刘家义和山东省委副书记、省长龚正共同推动山东省实施新旧动能转换重大工程。4月28日，全省新旧动能转换重大工程启动工作电视会议召开，会上通报了《新旧动能转换重大工程近期工作方案》。刘家义表示：要充分认识加快新旧动能转换的重大意义，把加快新旧动能转换作为统领全省经济发展的重大工程。

这次会议之后，山东省下辖的济南、青岛、烟台、德州、菏泽、济宁、枣庄、聊城等地市陆续对新旧动能转换工程作出安排。其中，济南市随即召开会议部署新旧动能转换工作，时任市委书记王忠林在会上说，"济南是山东新旧动能转换的先行区，承载着打造山东未来发展高地的重大使命，能否做好这项工作将深刻影响济南、山东乃至全国的发展全局。"

同年5月5日，济南市官方通报称，拟对市政府部分工作部门和市级投融资平台进行"大部制"改革。其中，围绕"北跨"发展、"携河发展"战略布局，将济南由"大明湖时代"推向"黄河时代"，设立济南新旧动能转换先行区管理委员会（筹），按"一区多园"模式先行运作，抢抓机遇，全力突破。

与此同时，济南也提出争取把新旧动能转换先行区上升为国家战略。2018年1月，国务院以国函1号批复了《山东新旧动能转换综合试验区建设总体方案》，这是十九大后获批的第一个区域性国家发展战略，也是全国首个以新旧动能转换为主题的区域发展战略。《方案》明确，济南高水平规划建设新旧动能转换先行区（现称起步区）。总规划面积约1030平方公里，其中黄河北岸730平方公里，黄河南岸300平方公里。

"黄河两岸1030平方公里的区域正是济南新旧动能转换先行区上升为国家战略后，先行先试的落地点。"国家发展改革委产业经济与技术经济研究所副所长费洪平认为，先行区的发展将刷新济南2600多年的建城史，使济南真正走向"黄河时代"，拉开城市发展框架。黄河不再是阻隔城市发展的天堑，将成为城市新的景观和发展带。

在2019年2月召开的省两会上，山东省政府工作报告指出，山东支持济南深度对接京津冀协同发展和雄安新区建设，打造我国北方高端产业、科技、人才、现代服务业集聚地和央企、跨国公司区域总部基地，建设"大强美富通"的现代化国际大都市。

济南城市发展的新追求呼之欲出。省市领导在十三届全国人大二次会议山东代表团审议政府工作报告时建议，支持济南建设国家中心城市，填补京津冀与长三角之间尚无国家中心城市的战略空白，构筑形成新的战略支点，充分发挥山东作为沿黄省区唯一沿海省份的龙头优势，打造黄河经济带，与京津冀经济圈、长江经济带南北呼应，构建起我国最为活跃的经济走廊。

济南城市发展战略规划，提出了建设"大强美富通"现代化国际大都市的规划目标，确定济南发展定位为：创建国家中心城市和美丽宜居泉城。规划表明，到2025年取得重大进展；到2035年，基本实现"大强美富通"的城市远景蓝图。

未来战略空间格局为"一体、两翼、多点"，北翼对接北京雄安，辐射黄河北岸，南翼对接泰安曲阜，辐射鲁中南，有利于更好地发挥济南的区域影响力。

今年是新中国成立75周年，济南城市建设更上一层楼。

早在1949年，济南市区面积为23.2平方公里，人口61.9万，而今，济南市区面积3303平方公里，截至2023年末市区总人口933.6万，其中，城市人口692.8万。75年间，济南从"大明湖时代"迅速迈向"黄河时代"。放眼下一个30年，济南则将迈入更加宏伟的"山河时代"，北跨黄河，南越泰山，拉开济南都市圈的大框架，创建国家中心城市。

2021年5月11日，国家发展改革委官方网站公布《济南新旧动能转换起步区建设实施方案》，将先行区改称为起步区。明确规定：济南新旧动能转换起步区位于山东省济南市北部，西起济南德州界，东至小清河——白云湖湿地，南起黄河——济青高速，北至徒骇河，包括太平、孙耿、桑梓店、大桥、崔寨、遥墙、临港、高官寨8个街道及唐王街道中西部区域、泺口街道黄河以北区域，面积约798平方公里。

6月26日，济南市委十一届十三次全会审议通过了《关于加快济南新旧动能转换起步区建设的意见》，明确了"五年成形、十年成势、十五年成城"的"三步走"发展目标，对起步区规划编制、生态保护、构建现代产业体系、打造改革开放示范窗口等工作，作出了具体的安排部署。

起步区逐步建设形成"一纵一横两核五组团"的空间布局。

"一纵"是指起步区与大明湖、趵突泉等济南历史标志节点串联起来，形成泉城特色风貌轴。

"一横"是指依托水系、林地等自然生态资源，形成黄河生态风貌带。

"两核"是指建设城市科创区和临空经济区，带动起步区加快开发建设。

"五组团"是指建设济南城市副中心、崔寨高新产业集聚区、桑梓店高端制造产业基地、孙耿太平绿色发展基地、临空产业集聚区。

值得一提的是，《方案》提出，到2025年，起步区综合实力大幅提升，科技创新能力实现突破，研发经费投入年均增速超过10%，高新技术产业产值占规模以上工业总产值比重接近60%，跨黄河通道便捷畅通，现代化新城区框架基本形成，生态环境质量明显改善，开放合作水平不断提升，经济和人口承载能力迈上新台阶，人民生活水平显著提升。

十年后——即到2035年，起步区建设将取得重大成果，现代产业体系基本形成，创新驱动成为引领经济发展的第一动能，绿色智慧宜居城区基本建成，生态系统健康稳定，水资源节约集约利用水平全国领先，能源利用效率显著提升，人民群众获得感、幸福感、安全感显著增强，实现人与自然和谐共生的现代化。

那时候，这里建设有像上海黄浦江畔东方明珠一样的景观电视塔、黄河大道、山大二院北院区、市民文体活动中心、繁华的商城广场、山东省实验中学鹊华校区、黄河体育中心、龙湖湿地公园、济南北高铁站等。全力推进智慧城市建设，积极布局智慧应用场景，打造数字孪生城市，启用智慧城市运营管理中心、车路协同无人驾驶路演等一批试点项目。

一个欣欣向荣、美丽平安的济南新城，将出现在黄河北岸。

古老而年轻的济南，美丽而可爱的济南，也会与南京、武汉、上海等城市一样，真正成为拥有"城中江河"的城市。正如我们的山东老乡、著名词作家乔羽先生写得歌曲《我的祖国》那样："一条大河波浪宽，风吹稻花香两岸，我家就在岸上住，听惯了艄公的号子，看惯了船上的白帆……"

只不过，如今的大河穿城而过，没有了稻花和白帆，而是两岸拔地而起高楼大厦、四通八达的公路桥隧，以及马达隆隆的厂房车间、整洁舒适的生活小区和鸟语花香的河滨公园。乔羽先生的后半段歌词依然适用："好山好水好地方，条条大路都宽畅。朋友来了有好酒，若是那豺狼来了，迎接它的有猎枪。这是强大的祖国，是我生长的地方。在这片温暖的土地上，到处都有和平的阳光……"

这是一幅多么美好的蓝图啊！这是一种多么崇高的愿景！

不过，若想尽快成为现实，首先取决于北跨黄河的大交通。

俗话说：要想富，先修路。发展经济，交通先行。此话千真万确。从某种角度上来说，特别能战斗的中铁十四局大盾构公司，将与业主代表——济南城市建设集团和众多施工大军携手并肩，在绘制上述美好而远大的宏愿中，发挥不可或缺的重要作用。

2018年，可以说是济南开启先行区建设"元年"，"三桥一隧"加速推进，济南的"千年一跨"破题起势。"三桥一隧"是指北跨黄河的齐鲁大桥、黄河大桥、凤凰大桥和济南黄河济泺路隧道，总投资近200亿元。其中，穿黄隧道加上北延工程是重中之重。这从我们前面全景式而又细致讲述的故事中，读者已经了解并且怦然心动了。

在我们从古至今的文化语言中，有多少描绘时间之快的词汇啊：一晃、转瞬、白驹过隙、沧海桑田、日新月异、时光如流……"虎踞龙盘今胜昔，天翻地覆慨而慷"。时钟的分针与时针犹如一副剪刀，每时每刻，唰唰地剪掉了白天和黑夜，剪掉了青丝与白发，世界也在翻天覆地地变化着、前进着。

如今，山东省新旧动能转换先行区变成了起步区，黄河北新城的建设又变大了变强了，对标"雄安新区"，学习浦东新区，连通京津冀、渤海圈，先前规划的"三桥一隧"远远不够，穿越黄河继续提速。建设"四隧四桥"的规划应运而生，并且迅速落地生根、全面开工。

它们是：济南黄河济泺路隧道、北延隧道、济南黄河凤凰大桥、齐鲁黄河大桥、黄岗路穿黄隧道、航天大道穿黄隧道、老黄河大桥新桥等。

不用说，济泺路隧道已经胜利通车，北延隧道双线贯通，即将全面竣工。其他两条隧道，同样落在了中铁十四局大盾构人的肩膀上。个中缘由一目了然：他们以自己的实力和精品，赢得了业主和济南人民的信任与高度评价，成为穿黄隧道的NO.1！

还是那个项目部、还是历朋林任指挥长，曾经的"万里黄河第一隧"，沐风栉雨、励精图治，攻克了一道道穿黄难关，创造了一个个工程奇迹，获得了一项项业内殊荣。从首条济泺路穿黄隧道，变成了十四局大盾构的黄河隧道项目群。对于一支工程队伍来说，还有什么比业主愿意将一项项重大工程放心地交到你手上，更为荣耀和自豪的呢？！

据不完全统计，短短几年，济南黄河济泺路隧道项目部获得了诸多奖项——

国际奖项1项：

荣获2023国际隧道与地下空间协会ITA隧道奖年度工程奖提名奖；

省部级优质结构奖项共计2项：

2022年8月荣获中国铁建杯优质结构（申报鲁班奖支撑材料）。

2022年6月荣获山东省建筑工程优质结构奖（申报鲁班奖、詹天佑奖、国优金奖支撑材料）。

绿色施工类奖项共计3项：

2022年4月荣获中国建筑业协会2021年度建设工程项目绿色建造竞赛活动一等成果（申报国优金奖支撑材料）。

2022年1月荣获山东土木建筑学会绿色施工评价优秀评价。

已完成住建部绿色施工科技示范项目终期验收。

科学技术类奖项共计2项：

2022年11月荣获河南省工程建设科学技术成果特等奖。

2023年1月荣获中国公路学会科学技术奖一等奖（申报詹天佑奖支撑材料）。

"工人先锋号"称号类奖项共计3项：

2018年3月荣获"2017年度山东省工人先锋号"荣誉称号。

2019年荣获济南市"工人先锋号"荣誉称号。

2021年4月荣获"全国工人先锋号"荣誉称号。

项目开展科研课题18项，申请专利64项（其中发明专利28项，实用新型专利36项），已授权37项；撰写论文76篇，已见刊录用54篇（SCI 6篇，EI 3篇）；省部级工法3项；形成技术标准3部；荣获省建筑业协会QC小组成果二等奖。

其间，他们还支持协助兄弟单位申报奖项，体现了EPC项目部团结奋战、同舟共济的风格与胸怀。

2023年6月份，穿黄和北延隧道的规划设计均被实践证明十分成功，是创新成果。铁四院穿黄隧道设计团队的总设计师张亮亮，从开始到后来黄河隧道群带队参与了全部设计工作，准备申报一项重大奖项。

按照要求，需要他们提供一段5分钟的视频材料，而且三天之内就要上报。某公司答应可以制作，但需付加急制作费用，张亮亮他们一时拿不出来，错过了时间就没有机会了，急得团团转，思来想去，找到了历朋林指挥长。

"历总，我们遇到难题了……"话到嘴边，他欲言又止。

"什么事？吞吞吐吐的。我知道你有'架子'，拉不下脸来。没事，说吧！"历指挥长半玩笑半认真地说。

年轻的张亮亮搞设计是把好手，求人的事还真不好意思，支吾了一会儿，总算把事情说明白了。历总一听，爽快地笑了："这是好事，如果评上，是咱们黄河隧道集体的荣誉。这个钱不用设计院掏了，多少钱？"

"一般的5、6万，做得精美的加倍。"

"行，我们一起负担！让他们下功夫做成最好的，争取成功！你们设计得出色，我们施工才能干得好嘛！"

历朋林当即拍板定了。

这让张亮亮十分感动：一个如此团结互助的集体，配合默契，互相支持，设计与施工兄弟一般，联手打造，相辅相成，还有什么工程做不好呢？！

黄河首条隧道不仅荣获了诸多奖项，还培养磨砺了一大批优秀的工程技术人才，尤其是大直径盾构机使用和维护方面，令人信服地成为盾构施工的"黄埔军校"。一些年轻的大学生，从机长助理、机长、技术员等岗位上茁壮成长起来，不少骨干力量成为其他战场的领头人。他们是——

李海振：原济南黄河济泺路隧道项目盾构副经理，现大盾构公司维保中心主任。

周　祥：原济泺路穿黄北延隧道项目总工程师，现济南黄岗路穿黄隧道项目负责人。

杜恩从：原济泺路穿黄北延隧道项目土建副经理，现海太长江隧道项目党支部书记。

薛正生：原济南黄河隧济泺路道项目安全总监，现济南黄岗路穿黄隧道项目党支部书记。

王君平：原济南黄河济泺路隧道项目工程部部长，现青岛胶州湾第二海底隧道项目总工程师。

高腾达：原济泺路穿黄北延隧道项目工程部部长，现济南航天大道项目总工程师。

杨青林：原济南黄河济泺路隧道项目机电部部长，现杭州萧山机场项目盾构经理。

田兆平：原济南黄河济泺路隧道项目盾构工区副经理，现广州海珠湾项目盾构副经理。

薛永超：原济南黄河济泺路隧道项目盾构工区维保负责人，现济南黄岗路穿黄隧道项目盾构副经理。

董　冰：原济南黄河济泺路隧道项目盾构工区维保负责人，现甬舟铁路项目副经理、总机械师。

孙　警：原济南黄河济泺路隧道项目盾构机长，现济泺路穿黄北延隧道项目机电部部长。

陈兆鹏：原济南济泺路黄河隧道项目机电部副部长，现济南黄岗路穿黄隧道项目总机械师。

李　杰：原济南黄河济泺路隧道项目测量副主管，现济南黄岗路穿黄隧道项目测量主管。

吴衍卓：原济南黄河济泺路隧道项目土建工区技术员，现青岛胶州湾第二海底隧道项目安全部部长。

李来祥：原济南黄河济泺路隧道项目盾构机长，现深江铁路项目机电部长……

这些从黄河隧道锻炼出来的年轻人，生龙活虎，继往开来，必定在新的岗位上冲锋在前，建功立业。

可以预见，将来不远的一天，济南北跨黄河，将会形成密集方便的桥隧交通网——至少有"十二桥三隧"穿越黄河。那时候，由济南主城过黄河，将像过小清河、游大明湖一样方便。真正是从"大明湖时代"跨入了"黄河时代"……

尾 声

潜龙在渊　飞龙在天

相传在古代，有一条巨龙一直隐藏在深海或地下之中，默默无闻，不为人知。但它暗暗磨砺自己积蓄力量，一旦有了机遇，就会呼风唤雨，追雷逐电，创造出惊天动地的奇迹。

世人称之为"潜龙"。

后来，人们常常把"潜龙"用来形容那些具有潜力，却一直未被发现的人或事物，寓意着他们具有巨大的潜力和能力，只待时机成熟时展现自己。尤其是一些"寻常看不见，偶尔露峥嵘"的帝王将相。就像那个古老的谚语所讲："大鸟三年不鸣，一鸣惊人；三年不飞，一飞冲天。"

这其中包括两个词，潜和龙。潜指隐藏、隐蔽，龙是中国传统文化中的神秘生物，象征着力量和威严。"潜龙在渊"，形象地描绘了一个潜伏在水底的巨龙，暗示着某个人或事物具有潜力，只待发掘和释放出来，惊天动地。

由此，我蓦然联想到了威力无比、深藏不露的大直径盾构机，工作起来总是埋头深耕在地下，外表难以看见其伟岸壮硕的雄姿，可它却在不知不觉中掘地钻洞，穿山越海，打通了一条条宽阔坚固的公路、铁路、高压电缆、输水输气隧道，将天堑变通途，穿江河如平地，为人类的文明进步铺平了一条康庄大道。这不就是如同"潜龙"一样吗？

为此，我特意将此书命名为《黄河"潜龙"》。

这不仅仅是反映中铁十四局大盾构建设者，在开掘建造"万里黄河第一隧"以及北延、黄岗路、航天大道黄河隧道群工程中，所创造出来的胜利成果，也是讴歌驾驭盾构机的人们的感人事迹、意志品质和精神世界，提炼一种埋头苦干、默默奉献的"大盾构精神"。

由此引申，人们自然会想起项目部的"娘家"——中铁十四局和大盾构公司。回过头来看，当初决定成立专业化的"大盾构公司"，绝对是一个具有超前眼光、正确且英明的决策。

早在八年前——2016年8月，中铁十四局一班人经过长期酝酿、慎重考虑，形成共识：随着城市化的进程，国内国外隧道工程有增无减，而谁掌握了大盾构，谁就等于掌握了盾构市场。干好了大直径的盾构，小直径的盾构还在话下吗？如同拿到了大货车驾照，什么五人、七人小轿车、面包车，通通都可以驾驶了。

当时，国内同行业竞争十分激烈，老牌的上海隧道公司（简称"上隧"），制造使用中国第一台盾构机的中铁隧道公司（简称"中隧"）等一批央企、地企、合资企业争先恐后，但还没有一家打出"大盾构"的旗号来。

驻地在孔孟之乡、齐鲁之邦的中铁十四局，早已深谙传统文化的精髓，深深理解"名不正则言不顺，言不顺则事不成"的道理，旗帜鲜明地亮出我们就是干"大盾构"事业：成立一家大盾构施工专业化公司，突出专业特色，专攻盾构业务市场。

曾有人犹豫专有名词能够注册公司名称吗？实则多虑了。如果说"盾构"二字来源于盾构机的工作原理，防护加掘进等于"盾+构"，含有技术术语成分的话，那么加上一个"大"字，就是最先起名人的专利了，完全可以作为公司的名称和品牌。

"大盾构"，多么响亮，多么大气，多么形象，让人一听耳畔一震，让人一看眼前一亮，加之他们明确了大盾构的界定（直径10米以上叫大盾构），突出大盾构主业，体现优势，通过转型升级，打造大盾构领域的行业龙头。

2016年8月31日，经中国铁建批准，"中铁十四局集团大盾构工程有限公司"正式成立，全国首家大盾构专业化施工企业"横空出世"。这一次，中铁十四局又站到了行业的风口上，占据了这个品牌和市场的先机。

从此，他们定居于中铁十四局隧道事业的"福地"、也是"龙兴之地"——江苏南京。因为从2004年10月南京长江隧道中标起，经过十几年潜心发展，他们在国内超大直径和水下盾构隧道工程领域的竞争优势日益凸显，越战越勇，从小到大，已是三分天下有其一强。

事实证明，这不仅仅是成立一家专业公司，更是一项高瞻远瞩的"大盾构战略"。从2010年南京长江隧道建成通车开始，在国内超大直径和水下盾构施工领域，他们一马当先，实现了穿越"江河湖海城"的宏大伟业，带动了盾构施工、机电安装、铺轨、管片、轨枕预制和工程检测、盾构再制造、新材料等业务的齐头并进。

这种依托核心竞争力、围绕产业上下游全产业链拓展辅业的模式，也对中铁十四局发展起到了至关重要的作用。

施工项目涉及入城通道、江河湖海水下盾构、轨道交通、综合管廊、海绵城市等工程领域，经营全国10米以上大直径盾构和五省一市（江苏、浙江、湖北、安徽、福建、上海）的轨道交通市场，拥有市政公用工程施工总承包一级、建筑工程施工总承包一级、地基基础工程专业承包一级、隧道工程专业承包二级等资质。

他们先后承建的南京长江隧道、南京地铁10号线过江隧道、扬州瘦西湖隧道、武汉地铁8号线长江隧道、京张高铁清华园隧道、济南黄河济泺路隧道、南京五桥夹江隧道、苏通GIL综合管廊工程等超大直径和大直径水下盾构隧道工程均已投入使用，好评如潮。

其中，被誉为"扛鼎之作"和"万里长江第一隧"的南京长江隧道工程，代表了当今中国水下大盾构隧道建设的最高标准，两项成果获"国家科技进步二等奖"，并荣获"鲁班奖"、"詹天佑大奖"和"国家优质工程金奖"。

世界上最大的单管双线地铁越江隧道——武汉地铁8号线越江隧道，攻克了常压下滚齿刀具互换、750米老旧棚户区穿越、1365米上软下硬复合地层掘进、2.8米超浅覆土接收和国内盾构交通隧道首次复合二衬同步施工等技术难题，创造了大直径泥水平衡盾构机单月掘进686米的世界纪录。

"万里长江第一廊"、世界上电压等级最高、输送容量最大、技术水平最先进的超长距离GIL创新工程——苏通GIL综合管廊工程攻克了高水压等世界级难题，创造了日均掘进14.12米，月均417米的世界大直径盾构隧道施工纪录。

还有我们本书重点描绘的"万里黄河第一隧"，人类首次穿越地上悬河——济南黄河济泺路隧道，以及北延隧道穿越一级水源地——鹊山水库，目前世界最大直径水下盾构隧道的黄岗路穿黄隧道，以及航天大道穿黄隧道，分别创造了带压进仓处理机械故障、水下复杂地质掘进、大角度斜穿铁路线、水幕屏障防污染、防渗漏等多项专利技术，荣获了众多国际国内大奖。

值得一提的是：当年那位老铁道兵周先民寻梦、追梦的过程中，已年近七旬了，仍然受聘于黄岗路隧道工程当顾问，每天不辞劳苦地奔波在工地上。我们在济南见到他时，只见其脸庞两边有两道白印，一问方知那是在太阳下常戴安全帽留下的印迹。一种尊敬之情油然而生。他说：这是直径最大的隧道了，说明十四局大盾构施工十分成熟。自己有缘出一份力，真正是圆梦了！

截至本书成稿，在超大直径和水下盾构施工领域里，大盾构公司率先在国内实现了五个"全覆盖"：一是穿越"江河湖海城"全覆盖。19次穿越长江、5次穿越钱塘江、6次穿越黄河、7次穿湖、11次穿海、多次穿越城市核心区域；

二是地质条件全覆盖。软土、粘土、砾岩、卵石、钢板砂、花岗岩、孤石群、岩溶区、江中冲槽、上软下硬、左软右硬、强透水、高水压等；

三是涉足行业全覆盖。铁路、公路、市政、地铁和水工等行业以及"大土木"相关联的全部领域；

四是盾构直径全覆盖。从2米微型盾构机新管幕法施工、4米泥水平衡盾构机过长江到17米超大型泥水平衡盾构机施工，基本掌握了各种直径盾构施工技术；

五是施工工艺全覆盖。创新并应用大直径盾构洞内回拖、洞内始发接收、钻爆+盾构空推、江中溶洞勘查与处理、海上钻爆处理孤石和基岩突起、江面海面注浆固结、常压换刀、带压进仓、自旋式水刀泥饼切割等特殊工艺，形成420余项发明专利和创新工法，其中发明专利68项，实用新型专利360余项。

如此这般，中铁十四局大盾构公司坚持"拥有核心人才，掌握核心技术，制定核心标准"的战略目标，现已成为全国乃至全球盾构隧道建造行业的领军者和技术先导队，是中国大盾构国家队的引领者和开拓者，实现了"五个第一"：

大盾构已施工里程第一；

大盾构机数量第一；

大盾构市场占有率第一；

大盾构科技研发水平第一；

大盾构施工能力第一。

他们就像一艘乘风破浪、奋勇前进的航空母舰，始终以昂扬的姿态、朝气蓬勃的精神面貌，领跑中国大盾构事业，打造行业王牌军，竭诚为社会提供最优质的建筑产品和最佳服务。

2017年12月25日，在中国铁建首届"十大品牌"颁奖仪式上，"中铁十四局大盾构"荣登"十大品牌"之首。主持人公布的颁奖词，以火一样的激情、山一样的厚重、海一样的深刻、诗一样的语言，高度概括了中铁十四局专注大盾构事业的历程：

"十年铸盾，剑指四方，无坚不摧。他们驾驭钢铁巨龙，无惧黑暗，穿越黄河、穿越长江、穿越海峡……每一次巨大刀盘的破土而出，都石破天惊；每一项超级工程的横空出世，都是一个传奇；每一个坚实前行的脚印，都把文明的种子深深嵌入大地。"

他们的舵手——公司一班人，初创时期的执行董事王寿强、党委书记张小峰殚精竭虑，奠定了大盾构公司逆风起飞的坚实基础。

现任公司执行董事张哲，1973年出生在"孔孟之乡"——山东邹城，进入十四局工作以来，脚踏实地，敢打必胜。对于隧道施工，从技术到指挥均锻炼成一把好手。尤其他担任武汉地铁8号线穿越长江隧道项目指挥长时，打了一个令同行敬佩的攻坚战，后任中铁十四局大盾构公司总经理、执行董事，带领公司年年上台阶，荣获了全国五一劳动奖状。他个人也多次被中国铁建、中铁十四局评为先进个人、先进工作者、杰出青年、优秀项目经理，是一位有勇有谋的"铁军战将"。

公司党委书记史庆涛，同样来自鲁西南原野上，也是从基层工地上一步步成长起来隧道专家，教授级高工，所负责的项目荣获过"鲁班奖""詹天佑奖""国家优质工程奖"，个人先后荣获"鲁班奖项目经理""南京市五一劳动奖章""江苏省333人才"、中铁十四局"十大创效功臣"等荣誉。党政双全，文武兼备。

公司总经理陈鹏是位"80后"，年富力强有勇有谋，曾带领一支年轻团队承建世界首条特高压穿越长江综合管廊——苏通GIL综合管廊，攻克超高水压、沼气地层等难题，创造了月均417米的大盾构掘进世界纪录。他先后荣获全国建筑业企业优秀项目经理、中国铁建"十大杰出青年"等荣誉称号，实至名归。

公司党委常委、纪委书记孙锋，早年在大学就是优秀学生，入职十四局以来兢兢业业，曾在多个部门多个岗位上表现出色。成为大盾构公司的创业者之一后，主要负责党的建设、企业文化、品牌宣传等等工作，既有组织能力又有文采，殚精竭虑，使大盾构品牌闪亮华夏。

公司副总经理兼总工程师陈建福，重庆交通大学高才生，从2006年以来一直主持大直径及水下盾构相关业务工作，成绩斐然，多次获奖。2021年以来，他全面负责公司技术方案、工程质量、科技创新管理等工作，为规范核心技术成果保护机制，完善大盾构公司研发体系建设做出了出色贡献。

此外还有不少精兵强将，包括书中前面介绍的副总经理、济泺路穿黄北延隧道项目指挥长历朋林等人。

承上启下，继往开来，他们在中铁十四局党委的领导下，正带领着"大盾构先锋军"再接再厉、再创辉煌。

如同多年深藏水底的"潜龙"一样，中铁十四局大盾构公司已经成长壮大起来，冲出地面，"飞龙在天"。按古老的《周易·乾卦》五爻的爻辞讲解："九五；飞龙在天，利见大人。"就是说以龙飞在天上，对应于人或事物处于最鼎盛时期。

飞龙，喻指时代英雄，飞龙在天，如鱼得水，好比"江山代有才人出，各领风骚数百年"一样，出现豪杰引领时代。"利见大人"，寓意生逢其时，得遇高人，确定事物的走向，即希望并实现向好上加好的方向发展。

果然，公元2023年11月下旬，因受三年疫情影响，而未举办的中国铁建三级公司建设推进会暨项目管理现场会选定在济南召开，参会人员同时参观黄河隧道群项目工程。

届时，中国铁建领导班子成员，基本上都可到会。这是相当不容易的，全集团每年三、四千个项目，遍布海内外，总公司一级的负责人跑一趟都跑不过来——哪怕一天跑三个项目也需要一两年时间。

并且，要求所有二级公司的局级领导干部，至少来一位，还有三级公司负责人。这是自疫情以来，中国铁建规模最大的一次现场观摩会。之前，总部做了大量调研工作，专门派出一个工作组考察了很多地方，考虑选择哪个项目现场合适。

郑州、杭州、兰州，沈阳、武汉、重庆……

他们一路走，一路看，一路讨论，感觉有的工程项目标的很大，但只是一个单体建筑，不太全面；有的工程规划十分重要，可刚刚进场，还看不出眉目来，唯独来到了中铁十四局济南黄河项目上，眼睛一亮，兴致大增。

考察组看到已经竣工通车的济南黄河济泺路隧道，正在掘进中的北延下穿水库的隧道工地，还有已经中标准备实施的黄岗路、航天大道穿黄工程，而且旁边还有专供管片的房桥公司，水涨船高发展很好。嗬！起初一个城市的穿黄工程，几年间已在原地滚动发展成为四个项目了，总投资额超过了240亿人民币，意义重大。

一个地方可以看到综合成果，社会效益和经济效益双丰收，成本低而效益高，堪称完美。此外，长江以北尤其黄河隧道建设难度大、标准高，管片生产达到高度自动化，均在国内同行业首屈一指，引起建设行政主管部门、交通科研院所的关注，曾经承接了3000多批次总计3万余人次的参观考察，有时一天到访三、四批参观团。

好啊，这里就是优秀的现场管理样板、工程建设典型、党建引领楷模，这种种因素促成了中国铁建一班人的决定："中国铁建三级公司建设推进会暨项目管理现场会"，于2023年11月21日—22日在济南召开。

这一天很快到来了：中国铁建领导、各二级单位主管领导与数百名来自四面八方的三级公司代表，在11月21日上午迎着初冬的冷风，走进黄河隧道项目观摩调研。

观摩团一行，乘车通过已建成的济南黄河济泺路隧道，先后来到黄岗路穿黄隧道工程、济泺路穿黄北延隧道工程施工现场，重点了解超大直径盾构成套施工技术、盾构智慧管控系统以及多项前沿技术的现场展示。

各位领导人对中铁十四局以干促揽见成效、项目管理提质效等工作给予了高度好评，并充分肯定了中铁十四局在同步双液注浆、同步拼推等前沿技术的探索。

黄河，是中华民族的母亲河，自古以来，能够安全过河、便捷过河是两岸人民的热切期盼。中铁十四局大盾构公司以技术创新为引领，坚持标准先行，将先后6次从河底穿越黄河，创造着一项项世界奇迹。

他们充分发挥核心优势，依托"两站、两院、一室、一会"科研创新体系，围绕施工重难点，与高校科研院所合作，开展科研课题攻关，申请多项专利，突破众多难题，多项技术成果达到国际领先水平，为后续隧道群顺利推进提供了技术支撑。

实现现场管理工厂化、安全文明常态化，是济南黄河区域大盾构隧道项目的终极目标。为此，他们主动引入运用"5S"管理、TPM精益管理、SOP标准作业工序等先进理念，使现场材料码放整齐、分区分类标识明显，盾构管片拼装、箱涵拼装、同步注浆等标准流程清清楚楚，现场作业井然有序。

十分荣幸，正像本书开篇所写的那样，笔者应邀参加了这次现场观摩会。不仅仅随同大会代表一一参观上述工地和展板介绍，还在第二天会议上，现场聆听了中国铁建负责人的讲话。他精明干练且独具慧眼，在表扬了中铁十四局大盾构事业种种成绩之后，突然脱稿讲了起来：

大盾构不仅是中铁十四局的核心竞争力，也是中国铁建的核心竞争力。我们要把这个品牌打到国际上去，为中国铁建走向海外奋发努力、建功立业！

"哗——"

整个会场顿时响起了一片大海春潮般的掌声，中铁十四局的人们自然喜不自胜、欢呼雀跃，其他单位的代表也纷纷给予了热烈的祝贺，投来羡慕的目光……

龙潜黄河，一飞冲天。

这正是：

> 中国铁建大盾构，
> 穿越江河湖海城；
> 万里黄河第一隧，
> 高歌猛进看"潜龙"……

（2023年3月至2024年7月，从莺飞草长的阳春到骄阳似火的盛夏，采访写作于济南、南京、北京、青岛。

2024年8月至9月，挥汗如雨，修订于百年未遇大热的青岛、济南。）

后 记

时光似水，岁月如歌。

一晃一年多过去了，我终于捧出了这部沉甸甸的书稿，心中感到无比的舒爽和欣慰。自从2023年春天，我的朋友、《齐鲁晚报》主任记者齐鲁壹点策划运营总监李康宁与我联系，邀请参观采访济泺路黄河隧道及北延工程，撰写一部长篇报告文学作品之时，"万里黄河第一隧"这几个字就时时萦绕在脑海里。由此结识了中铁十四局大盾构公司党委常委、纪委书记孙锋，党群工作部部长赵岩，业务骨干林凤、李桂香等朋友，只是当时我手头正在写作反映我国第一位也是唯一一位肿瘤放疗领域的中国工程院院士于金明，及他率领的团队防治肿瘤事业的作品《生命至上》，短期内没有时间前去……

令我深为感动的是，为人爽快干练的孙书记和赵部长丝毫不以为意，而是真诚地表示：没关系，你可以先来看看，一旦手头忙完了再进入不迟。于是，四个月后，我抽出时间在李康宁总监等朋友陪同下来到了黄河隧道项目部，现在也是北延工程项目部驻地。孙锋书记、赵岩部长一行从南京大盾构公司总部赶来，与项目负责人杜昌言、项目党支部书记贺小宾等人热情接待。

虽说此前已经做了案头工作，看过一些媒体报道和综述材料，但与在现场参观、观看专题纪录片和听取详尽情况介绍，感受大不一样。尤其与身着工作服的项目管理人员、工程技术人员近距离接触，那种脚踏实地、干事创业的作风和精神，深深感染了我、激励了我。加之这是一支从铁道兵集体转工的队伍，更是深有感情，因为我本身就是一名从军营走来的作家，曾经听着军号唱着军歌渡过了十几个春秋。"战友战友亲如兄弟，革命把我们召唤在一起"，自然备感亲切。

长话短说，我表示只要信得过，一定认真采访、精心写作好反映"穿黄"奇迹的大书。不过，目前正在写的这部作品还没有完稿，可能还需要等待一段时间，我担心拖延了时间会误事的。谁知，思维敏捷且真诚豪爽的孙锋书记当即表态：

"没关系，我们就等你了！穿黄不是一般的工程，齐鲁晚报李主任介绍了之后，我们就认定了，请你担纲！"

啊！这话让我心中涌来一股暖流，不愧是做企业党建和文化工作的高手，智商情商都很高，如此信任，如此感情，怎能辜负呢？我当即表示："好，只要这边工作一完成，我立即深入项目部体验、采访，全身心投入写作。"

说到做到。我办事一贯认真负责，只要答应的事一定尽心尽力做好，何况还有"知遇之情"。这不，新作《生命至上》由国家一级出版社——山东人民出版社重磅推出，并在济南、北京分别召开了隆重的首发式和研讨会之后，我立即奔南京、去济南、上北京，开始了辛苦而愉快的采写之旅。大盾构公司赵岩部长毕业于山东师范大学中文系，属于内行领导，秀外慧中的重庆妹子林凤、文笔出色的李桂香也都是好"笔杆子"，给了许多具体的帮助与配合。

尤其是住进了项目部驻地，贺小宾书记代表历朋林指挥长和工友们周到安排，使我好像走进了时光隧道，从六年前那个寒冷荒凉的黄河北岸，一步步一程程，历经奠基的仪式、始发的欣慰、爆浆的抢险、竣工的欢笑，走到了今天。如同盾构机一样，挖掘出了许多已然过去却永远不会忘怀的酸甜苦辣、喜怒哀乐……

一首老歌不由地响在耳畔："梦中冷却的故事，真的真的无法忘记；雪花飘飞的村庄，模糊又清晰。感谢那个岁月，让我认识了你……"是啊，如今回顾来时的路，每个中铁十四局盾构人都会悲喜交织、感慨万千，但又如释重负、自豪满满——我们完成了祖先只有在神话传说中想到的功业，为济南人民和当代社会付出自己的汗水。这是"家门口"的工程，作为"子弟兵"为母亲河献上一份心，出上一把力，再苦再累也值得！

当今，人们形容大国重器有这样几句话：

> 飞天探月"神舟号"，
> 潜海万米"奋斗者"；
> 追风逐梦"复兴号"，
> 穿海入地"大盾构"。

说来有缘，其中我写过载人深潜"蛟龙"号和"奋斗者"号，甚而专门参加海洋科考队远航到太平洋马里亚纳海沟，深深为共和国科学家、工程师立下的丰功伟绩而骄傲。现在，我又写了穿海入地的"大盾构"，还是"万里黄河第一隧"的盾构工程，更加由衷地敬佩不已。

他们是书中的主人公，是奇迹的创造者，而我只不过是一名观察者、纪录者罢了。虽然已有不少媒体报道，但大都是一过性的"新闻"，唯有一部图文并茂的纪实文学，既是深度报道又是文学传奇，可以留在当代历史上。希望我能够"梦笔生花"，配得上这些日夜战斗在大国崛起第一线人们的功绩，使他们的名字和故事为后人所铭记，将来抚着白须对小孙子说："黄河隧道，是当年爷爷参加建设的。怎么，不信？看，有书为证！"

当然，由于时间精力和篇幅有限，书中不可能面面俱到，总会有一些遗漏忽略之处，敬请谅解。但总体上，还是反映出了"盾构人"的形象，还有济南人下大力气"穿黄"的意义！此外，读者在阅读时，可能会读到一些讲述历史和工程的文字，以及建设者的自述和节选的通讯报道，这绝不是可有可无的闲笔，而是通过历史背景介绍、当事人的回顾，让你感受到工程的必要性和重要性，增加现场氛围感，更加真实客观；同时对很多不了解"盾构"的人，科普一下，可以加深对作品的理解。好的纪实作品，不能只是某项工程的报道，而是要写出时代背景、来龙去脉和人物情感来，方可引来读者的阅读兴趣。因为，这部书不是只写给业内人看的，而是要让社会各界感受"大盾构"的风采与奉献。

再过两年，中铁十四局大盾构公司将迎来挂牌成立十周年了，相信他们并祝福他们一如既往、一往无前，工作中是"潜龙"，实际上是"飞龙"，在大江南北、大河上下、大海岛岸，大山内外、大地深处，心无旁骛埋头耕耘，创造出更加辉煌更加灿烂的业绩来！

最后，我要再次感谢协助配合采访写作的所有朋友们：孙锋、赵岩、李康宁、林凤、李桂香、贺小宾、丁翔、孙秀立、阎赟、鞠淳妃、曲慧、赵贞国、韩洪艳等人！感谢山东人民出版社社长、总编和责任编辑的慧眼和辛劳，使长篇报告文学《黄河"潜龙"》出版得又快又好。希望广大读者喜欢此书——工程经历者再重温一次战斗的历程，业主合作方更加认可他们的实力，其他行业的人们也会从中得到有益的工作生活的启迪。

谢谢大家！

许　晨

2024年7月12日深夜于青岛

济南黄河济泺路隧道及北延工程大事记

2017年12月1日，经过十余年的酝酿筹划，被誉为"万里黄河第一隧"的济南黄河隧道，正式开始动工。

2018年4月1日，济南黄河隧道工程首幅地下连续墙顺利浇筑完毕，标志着隧道盾构始发井正式开工。地下连续墙简称地连墙，是盾构始发井基的主体围护结构，伴随地连墙的实施依次进行地基加固处理、格构立柱桩、降水井、钢筋砼支撑等基坑开挖前的系列工作。

2018年12月15日，由济南城市建设集团和中铁十四局联合打造的济南黄河隧道工程首台盾构机（后命名为"黄河号"）在广州生产完成，顺利下线，标志着目前在建的世界上直径最大的公轨合建隧道——济南黄河隧道工程又一关键节点如期实现。

2019年1月22日，随着泵车最后一声鸣笛，工作井第一流水段底板顺利浇筑完成，标志着济南黄河隧道工程152米北岸盾构始发井顺利封底，为后续超大直径盾构始发创造了条件。

2019年3月19日，由济南城市建设集团和中铁十四局联合打造的济南黄河隧道工程的第二台盾构机"泰山号"在广州成功下线，开挖直径15.76米，标志着该工程两台超大直径泥水平衡盾构机工厂制造、组装全部完成。

2019年9月20日，济南黄河隧道西线隧道"黄河号"盾构机始发掘进。

2019年11月23日，济南黄河隧道东线隧道"泰山号"盾构机始发掘进。

2020年10月30日，"泰山号"盾构机巨大刀盘破土而出，由中铁十四局承建的"万里黄河第一隧"济南黄河隧道工程东线隧道率先贯通。

2021年1月5日，中标济泺路穿黄北延隧道工程。

2021年1月23日，随着"黄河号"盾构机巨大刀盘破土而出，济南黄河隧道工程西线隧道胜利贯通。至此"万里黄河第一隧"我国在建最大直径公轨合建盾构隧道全线贯通。

2021年5月18日，济泺路穿黄北延隧道工程正式开工。

2021年7月4日，济泺路穿黄北延隧道项目首幅地连墙钢筋笼顺利入槽，标志盾构始发工作井围护结构开始全面施工。

2021年7月5日，"济南黄河隧道工程关键技术总结暨北延隧道建设方案专家咨询会"在山东济南召开，国家最高科学技术奖获得者、中国工程院院士钱七虎担任组长，专家组一致认为：济南黄河隧道是一座以科技为支撑的高质量工程，是国内首次在黄河中下游地区采用超大直径盾构穿越地上悬河的成功案例，并认为济泺路穿黄北延隧道工程总体建设方案可行。

钱七虎院士、李术才院士，北京交通大学袁大军教授、长安大学陈建勋教授、济南大学刘俊岩教授、山东大学李利平教授组成的专家组通过实地查看、观看宣传片、听取汇报等方式，对济南黄河隧道工程关键技术、北延隧道项目建设方案进行深入了解，并对质询问题进行答疑解惑。

专家组认为济南黄河隧道工程是国内首次在黄河中下游地区采用超大直径盾构穿越地上悬河的成功案例，工程地域条件特殊、地质条件复杂、地层差异性大，不确定因素多，设计和施工面临的挑战多，项目的成功建设为黄河中下游地区通道建设方案选线提供了有力依据和成功案例，形成的超大直径盾构适应性选型配置等关键技术达到国际领先水平，施工单位精心施工，科技研发有力支撑，攻克了多项世界级技术难题，工程管理和工程质量、建造水平总体上达到国内领先。

2021年9月29日，由济南城市建设集团建设、中铁十四局承建的"万里黄河第一隧"——济南黄河济泺路隧道正式通车，今后，最快4分钟可穿越黄河。通车前，最终定名为"济南黄河济泺路隧道"。

2022年8月20日，济南济泺路穿黄北延隧道项目水库南岸工作井及始发段主体结构完成最后一块顶板混凝土浇筑，顺利完成主体结构封顶，为盾构始发打下了坚实基础。

2022年10月27日，济泺路穿黄北延隧道项目轨道交通段盾构机"起步号"胜利始发掘进，标志着连接黄河隧道和穿黄北延隧道的地铁轨道交通建设全面进入盾构阶段。

2022年11月8日，济泺路穿黄北延隧道项目召开盾构下穿鹊山水库及两岸大堤安全专项施工方案专家论证会，为"黄河号"盾构机顺利始发并成功穿越鹊山水库把关谋策。钱七虎院士、李术才院士等专家参会并提出相应建议。

2022年11月26日，济泺路穿黄北延隧道工程西线盾构机"黄河号"胜利始发掘进。

2023年3月4日，地铁轨道交通盾构隧道首线贯通。

2023年3月20日，济泺路穿黄北延隧道项目水库北岸接收井首幅地连墙钢筋笼顺利完成吊装，标志穿黄北延隧道接收井进入实质性施工阶段。

2023年5月9日，济泺路穿黄北延隧道工程东线盾构机"泰山号"胜利始发掘进。

2023年5月19日，济泺路穿黄北延隧道工程"起步号"盾构机二次始发。

2023年11月21日，中国铁建三级公司建设推进会暨项目管理现场会在济南召开，济泺路穿黄北延隧道工程作为项目管理样板工程引来200余人观摩。

深入盾构机掘进掌子面，观摩中国大盾构水下建设新标杆。参观过程中，中国铁建主管领导高度赞扬了项目的标准化管理，评价该项目"把工厂文化与现场文化结合，把工地变工厂，标准化程度提高了，而且质量更加有了保证"。

2024年1月6日，随着"黄河号"盾构机刀盘破洞而出，顺利抵达接收工作井，济南黄河济泺路北延工程西线隧道贯通，标志着济南新旧动能转换起步区交通主动脉建设取得重要进展。

2024年2月29日，随着"泰山号"盾构机刀盘破洞而出，顺利抵达接收工作井，济南黄河济泺路北延工程东线隧道顺利贯通，这是继西线隧道1月6日贯通后取得的又一重要进展，标志着国内最大直径公轨合建盾构隧道安全顺利穿越大型城市水库，济南新旧动能转换起步区增添新的交通主动脉，为全线建成通车奠定了坚实基础。

济南黄河济泺路隧道及北延隧道各参建单位

业主单位：济南城市建设集团有限公司

建设单位：中铁十四局集团有限公司

设计单位：中铁第四勘察设计院集团有限公司

监理单位：上海市市政工程管理咨询有限公司